REALITY

815047

Pete J

Fre

bleiben

Pete Johnson

Pete Johnson, geboren 1962 in Winchester/England, arbeitete als Lehrer für Englisch, Drama und Medienkunde. Die Suche nach mitreißendem Lesestoff für seine Schüler führte ihn zum Schreiben. Inzwischen ist er ein bekannter Jugendbuchautor.

Von Pete Johnson ist in den Ravensburger Taschenbüchern außerdem erschienen:

RTB 8042
Freunde für immer – Grenzenlos

RTB 4148
Freunde für immer – Aufbruch

RTB 8021
Freunde für immer – Entdeckungen

RTB 8016
Dich krieg ich auch noch rum

RTB 8039
Am liebsten berühmt!

RTB 4135
Ab heute nicht mehr Boffin

Freunde für immer 4

Freunde bleiben

RAVENSBURGER BUCHVERLAG

Lizenzausgabe
als Ravensburger Taschenbuch
Band 8045,
erschienen 1997

Die Originalausgabe erschien 1992
im Verlag Teens Mandarin, London,
unter dem Titel „Friends Forever 4 –
Everything Changes“

Die deutsche Erstausgabe erschien 1993
im Verlag Herder Freiburg im Breisgau

Umschlagillustration: Jens Schmidt
unter Verwendung eines Fotos von
Henning Alberti

RTB-Reihenkonzeption:
Heinrich Paravicini, Jens Schmidt

815047

REALITY

**Gesamtherstellung: Ebner Ulm
Printed in Germany**

**Die Schreibweise entspricht den Regeln
der neuen Rechtschreibung.**

6 5 4 3 2 1 02 01 00 99 98 97

ISBN 3-473-58045-7

»Freundschaft,
das heißt Träume teilen,
gemeinsam
etwas glauben
und in etwas vertrauen,
davon ausgehen,
dass es bis in alle Ewigkeit
erhalten bleibt.«

Raymond Carver

otcha

Marks Brief

Wheeler Avenue 17
Cartford

Hallo!
Ich bin **Mark.** *Wie geht's? Ich hab gedacht, ich schreib ein paar Zeilen, um euch auf den neuesten Stand zu bringen. Es ist nämlich ziemlich viel passiert.*
In den Freunde-für-immer-*Büchern dreht sich alles um* **Jason, Cathy, Adam, Jez, Becky, Lauren** *und meine Wenigkeit. Wir sind bereits seit Jahren befreundet und halten fest zusammen. Bis auf Jason und Jez gehen wir inzwischen alle aufs College.* **Jason** *arbeitet in einem Sportgeschäft hier im Ort, und was* **Jez** *betrifft – ehrlich gesagt, hab ich keine Ahnung, was er treibt. Ich hoffe, er weiß es selbst. Im Moment tippelt er irgendwo im Ausland rum. Cathy bekommt ab und zu eine Postkarte oder einen Anruf von ihm.*
All die trockene Information reißt euch bestimmt nicht vom Hocker. Nehmen wir uns also endlich die Rosinen vor. **Lauren** *und* **Jason** *gehen wieder zusammen – wurde auch Zeit! Allerdings haben sie gerade einen heftigen Streit hinter sich. Jason hat nämlich am Abend der College-Fete darauf bestanden, dass Lauren sich umzieht. Den Rock, den sie anhatte, fand er zu kurz! Später war Jason sauer, weil Lauren sich seiner Meinung nach zu lange mit zwei Jungs aus ihrer Eng-*

lischklasse unterhalten hat. Erst schlug er Krach, und dann ist er einfach abgehauen.

Cathy *hat in letzter Zeit auch ziemlich viel durchgemacht. Ihr größtes Problem heißt Giles und ist der Freund ihrer Mutter. Demnächst wird Giles ihre Mutter heiraten. Deshalb ist Cathy ausgezogen und wohnt erst mal bei Lauren. Auch Cathy hat die College-Fete vorzeitig verlassen. Später am Abend hat sie in Cartfords Einkaufszone einen Stein in das Schaufenster eines Metzgerladens geschleudert. Aus Frust. (Sie lehnt es ab, Tiere zu töten, um sie als Fleischlieferanten zu missbrauchen.) Ratet mal, wer im selben Augenblick daherkam. Genau,* **Jason.** *– Sekunden später erschien die Polizei. Jason behauptete den Polizisten gegenüber, er hätte das Fenster eingeworfen. Ist ja nur logisch, dass sie ihn daraufhin mitgenommen haben. Ein wahrer Gentleman.*

Bestimmt wollt ihr auch gerne wissen, wo ich die ganze Zeit gesteckt habe. (Sagt jetzt bloß nicht nein!) Eigentlich hatte ich auch vorgehabt, auf der Fete einen draufzumachen. Mit meiner großartigen Freundin **Becky** *(in die ich – wie jeder in Cartford weiß – total verknallt bin). Sie geht allerdings mit* **Adam.** *Übrigens zum großen Missfallen seiner Eltern. Sie sind nämlich strenggläubige Juden und möchten, dass er eine »feste Bindung« nur mit einem jüdischen Mädchen eingeht. Ich war also mit Becky auf dem Weg zu dieser Fete (Adam musste arbeiten) und hatte das Gefühl, dass sie ein Riesenproblem mit sich rumschleppte. Es war ganz einfach nur blind geraten, als ich sie fragte: »Du bist doch nicht etwa schwanger?« – Und sie sagt, sie glaubt, ja! Darauf hab ich gemeint, dass sie das schleunigst herausfinden soll. Deshalb begleite ich sie heute früh in die Klinik. Ich bin der Einzige,*

den Becky ins Vertrauen gezogen hat, und das ist eine ziemliche Verantwortung. Um ehrlich zu sein, fühl ich mich einigermaßen überfordert.
Und nun zur Sache. Viel Spaß beim Weiterlesen und bis gleich.

Mark

Beckys Dilemma

»Ganz ehrlich, Mark, ich weiß nicht recht, wie ich mich fühle«, sagt Becky. »Als ich in der Klinik auf das Ergebnis gewartet hab, hat mir der Kopf geschwirrt. Als sie sagten: ›Ja, der Test ist positiv‹, war ich auf einmal völlig abgestumpft. Diese Frau hat endlos geredet, mir einen Haufen Ratschläge gegeben, aber ich war ganz woanders. Ich bin immer noch total durcheinander.«
»Möchtest du noch Tee?«, fragt Mark.
»Nein, danke.«
»Vielleicht was zu essen?«
»Nein, lass nur. Brauchst dich nicht so zu kümmern.« Sie sitzen in ihrem Lieblings-Café. Auf dem Fenstersims liegt eine tote Wespe. Am Nebentisch hockt einer der Stammgäste. Ein älterer Mann mit schütterem Haar, das die Farbe von Vollkornkeksen hat. Er hat seine Zeitung gegen den Becher mit

Tee gelehnt und schlingt eine Portion Pommes in sich hinein. Pommes. Etwas anderes isst der nie. Mark nennt ihn den »Cholesterin-König«. Er nickt Becky zu. Becky lächelt zurück. Sie und Mark kennen inzwischen fast alle Gesichter hier. Wie oft hat sie schon hier gesessen und keine anderen Sorgen gehabt als die Hausaufgaben für den nächsten Tag?

Und jetzt, ganz plötzlich, ist sie nicht mehr allein. Das klingt so unwirklich: nicht mehr allein. Trotzdem – es stimmt. Während sie einfach nur dasitzt, wächst in ihrem Innern ein neues Leben heran. Was soll sie tun? Die Frage ist von so enormer Bedeutung, dass Becky sie nur in scherzhafter Weise auszusprechen wagt: »Rück schon raus damit, Mark, was soll ich machen?«

»Erst mal musst du alle Möglichkeiten abwägen«, antwortet er ernst.

»Das weiß ich doch. Aber was denkst du?«

Mark lehnt sich zurück. »Die Entscheidung liegt allein bei dir. Ich glaube nicht, dass ich dir dabei helfen kann.«

»Nein.« Sie zögert. »Ich könnte mein Baby auch behalten.«

»Ja, das könntest du«, sagt Mark vorsichtig.

»Es haben schon viel jüngere Mädchen ihre Babys bekommen. Rachel, eine von meiner alten Schule, ist mit nicht mal fünfzehn Mutter geworden, und sie war total glücklich.« Sie schweigt. »Mark, soll ich dir was Schlimmes verraten?«

»Klar, je schlimmer, desto lieber.«

Sie lächelt. »Als ich auf das Ergebnis gewartet habe, da hab ich irgendwie ganz tief in mir drin gehofft, dass der Test positiv ausfällt. Und diese naive innere Stimme sagt mir noch immer, dass es wunderbar sein muss, ein eigenes Kind zu haben.« Sie redet beinahe im Flüsterton. **»Mark, ich wünsche mir dieses Kind so sehr.«**

Mark weiß nicht, was er darauf sagen soll. Irgendwie, hat er gedacht, wird sie es schon wieder loswerden. Das wäre aus ihrer Sicht doch auch genau das Richtige. Natürlich kann er ihr nicht sagen, dass sie es tun soll. Aber er mag sich nicht vorstellen, dass Becky sich in eine Person wie seine Schwester verwandelt, die ständig ihre beiden Kinder am Rockzipfel hängen hat und nach Babypuder und Zwieback riecht. Könnte es sein, dass Becky in ein paar Monaten genauso ist? Für Mark ist das undenkbar. Außerdem ist seine Schwester sechsundzwanzig, fast zehn Jahre älter als Becky.

Becky redet weiter. »Kurz bevor ich hierher gezogen bin, hab ich Rachel noch mal in der Stadt getroffen. Sie ist in der Schule eine Klasse über mir gewesen. Sie muss also zu dem Zeitpunkt ungefähr siebzehn gewesen sein. Wenn ich ehrlich bin, hat sie eher ausgesehen wie siebenunddreißig. Ohne Übertreibung. Dabei war sie früher mal richtig hübsch. Inzwischen hat sie 'ne fettige Haut und strähnige Haare bekommen.«

»So was wird dir nie passieren«, sagt Mark schnell.

»Wer weiß, vielleicht ja doch. Jedenfalls hat Rachel einen Typen dabeigehabt, den sie mir als ihren Freund vorgestellt hat. Für mich war sofort klar, dass er sich mit ihr und dem Baby nur langweilte. Der bleibt nicht mehr lange, hab ich gedacht. Der ist noch nicht reif genug für eine so große Verantwortung. Bald wird er abhauen, und dann kann Rachel sehen, wie sie allein zurechtkommt. Sie hat mir Leid getan, und gleichzeitig hab ich sie verachtet, weil sie ihr eigenes Leben kaputtgemacht hat. Und jetzt hab ich …« Sie hält die Hände vors Gesicht und weint leise. Dann sieht sie wieder hoch und bemerkt, wie besorgt Mark sie betrachtet. »Tut mir Leid«, flüstert sie.

»Nein, dir wird das nicht passieren … und du bist nicht allein. **Du hast mich und Cathy – und alle andern.**« Er zögert. Dann fügt er hinzu: »Und deine Mutter.«

»Meine Mutter …« Sie schüttelt den Kopf. »Ihr kann ich es nicht verschweigen.«

»Weißt du, was mir heute in dieser Familienplanungsklinik aufgefallen ist?«, fragt Mark. »Im Wartezimmer saßen nur Frauen. Außer mir war da nicht ein einziger Typ. Das kann doch nicht richtig sein. Die Männer haben schließlich auch ihren Anteil daran.«

»Du meinst, ich sollte es erst einmal Adam sagen?«

Eigentlich hat Mark nicht die Spur an Adam gedacht. Im Gegenteil. Irgendwie würde er es sogar gut finden, es vor ihm geheim zu halten. Sobald Adam nämlich Bescheid weiß, muss Mark wieder die Statistenrolle übernehmen. Andererseits ist Adam der Vater.

»Ich glaube, du solltest Adam einweihen«, sagt er düster.

»Ja«, sagt Becky. »Ihm muss ich es zuerst erzählen.«

»Na, Jason, noch irgendwelche Fenster kaputtgeschmissen in letzter Zeit?« Der Typ, der auf ihn zukommt, grinst Jason schon von weitem entgegen. Wie heißt er noch? Jason hat seinen Namen vergessen, weiß nur noch, dass der Kerl 'ne hohle Nuss ist. Er spart sich also eine Antwort, zwinkert ihm im Vorübergehen zu und setzt seinen Weg zum Sportzentrum, ohne anzuhalten, fort.

Verblüffend, wie schnell sich manche Nachrichten in Cartford verbreiten. Der Gedanke, dass er erst vor zwölf Stunden auf der Polizeistation miterleben konnte, wie seine Eltern ausflippten, ist eigenartig. Sein Vater hat Jason in einer Tour angeschrien – er könnte das Gesetz doch nicht selbst in die Hand nehmen und ob ihm klar wäre, dass er jetzt eine Vorstrafe in sein Register bekäme. Damit hat er mehr zu Jason gesagt als in den vergangenen paar Jahren zusammen. Dann hat er verkündet, er wolle mit Jason nichts mehr zu tun haben. Jason hat darauf erwidert, dass das ja nicht unbedingt was Neues sei. Seine Mutter hat ständig dieselben Worte wiederholt. »Ich kann nicht verstehen, warum du das getan hast. Ich kann's nicht begreifen, dabei versuch ich es wirklich«, sagte sie immer und immer wieder. Worauf Jason antwortete: »Vielen Dank für die Mühe.« Was hätte er sonst sagen sollen? ›Mama, **ich hab's für ein Mädchen getan, für das netteste Mädchen, das ich kenne.**‹ Er grinst über den Gedanken, seinen Eltern etwas derart Persönliches zu offenbaren. Und dann hat er wieder Cathys Bild vor Augen, wie sie vor dem eingeworfenen Schaufenster steht – halb verrückt vor Angst und dabei auf seltsame, beunruhigende Weise schön. Jason lächelt vor sich hin. Sie sah aus wie immer, und doch ganz anders …

Cathy hat ihn gleich heute früh im Laden angerufen und gesagt, sie könnte es nicht zulassen, dass er die ganze Schuld von gestern Abend auf seine Kappe nimmt. Richtig süß hat

sie sich angehört, ganz aufgelöst und besorgt. »Es ist alles geregelt, mach dir keine Gedanken«, hat er geantwortet.
Und das stimmt auch. Die Polizei hat ihm lediglich eine Menge Fragen über die anderen Aktivisten unter den Tierrechtlern gestellt. Sonst hat die rein gar nichts interessiert. Natürlich hat Jason dichtgehalten. Schließlich haben sie ihn in Ruhe gelassen und ihm mitgeteilt, dass er einen schriftlichen Bescheid erhalten würde, wann er vor Gericht zu erscheinen hat. Die Formulierung ›vor Gericht‹ hat bei Jason durchaus Wirkung gezeigt. Aber nur für einen Moment. Dann hat er sich schnell wieder den wichtigeren Dingen des Lebens zugewendet: Lauren.
Was sie jetzt wohl macht? Trifft sie sich mit diesen beiden Jungs aus ihrer Englischklasse zum Kaffee? Redet sie gerade hochintellektuell über schwachsinnige Bücher, die sich mit Liebesgedichten des sechzehnten Jahrhunderts beschäftigen? Er hat sich ziemlich blöd benommen gestern. Aber er ist einfach ausgerastet, als er gesehen hat, wie diese beiden Dumpfbacken Lauren anglotzten. Noch jetzt spürt er dieses Pochen. Jeder Idiot erkennt, dass sie in Lauren verknallt sind. **Aber Lauren liebt nur Jason.** Zumindest hat sie ihn geliebt. Mädchen ändern sich, meistens dann, wenn man es am wenigsten erwartet. Gerade wenn alles traumhaft schön ist … rinnt es dir plötzlich durch die Finger. Deshalb ist es fürchterlich anstrengend, mit einem Mädchen zu gehen. Immer aufs Neue brauchst du die Bestätigung, dass sie dich noch liebt.
 Er betritt das Sportzentrum. Obwohl er sich eher schlapp fühlt, will er sein gewohntes Hanteltraining durchziehen. Dabei bekommt er wenigstens einen klaren Kopf zum Den-

ken. Es wird ihm schon noch eine besondere Form der Entschuldigung einfallen, mit der er sie wieder versöhnen kann. Und danach werden sie beide da weitermachen, wo sie aufgehört haben. Hofft er wenigstens.

Cathy atmet tief ein. »Mmm, ich liebe den Geruch von roten Rosen. Der geht mir durch und durch. – Ich stell sie dir ins Wasser, Lauren, wenn du möchtest.«
»Das kann ich doch selber, Cathy«, sagt Lauren.
»Nein, ich mach es wirklich gern.« Cathy ist froh, wenn sie sich irgendwie nützlich machen kann, solange sie bei Lauren wohnt.
Sie schenkt Jason ein kurzes Lächeln, bevor sie aus dem Wohnzimmer geht. Lauren fingert mit der Karte herum, die sie zusammen mit den Rosen bekommen hat. ENTSCHULDIGE, hat er in Großbuchstaben draufgeschrieben. Und darunter ein paar Herzchen gemalt.
Jason lächelt verschmitzt. »Du kannst die Karte zu meinen anderen legen.«
Lauren merkt, dass auch ihre Lippen sich zu einem Lächeln entspannen. »Demnächst brauch ich eine extra Schublade dafür.«
»Eine Jason-Entschuldigungs-Lade«, sagt er und lacht. Für ihn ist die ganze Sache nur noch ein einziger großer Witz. Er geht hinüber zum Sofa und breitet sich darauf aus.
Lauren beobachtet ihn. Eigentlich ist die Sache nicht wirklich geklärt. Er wird wieder eifersüchtig werden. Was dann? Wieder Karten, wieder Blumen. Er scheint zu glauben, damit sei

alles vergessen. Jason weiß, dass sie ihm stets aufs Neue verzeihen wird. Schlimm, wie leicht sie schwach wird. Als wäre sie eines dieser Mädchen, die voll und ganz unter der Fuchtel ihrer Freunde stehen. Die nie ausgehen, wenn ihr Freund sie nicht begleitet.

Aber Lauren hat ein anderes Bild von sich. Deshalb wird sie auch mit Russell und Damian ins Theater gehen. Die beiden haben ganz schön gestaunt, als sie es ihnen gesagt hat. »Hat Jason denn nichts dagegen?«, haben sie gefragt. »Das hat doch nicht er zu entscheiden«, hat Lauren klipp und klar geantwortet.

Cathy bringt ein Tablett mit Kaffee und Schokokeksen herein. Im selben Moment klingelt das Telefon in der Eingangshalle. »Ja, sie ist da«, hört Lauren ihre Mutter sagen, »wer ist dran, bitte?« Die Wohnzimmertür geht auf, und ihre Mutter streckt den Kopf herein. »Lauren, Telefon für dich.« Erst als sie die Tür von draußen geschlossen hat, fügt sie flüsternd hinzu: »Es ist ein Junge, er heißt Russell.« Lauren muss beinahe lachen. Ihre Mutter tut so geheimnisvoll wie in einem Spionagethriller.

»Ist schon in Ordnung, Mama. Er geht in meine Englischklasse.« Sie nimmt den Hörer. »Hallo, Russell.«

Russell antwortet nicht gleich. »Lauren, ich wollte dir nur sagen, dass ich Parkettplätze vorbestellt habe.«

»Schön.«

»Der Haken ist, dass Damian jetzt doch nicht mitkann.«

Pause.

»Also nur du und ich«, sagt Lauren. Sie fühlt sich geschmeichelt.

»Ja.«

Lauren lächelt stumm. Alles klar, die beiden haben das von vornherein so geplant. Beinahe süß, die zwei. »Wird bestimmt nett«, sagt sie.

Russell ist fast sprachlos vor Aufregung, und Lauren hat ihren Spaß daran. Sie wird Jason schon beibringen, was Sache ist. Und allen andern auch. Hat sie sich gestern wirklich umgezogen, nur weil Jason fand, ihr Rock sei zu kurz? Keine Frage, was sie ins Theater anziehen wird.

Im Wohnzimmer fragt Jason Cathy: »Du glaubst also, für Lauren ist jetzt alles wieder okay?«

»Ja, sicher«, sagt Cathy. »Aber ich hab immer noch ein schlechtes Gewissen, dass du gestern Abend …«

»Hör auf mit dem Blödsinn.« Jason winkt ab. »Es ist doch ganz einfach, wir sind Freunde und helfen einander. Dieses ganze Gequatsche macht es nur kaputt.«

»Also gut, aber ich will dir trotzdem sagen, dass ich nie vergessen werde, wie du eingesprungen bist und die ganze Schuld auf dich genommen hast. Es war – ich weiß auch nicht – neben dir wirkt ein Kamikazeflieger manchmal wie ein Feigling.«

Jason muss laut lachen. Dieser Spruch scheint ihm zu gefallen. »Du hast es gestern Abend geschafft, dass ich dich irgendwie mit andern Augen sehe«, sagt er dann.

»Und wie?«, fragt Cathy und betet im Stillen, dass Lauren noch nicht zurückkommt.

»Du bist für mich immer so eine Denkernatur gewesen«, sagt er.

»Oh«, fiepst Cathy. Sie findet das nicht gerade schmeichelhaft.

»Mir kommt es so vor, als wüssten manche Leute von Geburt

an, was sie zu tun haben; sie machen keine entscheidenden Fehler, sie geraten nie in Schwierigkeiten. Sie wissen immer, was Sache ist, als hätten sie jede Situation schon mal im Geist durchgespielt. Das meine ich mit Denkernatur.«

»Verstehe«, sagt Cathy. Das hört sich immer noch nicht sehr aufregend an.

»Gestern Abend bist du ausgeklinkt, und ich hab dich plötzlich ganz anders gesehen.« Hast du mich deshalb geküsst?, fragt sich Cathy. Weshalb hast du mich geküsst? Wie gerne würde sie ihm diese Frage stellen. **Dieser Kuss bedeutet ihr ungeheuer viel.** Gleichzeitig hat sie jedes Mal, wenn sie daran denkt, das Gefühl, sie würde Lauren betrügen. Sie muss diesen Kuss schleunigst vergessen. »Bist du selber auch eine Denkernatur?«, fragt sie.

Jason überlegt und sagt dann unerwartet ernst: »Ich glaube, bei mir wechselt das so hin und her. Mal denk ich, ich hätte alles schon zigmal erlebt und wäre erfahren und reif, und dann hab ich wieder das Gefühl, ein Vollidiot zu sein und pausenlos nur Mist zu bauen.«

Lauren kommt zurück, und Jason wechselt schnell das Thema. Cathy prägt sich seine Worte allerdings genau ein. Und heute Nacht wird sie sich darüber ärgern, dass sie alles noch mal durchgeht und deswegen nicht schlafen kann.

»Bist du sicher, dass es dir hier nicht zieht?«, fragt Adam.

»Nein, mir geht's gut, wirklich«, antwortet Becky.

»Du siehst so verfroren aus.«

Er hört sich besorgt an. Becky findet es rührend, aber gleichzeitig auch nervig. »Es geht mir gut«, sagt sie noch einmal knapp. Tatsächlich fühlt sie sich alles andere als gut. Sie ist mit Schüttelfrost aufgewacht und friert schon den ganzen Tag.

Adam hat sie zum Essen eingeladen. Sie sitzen im *Anchor,* einem Pub nicht weit vom Stadtzentrum. Es ist angenehm hier. Im offenen Kamin brennt ein Feuer, und die gepolsterten Stühle und Bänke sind bequem. Das Essen lässt allerdings auf sich warten, und Adam muss in zwanzig Minuten schon wieder am College sein.

»Du musst gleich los«, sagt Becky.

»Halb so wild«, sagt Adam. »Ist doch nur Bailey. Der sagt immer nur ›Guten Abend‹, wenn man zu spät kommt.«

»An der Tür werben sie mit *Prompte Bedienung*. Warum schreiben sie's hin, wenn sie es nicht einhalten können?« Sie ist mies gelaunt und kratzbürstig, kann sich selber nicht ausstehen. Sie reckt den Hals und sieht, dass das Essen endlich kommt. Eine Portion fritierter Fisch mit Pommes für Adam, eine Backkartoffel mit Thunfisch für sie. Becky stochert mit der Gabel in der Kartoffel herum. Dann stößt sie einen genervten Schrei aus. »Die ist innen noch roh. Total hart. Die kann ich nicht essen.«

Adam sieht zu ihr hinüber. »Sicher?«

»Ja, bestimmt. Die ist nicht richtig durch.«

»Soll ich mich für dich beschweren?«

»Das dauert doch viel zu lang.«

»Kannst du denn wenigstens das Äußere essen?«

»Ist schon in Ordnung. Halt ich mich eben ans Hasenfutter.«

Sie fängt an, den Salat zu essen. Adam schiebt einen Haufen Pommes von seinem auf ihren Teller.
»Adam, es ist in Ordnung.«
»Ach was, nun iss schon. Ich schaff die sowieso nicht alle.« Er lehnt sich zurück und stöhnt. »Gerade fällt mir ein, dass ich heute meine Hausarbeit abgeben muss. Ich hab sie noch nicht fertig.« Er isst weiter. »Vielleicht hat meine Mutter Recht. Ich werde immer fauler.«
Becky lächelt. »Sagt sie das?«
»Ja, genau. Sie hat mir einen Riesenvortrag gehalten, dass ich mir überhaupt keine Mühe geben würde. Du willst alles auf einmal, sagt sie, und darum bekommst du gar nichts. Wenn du erst mal deine Prüfungen hinter dir hast, kannst du so viel Zeit mit Mädchen verbringen, wie du willst.«
Becky hat aufgehört zu lächeln. »Und was genau hat sie damit gemeint?«
Adam sieht verlegen hoch. »Ach, du kennst doch meine Mutter.«
»Ja«, sagt Becky niedergeschlagen. »Sie gibt mir die Schuld, wenn du nicht arbeitest.«
»Ich fürchte, ja«, sagt Adam locker. »Iss deine Pommes und vergiss es«, fügt er hinzu.
Becky tut weder das eine noch das andere. Wut, Ärger und große Zerschlagenheit schnüren ihr die Kehle zu. Wie kann Adams Mutter es wagen, ihr die Schuld in die Schuhe zu schieben? Wieso muss sie sich von Adams Familie immer wieder beleidigen lassen? Nichts kann sie ihnen recht machen.
»Jetzt bist du ganz schön sauer, ich seh's«, sagt Adam nervös.
Becky gibt keine Antwort.

»Ich hätte es dir nicht sagen sollen«, sagt Adam.
»Mir ist es lieber, wenn ich Bescheid weiß«, antwortet Becky knapp.
»Aber ärgern tut's dich trotzdem, stimmt's?«, fragt Adam.
Becky schweigt. Tief in ihr drinnen bohrt der Schmerz. Sie fühlt sich elend – weit, weit entfernt von allen Menschen. Sogar von Adam. Ganz besonders von Adam. Nicht einen Augenblick länger kann sie in diesem Pub bleiben und sich weiter zu Tode frieren.
»Bist du fertig?«, fragt sie. »Du kommst sonst zu spät.« Sie steht auf, während Adam hastig seine restlichen Pommes hinunterschlingt. Als sie am Tresen vorbeigehen, sagt Becky lauter als nötig: »Meine Kartoffel war nicht durch! Sie war in der Mitte völlig roh!« Normalerweise macht sie so was nicht, aber im Augenblick ist sie so wütend, dass sie sich nicht beherrschen kann.
Die Frau hinterm Tresen nimmt auch nicht gerade ein Blatt vor den Mund. »Es gibt keinen Grund, das so durch die Gegend zu brüllen«, schimpft sie zurück.
»Warum nicht?«, fragt Becky. »Wenn's doch wahr ist.« Die Frau sieht aus, als wollte sie Becky gleich ins Gesicht springen.
»Die Kartoffel war nicht durchgebacken«, sagt Adam ruhig.
»Wenn sie es mir in anständigem Ton gesagt hätte, hätte ich ihr eine Neue gebracht«, antwortet sie.
»Ich will hier nie wieder essen«, ruft Becky. Sie zittert vor Wut. Trotzdem lässt sie sich von Adam zur Tür hinausschieben.
Draußen angekommen, schimpft sie

weiter: »Ein schrecklicher Laden, absolut schrecklich.« Dann fügt sie hinzu: »Du musst los.«

»Ich kann dich so nicht allein lassen.«

»Wie kannst du mich nicht allein lassen?«

»So aufgeregt.«

»Ich bin nicht aufgeregt.« Er berührt ihren Arm. Sie zieht ihn weg. »Geh endlich«, sagt sie.

»Nein.«

»Du musst. Ich lass mir nicht andauernd von deiner Mutter die Schuld in die Schuhe schieben.« In diesem Moment will Becky aufrichtig, dass Adam so schnell wie möglich abhaut und nie wieder zurückkehrt. Sie will, dass er aus ihrem Leben verschwindet. Eine bessere Lösung gibt es nicht. Nichts als Sorgen und Schmerz hat es gebracht, dass sie einander begegnet sind.

Er sieht sie erschrocken an, ist völlig durcheinander und weiß nicht, was er sagen soll. »Becky, ich bin jetzt nicht in der Stimmung, ans College zu gehen. Außerdem ist es sowieso eine völlig langweilige Stunde …«

Becky ist jedoch schon losgegangen. »Adam, tu mir den Gefallen, geh hin. Bitte.« Beim letzten Wort überschlägt sich beinahe ihre Stimme. Dann eilt sie in Richtung Stadtpark davon. Hinter ihr pfeift der Wind. Als sie sich schließlich traut, sich umzudrehen, erwartet sie, dass Adam noch immer an derselben Stelle steht. Aber er ist weg. Sie wird ihn nie wieder sehen. Sie ist frei. Endlich.

Sie wird fortgehen. Mark wird ihr helfen, heimlich eine Abtreibung machen zu lassen und ein neues Leben anzufangen. *Ihr Leben.* Seitdem sie nämlich mit Adam zusammen ist, hat sie sich selbst verloren. Sie hat nur noch an ihn denken können. An nichts anderes mehr. Und was hat es ihr eingebracht? Nichts. Nichts als Chaos. Sie bekommt das schon wieder hin. Zuallererst wird sie Adam sagen, dass sie sich eine Zeit lang nicht sehen sollten. Sie lässt sich auf eine Bank sinken. Jemand rennt hinter ihr her. Einen Moment lang glaubt sie, es sei Adam. Aber es ist nur ein Jogger. Sie ist enttäuscht.

Ist Adam wirklich sauer auf sie gewesen, als er wegging? Wäre kein Wunder. Sie ist heute nahezu ungenießbar gewesen. Adam, Adam, Adam – es gelingt ihr nicht, dieses Hämmern aus dem Kopf zu bekommen. Kein anderer hat sie jemals zuvor so glücklich gemacht – und ihr gleichzeitig so viel Schmerz bereitet. Nein, stimmt nicht. Doch, es ist wahr. Sie hält ihren Kopf zwischen den Händen. Einen verrückten Augenblick lang hat sie Adam aus ihrem Leben streichen wollen. Sie hat sogar geglaubt, dass sie es könnte. **Und jetzt fällt ihr niemand ein, den sie sich sehnlicher herbeiwünscht.** Wie gerne würde sie ihm endlich von dem Baby erzählen.

Auf kilometerlangen Umwegen schleppt sie sich schließlich nach Hause. Ihre Mutter ist in London bei ihrem Verleger. Das Haus wirkt düster und verlassen. Sie schaltet den Fernseher ein. Dann bemerkt sie, dass das rote Lämpchen am Anrufbeantworter vor sich hin blinkt. Nein, Adam kann das noch nicht sein. Sein Unterricht ist erst vor zehn Minuten zu Ende gegangen.

Mit zitternder Hand spult sie das Band zurück. Bitte mach, dass es nicht einer von Mamas langweiligen Freunden ist. Bitte, lieber Gott. Kurzes Schweigen. Dann hört sie Adams Stimme. »Es tut mir wirklich Leid, wenn ich dich geärgert habe. Du hast schon Recht, wenn du sauer warst.« Pause. »Wie du es wolltest, bin ich zum College gegangen. Mehr fällt mir nicht ein. **Außer, dass ich dich lieb habe und immer lieb haben werde.** Tschüss.«

Noch bevor Adams Nachricht zu Ende ist, wählt Becky seine Nummer. Sie muss ihm so vieles erzählen.

Schockierende Neuigkeiten

»Du findest mich fürchterlich, gib's zu«, sagt Lauren.

»Nein«, antwortet Cathy.

»Warum kuckst du dann so komisch?«

»Ich kuck wie immer.«

Lauren wirft einen Blick nach unten, auf ihren Minirock. »Ich kann nicht anders, ich muss es tun. Ich muss mich wenigstens frei fühlen, wenn ich es schon nicht bin.« Sie schüttelt den Kopf. »Ich versteh mich ja selber nicht.« Ganz sachlich fährt sie fort: »Ich hab Jason gesagt, dass ich den Zug um halb sieben nehme. Für den Fall, dass er zum Bahnhof kommen und mir tschüss sagen will. Dass ich mit nur einem Jungen im Theater war, werde ich ihm später erzählen. Aber für heute, vergiss das nicht, bin ich mit der Theater-AG unterwegs. Ja?«

Laurens Eltern kommen, ihr Vater hält den Autoschlüssel

hoch. »Bist du fertig, Lauren?« Ohne die Antwort abzuwarten, verlässt er das Haus. Lauren winkt Cathy flüchtig zu und verschwindet ebenfalls. Cathy dreht sich um zu Laurens Mutter. Sie wirkt gedankenverloren. Hat sie Streit mit ihrem Mann gehabt? Vielleicht sollte Cathy sich besser rar machen und nach oben gehen. »Cathy, möchtest du im Wohnzimmer gleich noch eine Tasse Tee mit uns trinken?«, ruft Laurens Mutter ihr nach.

»Ja, gern, danke sehr.«

Sechs Uhr abends. Eine merkwürdige Zeit, um Tee zu trinken. Zumal es bei Lauren zu Hause normalerweise schon um halb sieben Abendessen gibt. Cathy setzt sich aufs Wohnzimmersofa und wartet. Sie fühlt sich nicht wohl in ihrer Haut, weiß aber nicht, weshalb.

Laurens Mutter kommt mit dem Tablett ins Zimmer. Sie und Cathy plaudern freundlich miteinander, bis Laurens Vater zurück ist und sich in den Sessel fallen lässt. Dann sagt Laurens Mutter: »Cathy, heute Nachmittag ist deine Mutter hier gewesen, und wir haben uns lange unterhalten.«

»Ach, ja?«, Ihre Stimme ist rau und kratzig.

»Sie hat uns eine Einladung zur Hochzeit dagelassen, über die wir uns sehr gefreut haben. Für dich hat sie auch eine. Sie will sie dir gerne persönlich geben und hofft, dass du mal bei ihr und Giles vorbeischaust …«

»Nein. Nein, das kann ich nicht.«

»Ich glaube, Cathy, diesmal musst du sogar.« Laurens Mutter hört sich immer noch sehr sanft an, aber gleichzeitig bestimmend. »Cathy, wir wissen, dass es dir schwer fällt, aber du musst den Tatsachen ins Auge sehen, dich mit ihnen arrangieren.«

Cathy hält sich die Hände vors Gesicht. Nein! Das darf nicht wahr sein. Sie hat sich so sehr gewünscht, dass ihre Mutter zu ihr käme und sagen würde: »Du hattest Recht. Giles ist schrecklich. Danke, Cathy, dass du mir die Augen geöffnet hast. Jetzt können wir wieder so leben wie vorher.«
Mama, bitte, lass uns dort weitermachen, wo wir aufgehört haben. Stell dir einfach vor, du hättest Giles nie getroffen. BITTE. Wir waren so glücklich zusammen. Du, ich und Karen. Natürlich haben wir Papa ganz fürchterlich vermisst. Aber wir hatten einander, und mir hat das wirklich gereicht. Sag mir, wieso dir das nicht gereicht hat.
Heirate ihn. Dann siehst du mich nie wieder. Aber dir ist das ja egal. Du hast dich sowieso schon gegen mich und für ihn entschieden. – Cathy entweicht plötzlich ein herzzerreißender Schluchzer. Eine Welle von Traurigkeit spült über sie hinweg. Ein Taschentuch wird Cathy unter die Nase gehalten. Laurens Vater steht vor dem Sofa und beugt sich zu ihr hinunter.
»Tut mir Leid«, flüstert Cathy.
»Nein, es muss dir nicht Leid tun«, widerspricht er. »Du brauchst dich vor uns nicht zu beherrschen, mach dir keine Gedanken.« Er lässt sich wieder in seinen Sessel plumpsen. »Cathy, deine Mutter wartet auf dich – und Giles und Karen auch.«
Cathy will nicken, aber ihr Kopf fühlt sich an wie aus Blei. Dann sagt Laurens Vater: »Vergiss bitte nicht, Cathy, dass es jedem Menschen selbst überlassen bleiben sollte, wie er sein Leben gestalten will … auch deiner Mutter.«

Cathy steht langsam auf. Sie hat keine Ahnung, was sie jetzt tun wird. Sie weiß nur, was sie Lust hätte zu tun: hinübergehen, diese idiotische Einladungskarte zerreißen und sie ihnen ins Gesicht schmeißen. ›Selbst wenn du in Flammen stehen würdest, Giles‹, würde sie sagen, ›wäre mir meine Spucke zu schade für dich. Und das ist das letzte Mal, dass ich dieses Haus betrete. Ich will euch nie mehr sehen …‹ Wieder schießen ihr die Tränen in die Augen. Cathy schüttelt den Kopf. »Dann fahr ich eben rüber«, sagt sie.

»Nein, du bist viel zu aufgeregt, um selbst zu fahren«, sagt Laurens Mutter. Sie wendet sich an ihren Mann. »Du fährst sie schnell hin, ja?«

»Aber lange bleibe ich nicht«, sagt Cathy hart. »Höchstens fünf Minuten.«

Cathy will erst die Klingel benutzen, aber dann kramt sie doch in der Tasche und holt ihren eigenen Schlüssel heraus. Trotz allem ist es immer noch ihr Zuhause. Ihre Mutter eilt auf sie zu, bleibt dann zögernd vor ihr stehen. Sie lächelt, aber ihre Schultern sind verkrampft. Sie wirkt nervös. Dann zieht es Cathy mit einem Mal zu ihr hin. Die beiden liegen sich in den Armen, bis ihre Mutter weinend sagt: »Warum bleiben wir eigentlich hier im Flur stehen? Lass uns ins Wohnzimmer gehen.«

Cathy folgt ihrer Mutter ins Wohnzimmer. Sofort tanzt Karen um sie herum, und Scampi bellt ausgelassen.

»Scampi, aus! Ja, so ist's ein braver Hund … Er freut sich eben, dich zu sehen«, sagt ihre Mutter. »Wir alle freuen uns.« Giles ist vom Sofa aufgestanden und umrundet die Gruppe. Wenn jetzt eine Bemerkung wegen Cathys Haaren kommt, geht sie auf der Stelle. Aber nein, er sagt etwas vollkommen anderes: »Ich freu mich wirklich.« Er reicht ihr die Hand. Cathy macht ein neutrales Gesicht. Am liebsten würde sie seine Hand ignorieren. Aber sie spürt, wie sehr sich ihre Mutter wünscht, dass sie bei dieser Versöhnungsgeste mitmacht. Also schütteln sie einander mechanisch die Hände.

Natürlich glaubt er, sie reiche ihm die Hand um seinetwillen, und in seinem Gesicht macht sich dümmliches Grinsen breit. Wie er schon wieder aussieht, denkt Cathy, mit seinen knallengen Jeans, den überlangen Koteletten und seiner Sonnenstudiobräune. Er ist nichts weiter als ein gealterter Modefatzke, wie Lauren sagen würde. Cathy kann sich gut vorstellen, wie er bei der Hochzeitsfeier mit den Brautjungfern rumflirtet und die Tanzfläche nach jeder Runde erst als Letzter verlässt. Und trotzdem vergeht ihre Mutter beinahe vor Glück.

»Einen Tee?«, fragt ihre Mutter.

»Ich kann nicht lange bleiben«, sagt Cathy. Laurens Vater hat ihr versprochen, sie in einer halben Stunde wieder abzuholen.

»Na, für ein Tässchen wird's doch reichen«, sagt Giles in herzlichem Ton. »Hilfst du mir, Karen?«

»Ja, gern.« Karen steht sofort auf und lässt sich von ihm an der Hand nach draußen ziehen.

»Setz dich doch, nimm Platz«, sagt Cathys Mutter, nachdem sie gegangen sind.

Cathy setzt sich auf die vordere Kante des Sofas, auf dem ein

Stapel Familienalben herumliegt. Sie selbst hat immer gern darin geblättert. Am liebsten hat sie sich die Aufnahmen von ihren Eltern angesehen, als die noch in ihrem eigenen Alter waren.

»Giles hat ein Foto für dich rausgelegt.«

»Ich kenne die Fotos. Ich hab sie mir hunderte Male angesehen«, antwortet Cathy spitz.

»Ja, aber da ist ein Bild von mir, das ihn an dich erinnert.«

»Ach.«

»Da ist es.«

Cathy spürt, wie sich ihre Gesichtszüge verhärten. Sie erkennt das Foto sofort wieder. Ihre Mutter ist sechzehn, siebzehn Jahre alt darauf. Sie stützt ihr Kinn auf ihre Hand und lächelt in die Kamera. Das Foto ist total schrill. Mutter hat eine scheußliche Dauerwelle und ein gutes Dutzend Ringe an den Fingern. Trotzdem überkommt Cathy jedes Mal ein Gefühl der Traurigkeit, wenn sie es anschaut. Der Teint ihrer Mutter ist makellos, sie wirkt so unbeschwert und ihre Augen … Irgendwas an diesen Augen erinnert Cathy an das Gesicht, das sie immer frühmorgens im Spiegel zu sehen bekommt. Merkwürdig, ihr ist es selbst noch nie aufgefallen. Aber jetzt – je länger sie das Foto betrachtet, um so mehr verschwimmt es und geht schließlich ganz in Cathys eigene Gesichtszüge über.

Sie hebt den Blick und sieht zu ihrer Mutter hinüber. Dort sieht sie dieselben Augen, die jetzt allerdings besorgt dreinschauen. »Ja, ich seh die Ähnlichkeit«, sagt sie leise.

Giles kommt mit dem Tablett herein. Karen lacht und zeigt auf Giles' Kopf, auf den er sich einen blauen Teekannenwärmer gestülpt hat. Er knallt das Tablett vor Cathy auf den

Tisch, dann hüpft er im Zimmer herum, während Cathys Mutter nachsichtig über ihn lacht. »Nimm das Ding vom Kopf, Giles«, sagt sie. »Wie sieht das denn aus.«
»Ich hab gesagt, dass er sich nicht traut«, ruft Karen.
Cathy blickt auf die Teekanne. Sie wird wohl oder übel eine halbe Tasse trinken müssen. Erst dann entdeckt sie den weißen Umschlag, der an der Zuckerdose lehnt. Plötzlich sind wieder alle Augen auf sie gerichtet. Natürlich weiß sie sofort, was darin ist. Trotzdem brennen ihr beim Lesen die Worte so sehr in den Augen, dass sie blinzeln muss.

Anlässlich unserer Hochzeit bitten wir
um die Ehre der Anwesenheit von
Cathy Adams
Mrs Robert Adams
und Mr Giles Shaw

Cathy sieht zur Seite und nimmt einen Schluck Tee. Er ist viel zu stark. ›Da bleibt ja der Löffel drin stehen‹, hätte ihr Vater gesagt. Ihr Vater! Es ist seine Schuld – warum ist er so früh gestorben? Dann merkt sie, dass ihre Mutter sie beobachtet und flehentlich auf eine positive Reaktion wartet.
»Ich werde kommen«, sagt Cathy mit belegter Stimme und nimmt einen weiteren Schluck. Giles und Karen äußern gleichzeitig ihre Begeisterung.
»Während wir in Venedig sind«, sagt ihre Mutter, ohne ihre Freude verbergen zu können, »müsste sich jemand um Karen kümmern.«
»Ja, gut, ich mach's«, sagt Cathy. Schon geht's ihnen nicht mehr schnell genug. Sie setzen Cathy unter Druck. Wie klein

und eng dieses Wohnzimmer sich anfühlt. Könnte sie es ertragen, wieder Abend für Abend hier mit Giles eingepfercht zu sein? Zu ihrer großen Erleichterung hört sie draußen endlich einen Wagen vorfahren.

»Das ist sicher Mr Davies«, sagt sie. Sie steht auf und die anderen mit ihr. Sie schüttelt wieder allen die Hände, und als ihre Mutter sie zum Abschied in den Arm nimmt, denkt Cathy: Alle sind so nett zu mir, und mir bleibt nur die Rolle der guten Verliererin. Giles hat gewonnen. Sie weiß, dass sie das nicht denken sollte. Sie weiß, dass Laurens Vater Recht hat, wenn er sagt, dass niemand über das Leben anderer bestimmen kann, nicht einmal über das Leben der eigenen Mutter. Aber diese Erkenntnis tut weh, und obwohl sie tapfer dagegen anlächelt, fühlt Cathy sich völlig leer. Wenn wenigstens Jez hier wäre. Er würde es schaffen, selbst dieser Situation noch eine absurde Komik abzugewinnen.

Draußen entdeckt sie überrascht, dass nicht Laurens Vater in der Einfahrt auf sie wartet, sondern … **Ihr Herz schlägt schneller, als Jason aus dem Auto springt.** »Ihr Taxi, gnädige Frau.«

»Was machst du denn hier?«, ruft sie ihm entgegen und steigt ein.

Jason grinst sie an. »Ich wusste eben, dass du abgeholt werden wolltest. Mein überdurchschnittlich geniales Gehirn hat deine Botschaft …«

»Du bist bei Lauren gewesen, und ihre Eltern haben es dir gesagt, stimmt's?«

Jason antwortet mit einer Gegenfrage. »Erzähl schon, worum ging's da drinnen?«

»Nichts Großartiges. Meine Mama verheiratet sich in ein

paar Wochen mit Giles. Sie haben mir die Einladung zur Hochzeit überreicht, und ich bin total begeistert.«

Es dauert mindestens eine Minute, bis Jason etwas darauf sagt. »Ist deine Mutter denn glücklich damit?«

»Ja, sicher, jetzt schon.«

»Dann würde ich sie einfach machen lassen.«

»Es bleibt mir ja nichts anderes übrig. Wenn ich sie zwingen würde, sich zwischen ihm und mir zu entscheiden, würde ich sowieso den Kürzeren ziehen. Ich werde also wieder zurückgehen. Schließlich kann ich nicht ewig bei Lauren und ihren Eltern bleiben. Obwohl sie ja wirklich nett zu mir sind. Außerdem hab ich schon versprochen, dass ich mich um Karen kümmern werde, solange die beiden auf Hochzeitsreise sind.« Sie schüttelt sich.

»Allzu lange wirst du ja nicht mehr zu Hause wohnen bleiben.«

»Ja, da hast du Recht«, sagt Cathy.

»Und überhaupt«, fährt Jason fort, »wird die Familie viel zu wichtig genommen. Irgendwie ist Familie ja ganz nett, aber am Ende ist das doch alles austauschbar.«

Cathy lächelt in sich hinein. Wie können Familien austauschbar sein? Aber es tut gut, Jason reden zu hören. »Was meinst du damit?«

»Pass auf«, sagt er, »nimm meine Familie zum Beispiel. Ich hab kein besonders enges Verhältnis zu meinen Eltern. Die meiste Zeit reden wir nicht mal miteinander. Das geht schon seit Jahren so, seitdem mein Dad mit einer andern Frau abgehauen ist.«

»Davon hast du noch nie was erzählt«, sagt Cathy.

»Echt?«, sagt Jason ausdruckslos. »Er kam ja auch wieder,

aber ich kann mit so 'nem Mist nichts anfangen. Ich will damit nur sagen, dass ich auch ganz gut ohne meine Eltern klarkomme. Genau genommen, brauche ich sie überhaupt nicht, verstehst du?«

»Ja«, sagt Cathy sanft, »klar.« Sie blickt aus dem Fenster. »Wo fahren wir überhaupt hin?«

»Nirgends. Ich hab gedacht, es gefällt dir, ein bisschen herumkutschiert zu werden.«

»Was für großartige Einfälle du manchmal hast«, sagt Cathy.

»Danke, weiß ich. Möchtest du denn irgendwohin?«

Sie setzt sich zurecht. »Ja. Was schlägst du vor?«

»Wie wär's mit London, Downing Street?«

Sie sieht ihn überrascht an. »Was? Jetzt noch?«

»Warum nicht? Andauernd kommt die Downing Street im Fernsehen, ich fänd's nicht schlecht, sie mal live ...«

»Aber das ist doch viel zu weit.«

»Na und? Willst du wissen, wie's dort wirklich aussieht, oder nicht?«

Sie lächelt. »Ja, sehr gern sogar.«

Cathy schwebt durch die Haustür herein. »Wo hast du denn gesteckt?«, hört sie Lauren fragen und wird von ihr in die Küche gezogen. »Ich hab gedacht, ich wär heute Abend diejenige, die heimlich tut.«

»Jason hat mich durch die Gegend kutschiert«, sagt Cathy.

»Ich weiß, Papa hat's mir gesagt – auch dass du bei deiner Mutter warst. War's schlimm?«

»Ja, schon.« Cathy zuckt mit den Schultern. »Vergiss es.«

Lauren hat verstanden. »Kaffee?«
»Ja, sehr gern.«
Lauren schaltet den Wasserkessel an. »Wo seid ihr denn hingefahren?«
»Downing Street.«
Lauren fährt erstaunt herum. »So weit? Kein Wunder, dass du erst jetzt zurückkommst.«
»War Jasons Idee. ›Hast du Lust, zur Downing Street zu fahren‹, hat er gefragt.«
Lauren setzt sich an den Tisch. »Wie war's denn?«
Cathy lehnt sich beim Erzählen vor. »Also, Lauren, es war fantastisch. Erst waren wir an der Themse, und Jason war absolut sicher, eine Leiche im Fluss gesehen zu haben oder einen Körperteil. Wir haben Ewigkeiten aufs Wasser gestarrt. Dann sind wir zur Downing Street gegangen. Echt interessant, diese Straße. Die Nummer Zehn war von zwei Polizeibeamten bewacht; der eine trank gerade Tee in einem kleinen Wachhäuschen. Und ständig patrouillierte ein Polizeiwagen. Es war Vollmond, und alles wirkte so unecht, wie im Film. Du hast dauernd das Gefühl, dass jemand daherkommen und die ganze Kulisse einfach abbauen könnte.«
Lauren steht schnell auf und gießt das Wasser auf. Als sie wieder sitzt, erzählt Cathy sofort weiter. »Und dann hat uns so ein abgerissener Typ mit Seemannspulli verfolgt. Jason meinte, dass er entweder ein Drogendealer oder ein getarnter Bulle wäre. Wir haben uns nicht die Zeit genommen, es herauszufinden. Aber faszinierend war's schon. Auf dem Rückweg hab ich dann die ganze Zeit über meine Mutter und Giles geredet, und Jason war einfach – na ja, du weißt selbst, wie gut er zuhören kann.«

»Ja, Jason ist echt gut, wenn es einem mies geht«, sagt Lauren. »Tut mir Leid, dass ich nicht hier war vorhin. Mein Vater hat sich überlegt, ob er mir das mit deiner Mutter hätte …«

»Ach was, woher denn«, sagt Cathy. »Wäre doch Quatsch gewesen, dir den Abend zu verderben. Wie war eigentlich das Stück? Entschuldige, das hätte ich dich schon längst fragen sollen.«

»Es war wirklich toll. Und die Atmosphäre im Theater hat mir gut gefallen.«

»Und – hat Russell sich anständig benommen?«

»Aber sicher.« Lauren lacht glucksend. »Schon komisch. Jason hätte den Abend fürchterlich gefunden. Ganz bestimmt. Und trotzdem hab ich ihn mir hergewünscht. Er hat mir gefehlt. Ist das nicht dumm?«

»Nein, das kann ich gut verstehen«, sagt Cathy leise.

»Ich bin allerdings froh, dass er für dich da war.«

»Er hat sogar angeboten, mit mir auf die Hochzeitsfeier zu gehen – vorausgesetzt, dass es Freibier gibt.«

Lauren lacht. »Typisch. Du weißt ja, dass er mich manchmal zur Weißglut treibt, aber wenn er nicht da ist … Hat er auch über mich geredet heut Abend?«

»Ein bisschen.«

»Was denn? Erzähl's mir.«

»Er hat nur gesagt, wie fantastisch du bist und wie mies er sich wegen neulich Abend fühlt.«

»Dazu hat er auch allen Grund – aber ich hab's ihm inzwischen ja verziehen. Übrigens, meine Mutter hat mir 'nen Zettel hingelegt, dass Becky angerufen hat. Sie möchte, dass wir uns morgen alle auf ein Gläschen treffen. Weißt du was darüber?«

»Nein. Dabei hab ich heut schon mit ihr geredet.«

»Muss wohl was ganz Spontanes sein. Bin gespannt, was dahinter steckt.«

Jason schubst den ledergepolsterten Sessel ans Feuer, wo die anderen fünf zusammensitzen.

»Geht's dir jetzt besser?«, fragt Lauren.

»Ja.« Jason lässt sich niedersinken. »Diese Sessel sind unverschämt bequem. Ich schaff mir bestimmt drei oder vier davon für mein Haus an. Wahrscheinlich stell ich sie in die Eingangshalle.«

»Weißt du, wie du aussiehst?«, fragt Mark. »Wie Don Corleone in *Der Pate*.«

Jason fuchtelt mit seinen Händen in der Luft herum und spricht mit hartem italienischen Akzent: »Nun denn, Adam und Becky, sagt uns, weshalb ihr uns hergerufen habt und wie euch der Pate helfen kann.«

Adam grinst verlegen. »Ich hol euch allen lieber erst mal was zu trinken.« Adam und Becky haben sie in den *White Hart* gebeten. Sie haben angeblich ›was mit ihnen zu bereden‹. An der Wand hinter ihnen steht ein Schrank mit Büchern. In einer Vitrine sind mit Obstmotiven bemalte Teller ausgestellt. An den anderen Wänden hängt Pferdegeschirr.

»Nein, wir sind zu gespannt«, sagt Lauren. »Erzähl endlich, was los ist.«

»Na, komm schon«, sagt Cathy, »rück raus mit dem großen Geheimnis.«

Adam sieht Becky an. »Kein Geheimnis – nur ...« Er würde ihnen die gute Nachricht so gerne mitteilen, aber das geht nicht so einfach. Er zwingt ein Lächeln auf sein Gesicht. »Liebe Freunde«, sagt er. Er hofft, dass er sich gelassen und locker anhört, so wie Jason in vergleichbaren Momenten. »Becky und ich möchten, dass ihr die Ersten seid, die es erfahren. Wir werden uns verloben. Und wenn ihr jetzt noch keine glitzernden Ringe seht, die kommen schon noch.« Er dreht sich zu Becky hin und lacht nervös. »Kuck mal, wie platt die alle sind.«

»Ist so 'ne Verlobung nicht ein bisschen übertrieben?«, fragt Jason.

»Meinen Glückwunsch, trotzdem«, sagt Cathy. »Kommt allerdings reichlich überraschend.« Sie schaut nach Lauren, deren Augen größer und größer werden. Weder sie noch Mark bringen ein Wort hervor.

»Und dann gibt's noch 'ne Neuigkeit«, fährt Adam fort und hört sich dabei geradezu verzweifelt an. Er dämpft seine Stimme zu einem vertraulichen Flüstern: **»Becky erwartet unser Baby.«** Und ehe jemand etwas sagen kann, fügt Adam eilig hinzu: »Und jetzt hol ich uns allen was zu trinken, damit wir die gute Nachricht begießen können. Für alle das Gleiche wie immer?« Sie glotzen ihn wortlos an. »Also gut, bin gleich wieder da.«

»Ich helf dir, Kumpel«, sagt Jason und geht mit.

»Warum sagt denn keiner was?«, flüstert Becky.

»Glückwunsch«, sagt Cathy. »Echt, herzlichen Glückwunsch.« Sie wendet sich an Mark. »Hast du's gewusst?«

Mark stellt sein Bierglas auf den Tisch. Er hat schon die ganze Zeit vor sich hin getrunken. »Teilweise, nicht alles. Von der Verlobung hab ich nichts gewusst.«

»Das kam auch ganz plötzlich«, sagt Becky. »Wir sind zu einem Juwelier gegangen, und Adam hat gefragt, ob ich mit ihm Verlobungsringe aussuchen wollte.« Ein warmer Schauer läuft ihr über den Rücken. »Aber natürlich waren alle zu teuer, bis auf einen nachgemachten Diamantring, den wir beide nicht wollten. Aber der Verkäuferin war sowieso alles egal. Sogar als sie uns ihren eigenen Verlobungsring gezeigt hat, einen mit 'nem dicken Diamantenklunker, schien sie gelangweilt. Aber auch der hat weder Adam noch mir gefallen, weil der Ring …«

»Und was hat Adam zu dem Kind gesagt?«, fällt ihr Lauren ins Wort.

»Er freut sich richtig darauf.«

Lauren zieht eine Augenbraue hoch.

»Genauso wie ich.«

»Du willst es also behalten?«, fragt Lauren weiter.

»Ja, sicher.«

»In der wievielten Woche bist du denn?«

»In der achten.«

»Dann treib es ab«, sagt Lauren in scharfem Ton.

Becky sieht sie entsetzt an. »Aber ich kann nicht – jetzt nicht mehr.«

»Es ist nichts weiter als ein Ei«, sagt Lauren trocken. »Becky, hör mal zu, wenn ihr euer Leben erst mal geregelt habt, dann kannst du meinetwegen sechs Kinder bekommen, wenn du willst. Aber doch nicht jetzt. Ist dir denn nicht klar, was das bedeutet? Du verschenkst zwanzig Jahre und hast selbst noch nicht mal angefangen, richtig zu leben. Tut mir Leid, ich bezweifle einfach, dass du und Adam richtig darüber nachgedacht habt.«

Sie wendet sich an Cathy und Mark. »Oder was meint ihr?«

Mark zuckt mit den Schultern. »Ich hab damit nichts zu tun«, murmelt er.

»Vielleicht solltet du und Adam noch ein wenig länger darüber reden«, sagt Cathy einfühlsam. »Weiß denn deine Mutter schon Bescheid?«

»Da wär'n wir wieder, eure Getränke, Leute.« Adam quetscht sich auf seinen Platz und nimmt sofort die angespannt lächelnden Gesichter wahr. Er betrachtet Becky. Sie ist blass, wirkt eingeschüchtert. Seine Freunde lassen ihn heute Abend ganz schön im Stich, gerade jetzt, wo er und Becky Unterstützung so nötig hätten.

Er legt seinen Arm um Becky. »Unsere Neuigkeit ist scheinbar so gut angekommen wie ein Glas Bier mit Reißnägeln drin.« Er lacht kurz auf. »Ihr sollt allerdings wissen, dass Becky und ich wirklich glücklich sind. Wir würden uns freuen, wenn ihr es auch wärt. Ich hab gedacht, vielleicht würde einer von euch auf die Idee kommen, auf uns anzustoßen. Was soll's, dann mach ich es eben selbst: Hoch die Gläser! Auf Adam und Becky.«

»Adam hat so verletzt ausgesehen, als er auf sich und Becky angestoßen hat«, sagt Cathy. »Ich hab mich schrecklich gefühlt. Und wie er dann mit Becky einfach gegangen ist … Nicht mal ›Tschüss‹ haben sie gesagt.«

Lauren seufzt. »Die Atmosphäre war fürchterlich. Ich hasse so was.« Sie wendet sich an Mark. »Wie geht's dir denn dabei?«

»Ich bin okay«, grummelt er. Lauren, Cathy, Mark und Jason hocken bei Lauren in der Küche und reden über die Ereignisse der vergangenen Stunden.

»Schätze, ich war ein bisschen zu direkt«, sagt Lauren. »Ich hätte taktvoller sein können.«

»Es war ja auch wirklich 'n Hammer«, sagt Cathy.

»Ja, genau«, sagt Lauren laut. »Als es hieß, sie hätten was mit uns zu bereden, hab ich mir schon gedacht, dass sie sich vielleicht verlobt haben. Gleichzeitig hab ich mich gefragt, warum gerade jetzt? Ich bin wohl ziemlich grob gewesen, was? Aber ich musste es einfach sagen! Schließlich können sie sich damit ihr ganzes Leben verbauen. Ich wollte ihnen nur helfen, ihnen die Augen öffnen … Ach, ich weiß auch nicht.«

»Ihre Mutter wird das schon in den Griff kriegen«, sagt Cathy. »Sie ist wirklich nett.«

Mark steht auf.

»Ist dir schlecht?«, fragt Lauren sofort.

»Nein, ich hätt nur gern ein Glas Wasser, das ist alles«, sagt Mark.

»Wenn du kotzen musst, dann rennst du rechtzeitig los, ja?«, fragt Lauren.

»Ja«, sagt Mark und setzt sich mit seinem Glas Wasser wieder hin.

»Du bist ziemlich still«, sagt Cathy zu Jason.

»Ich kann Babys nicht ausstehen«, erklärt er. »Und junge Mütter auch nicht. Sie rennen in Latzhosen rum und knallen dir ihre Kinderwagen gegen die Hacken.«
»Donnerwetter, ausgesprochen hilfreich«, sagt Lauren zynisch. Cathy aber erinnert sich an eine Stunde in Gemeinschaftskunde. Sie sahen einen Film über eine Geburt. Jason wurde ganz grün im Gesicht und sagte: »Das ist ja abstoßend.«
Lauren bohrt weiter: »Dir fällt also nichts ein, was du Becky und Adam raten könntest?«
Cathy beobachtet, wie Jason nervös auf seinem Stuhl hin und her rutscht. Wenn Probleme auftauchen, wendet man sich normalerweise zuallererst an Jason. Wie oft hat er ihnen in den letzten Jahren in kniffligen Situationen weitergeholfen? Aber in dieser Frage wirkt er völlig hilflos. »So wie ich das sehe«, sagt er schließlich, »bleiben Adam und Becky nur zwei Möglichkeiten. Entweder sie werden die Fernseh-Durchschnittsfamilie – ihr wisst, was ich meine. Sie hocken in einer mickrigen Einzimmerwohnung, haben Kinder und Enkelkinder und sind im Großen und Ganzen stinknormal. Oder sie könnten ganz was anderes machen …« Alle starren ihn erwartungsvoll an. »Sie könnten abhauen und als Höhlenmenschen leben.«
»Höhlenmenschen?«, fragen Lauren und Cathy gleichzeitig.
»Ja, genau«, sagt Jason. »Sie könnten in 'ner Höhle leben und sich von Beeren ernähren.« Dann sieht er ihre Gesichter und sagt: »Oder sie könnten ein kleines Hippykind großziehen und in 'ner Kommune wohnen. Das wäre eine Alternative.«
»Ach was«, sagt Lauren. »Dann sag mir mal, wovon sie leben sollen.«

»Der meiste Mist, den die Leute für ihre Babys anschaffen, ist sowieso überflüssig. Überlegt doch mal. Was braucht man schon? Lätzchen und was zu essen. Fertig. Die meisten Eltern dagegen ziehen los und kaufen ihren Kindern eine Minigolfausrüstung und Betten auf Ratenvertrag.«

»Betten braucht man also auch nicht«, sagt Lauren beinahe lächelnd. »Und wo sollen sie schlafen?«

»In Höhlen«, antwortet Jason. Plötzlich grinst er breit. »Ich hab null Ahnung, wovon ich die ganze Zeit rede«, sagt er und lacht.

Cathy hat den Verdacht, dass er nur lacht, um seine Verlegenheit zu überspielen. Trotzdem ist es so ansteckend, dass sie und Lauren mitlachen. Nach diesem schwermütigen Abend ist Lachen so richtig befreiend.

Mark steht auf. »Ich geh heim«, verkündet er. »Bis dann.« Er schwankt in Richtung Küchentür.

»Ich komm mit, Kumpel«, sagt Jason. Er dreht sich um zu Lauren und Cathy. »Ich bring ihn nach Hause.«

Lauren nickt zustimmend. »Mark war ziemlich merkwürdig heute Abend. Ich glaub, er kann jetzt ganz gut jemanden brauchen.«

Kopfschüttelnd und mit staksenden Schritten kommt Mark aus dem Garten herein zu Jason. »Hat keinen Sinn, ich hab immer noch das Gefühl, kotzen zu müssen, aber erst in 'ner halben Stunde.« Behutsam macht er die Verandatür hinter sich zu. Das Schlimmste, was ihm jetzt noch passieren könnte, ist, dass seine Mutter oder sein Vater ihn in diesem Zustand sehen.

Jason steht Kaffee trinkend am Fenster. »Auch Kaffee?«

Mark schüttelt sich. »Nein, nichts.« Er lässt sich auf einem Stuhl am Küchentisch nieder.

Jason grinst. »Immer wenn du zu viel getrunken hast, bekommst du ein Gesicht wie ein Backenhörnchen. Dir geht's ganz schön dreckig heute Abend, was?«

Mark stöhnt. »Mach das Licht aus, bitte.«

Jason knipst das Licht aus und setzt sich Mark gegenüber. Es herrscht eine ungezwungene, freundschaftliche Stille. Dann fragt Mark: »Spinn ich oder bewegt sich die Decke tatsächlich in Richtung Fußboden?«

»Ich fürchte, Mark, dass du ein bisschen Karussell fährst. Soll ich das Licht wieder einschalten?«

»Nein«, sagt Mark schnell. »Kein Licht.« Dann meint er: »Ich war derjenige, der Becky dazu gebracht hat, zu der Untersuchung zu gehen. Ich hab ihr die Hand gehalten. Sie hätte sich nie untersuchen lassen, wenn ich nicht gewesen wäre.«

»Guter, alter Mark«, sagt Jason freundlich.

»Ja, guter, alter Mark«, wiederholt Mark wütend. »Jedermanns Freund und damit hat sich's. Nicht ein Wort hat sie mir verraten wegen der Verlobung. Sie braucht mich jetzt nicht mehr, verstehst du? Sie hat Adam. Ich werd einfach ausrangiert. Und er fährt die Ernte ein, die Geschenke, die Glückwunschkarten und sagt allen: ›Ja, ich bin verlobt mit Becky.‹ Er schmückt sich mit den Juwelen. Aber wer darf sie polieren, wenn sie 'nen Kratzer bekommen haben? ICH!

Nein, er hat alles, was er sich wünscht, und das ist verdammt noch mal nicht fair.« Mark wird immer lauter. Er schweigt einen Moment, dann fährt er in einer Art geflüstertem Schreien fort: »Du weißt ja, dass ich sie zusammengebracht hab. Ich wünschte, ich hätte es nicht getan, weil ich ihr so viel mehr bieten könnte als Adam. Ich bin intelligenter und komme auch voran. Demnächst werde ich ins Studentenparlament gewählt. Jede Wette, dass meine Noten besser sein werden als die von Adam.« Wieder hält er einen Moment inne. »Und überhaupt merkt er gar nicht, was er an Becky hat – im Gegensatz zu mir. Das einzig Besondere an Adam ist sein Motorrad. Persönlichkeit? Fehlanzeige. Und alle meinen, er sei so tiefgründig.« Er stößt ein befremdliches, ersticktes Lachen hervor. »Ich hätte ihm Becky wegnehmen können, wenn ich es nur gewollt hätte. Sie mochte mich nämlich auch. Am ersten Tag hätte sie schon mir gehören können, wenn ich sie nicht mit in die Aula gebracht hätte. Und ich hätte sie wieder auseinander bringen können. Ich weiß, wie man so was einfädelt.« Ein ersticktes Schluchzen kommt aus seiner Kehle. »Warum, zum Teufel hab ich es nicht gemacht?«

Jason, der kein einziges Mal versucht hat, Mark zu unterbrechen, sagt ganz langsam: »Weil du deine Prinzipien hast.«

»Prinzipien.« Mark spuckt ihm das Wort entgegen. »Wozu sollen die gut sein?«

»Wenn du keine Prinzipien hast«, antwortet Jason, »bist du kein richtiger Mensch. Du bist nur eine leere Hülse. Du bist nichts.«

Mark schweigt eine Zeit lang. »Ich bin ein Trottel«, murmelt er dann.

»Ja – und 'ne ehrliche Haut«, antwortet Jason. »Es ist mir eine Ehre, dir die Hand zu schütteln.« In der Dunkelheit streckt er Mark die Hand entgegen. Mark nimmt sie und steht schwankend auf.

»Als ich im *White Hart* beim Karaoke gesungen hab«, sagt er, »da hab ich das Gefühl gehabt, dass mir die ganze Welt gehört. Verstehst du? Jetzt wollen sie, dass ich fürs Studentenparlament kandidiere. Auch das werde ich machen. Ich werde in Zukunft so vieles tun, Jason.« Schnell hält er die Hand vor den Mund. »Und jetzt muss ich kotzen.« Er rennt hinaus in den Garten.

»Ich glaube, wir sollten zurückgehen«, sagt Adam.

»Ja, das sollten wir«, antwortet Becky leise. Aber keiner von beiden rührt sich vom Fleck. Solche Momente würde Becky gerne auf ewig festhalten. Sie könnte sich ihnen ganz und gar hingeben und nie wieder in den trüben Alltag zurückkehren.

Aber schließlich drängt Adam sie doch zum Aufbruch. »Meinst du, du wirst es deiner Mutter morgen sagen?«

Sie spürt, dass er es gerne möchte. Er fühlt sich heute Abend von allen im Stich gelassen und ganz allein. Er hätte gerne jemanden, mit dem er die Verantwortung teilen könnte. Becky geht es genauso. Das Problem ist nur, dass sie weiß, wie enttäuscht ihre Mutter sein wird. Hinzu kommt, dass sich ihre Mutter auch noch Selbstvorwürfe machen wird.

»Ja, ich werd es ihr morgen sagen«, antwortet sie.

»Am besten, ich sag es meiner Mutter auch gleich«, meint

Adam. »Dann hab ich es hinter mir.« Er nimmt ihre Hand und gibt ihr einen Kuss darauf. »Du solltest einen Ring an diesem Finger haben«, sagt er traurig. »Eines Tages bekommst du einen, der alle vor Neid erblassen lässt.«
Becky schüttelt den Kopf. »Das ist doch alles gar nicht wichtig. Das Einzige, was zählt, sind wir.« Sie ringt sich ein Lächeln ab. **»Wir drei.«**

Marks genialer Plan

Becky drückt ihr Gesicht fest an die Fensterscheibe. Dicker, grauer Nebel ist dabei, Cartford in Besitz zu nehmen. Die Häuser auf der anderen Straßenseite versinken im Dunst, und die dunklen Schattenfetzen, die am Fenster vorüberziehen, haben etwas eigenartig Fremdes. Beckys Stirn liegt vor Anspannung in Falten. Kommt ihre Mutter schneller, wenn sie noch intensiver hinausstarrt? Wo steckt sie überhaupt?
Becky hat mit Adam ausgemacht, dass sie ihren Eltern (oder besser gesagt ihren Müttern) exakt zur selben Zeit von dem Baby erzählen werden: um halb drei Uhr nachmittags. Sie dachten, das würde ihnen vielleicht Glück bringen.
Inzwischen ist es beinahe vier Uhr, und Becky wird immer nervöser. Vielleicht sollte sie schnell mal aufs Klo gehen. Sonst kommen die Leute auch immer ausgerechnet dann, wenn man auf dem Klo sitzt. Stattdessen schaltet sie den

Fernseher ein, um sich abzulenken. Aber das nervt sie beinahe noch mehr.

Es ist fast fünf, als ihre Mutter endlich kommt. Becky steht inzwischen derart unter Strom, dass sich ihre Stimme schrill und gequält anhört. »Wo bist du gewesen?«, stößt sie hervor.

»Meine Freundin Paula musste mit ihrer Katze zum Tierarzt. Ohne Rückfahrkarte, sozusagen. War nicht mal 'ne nette Katze, aber das macht die Sache auch nicht angenehmer. Paula fühlte sich jedenfalls verpflichtet, im entscheidenden Moment dabei zu sein. Und ich hab moralischen Beistand geleistet. Oder hab ich mich nur vorm Schreiben gedrückt, weil sich das neue Kapitel nicht so gut anlässt? Jetzt brauch ich jedenfalls erst mal 'ne Dosis Koffein. Ja, genau, das ist ein Wink mit dem Zaunpfahl.«

Als Becky mit dem Kaffee ins Wohnzimmer kommt, hat es sich ihre Mutter auf der Couch bequem gemacht und sieht sich einen alten Schwarzweißfilm an. »Das ist *Vincent Price*, unglaublich, wie jung er damals ausgesehen hat. Ich glaube, er spielt den tollpatschigen Helden.«

»Mama, kann ich den Fernseher ausmachen? Ich muss dir was erzählen.«

»Gute Neuigkeiten?«

»Irgendwie schon, denk ich.« Becky schaltet das Gerät ab und lässt sich ihrer Mutter gegenüber in den Sessel fallen. Jetzt, da der Moment der Wahrheit endlich gekommen ist, will sie es gar nicht mehr sagen. Andererseits würde sie platzen, wenn sie weiterhin schweigen würde. Sie sieht ihre Mutter kurz an und blickt schnell wieder zur Seite.

»Also gut, ich glaube, ich bin schwanger.«
»Glaube?«, wiederholt ihre Mutter, als hätte sie dieses Wort noch nie zuvor gehört.
»Ich weiß es.« Becky würde jetzt gern irgendwas mit ihren Händen anfangen, ihre Kaffeetasse vom Tisch nehmen zum Beispiel. Aber sie traut sich nicht, weil sie zu sehr zittert. Sie wirft einen weiteren kurzen Blick auf ihre Mutter. Die sitzt inzwischen kerzengerade und fragt: »Die wievielte Woche?«
»Die neunte.«
»Von Adam?«
»Ja«, haucht Becky ganz leise. Es ist ihr alles ganz furchtbar peinlich, und sie hofft, dass ihre Mutter keine weiteren Fragen mehr stellt. Sie weiß selbst, dass ihre Mutter etwas anderes von ihr erwartet hat. Sie muss es ihr nicht auch noch unter die Nase reiben.
»Was habt ihr beide vor?«
»Wir möchten es behalten.«
Ihre Mutter sagt nichts. Sie sieht aus, als hielte sie den Atem an. Becky wird ungeduldig: »Jetzt bist du total enttäuscht von mir, stimmt's?«
»Nein, nein. Es ist nur – du hast dir selbst nicht die geringste Chance gelassen.« Ein wütender Unterton schwingt in der Stimme ihrer Mutter mit. »Du hast noch nicht einmal ansatzweise ein eigenes Leben gelebt. Merkst du wenigstens, dass du alles Bisherige auf den Kopf stellst? Ist dir das klar?«
»Mama. Bitte nicht«, flüstert Becky. »Bitte sei nicht gegen uns.«

Ihre Mutter sieht sie finster an, steht auf, zögert einen Augenblick, der sich in die Länge zieht, und kniet dann halb neben Beckys Sessel nieder. Sie sagt: »Becky, als ich dich bekommen hab, war ich zweiundzwanzig, und ich fühlte mich viel zu jung, um Mutter zu werden. Ist ja auch klar, so dumm wie ich war.« Becky lächelt. »Ich hatte nichts, worauf ich hätte aufbauen können. Ich musste neben dir erst mal selbst erwachsen werden. Ich habe immer gehofft, dass deine Chancen einmal besser sein würden.«

»Aber Adam und ich werden unser Baby wirklich lieben.«

»Das weiß ich ja«, sagt ihre Mutter. »Es ist nur«, sie seufzt, »ich kann dir gar nicht beschreiben, wie sehr dich ein Baby verändert. Ganz plötzlich gehörst du zu den Erwachsenen. Als Erstes hast du dich damit abzufinden, dass du dich nach allem mächtig strecken musst, verstehst du?«

»Ja, ich weiß«, sagt Becky leise. **Aber noch während sie es ausspricht, meldet sich eine schwache innere Stimme und fragt, ob sie wirklich weiß, was sie da auf sich nimmt. Ob sie wirklich damit zurechtkommen wird.**

»Becky, alles wird sich ändern. Alles. Jede Kleinigkeit. Du wirst nicht einmal mehr so schlafen, wie du es bisher gewohnt warst. Wenn du erst einmal ein Kind hast, dann heißt es für immer Abschied nehmen vom guten, alten Tiefschlaf. Du wirst Antennen entwickeln, die den leisesten Piep und das kleinste Wimmern deines Kindes empfangen und dich aufwecken …« Beckys Mutter redet mit Becky nicht wie zu einer Tochter im Teenager-Alter, sondern wie eine Frau zur andern. Das ist es, was Becky möchte. Und trotzdem jagt es ihr Kälteschauer über den Rücken. Es ist so, als würde Becky sich in ihre Mutter verwandeln.

Dazu ist sie wirklich noch nicht bereit. Oder etwa doch? Plötzlich ist sie völlig durcheinander.

Es klingelt an der Haustür. Ihre Mutter flucht leise vor sich hin. »Egal, wer's ist, ich schick ihn weg …«

Sekunden später ist ihre Mutter wieder zurück, und Becky schnappt nach Luft. »Hallo, Mrs Rosen«, sagt sie. Sie lächeln einander verkrampft an. Mrs Rosen wirkt aufgebracht, sieht durchgefroren aus.

»Geben Sie mir doch Ihren Mantel«, sagt Beckys Mutter.

»Nein, ist schon gut. Ich kann sowieso nicht lange bleiben. Ich wollte Sie nur kurz sprechen.« Schweigen. Ganz klar, was das heißen soll: ›Verschwinde, Becky!‹ Sehr langsam steht Becky auf. Eigentlich sollte sie nicht gehen. Schließlich ist sie diejenige, die das Kind bekommt. Aber sie wird einfach rausgehen und lauschen. »Ich hol mir was zu trinken. Soll ich was mitbringen …«

»Nein, danke«, tönt es wie aus einem Munde.

In der Küche starrt Becky zum Fenster hinaus. Inzwischen kann man überhaupt nichts mehr sehen. Der Nebel hat alles verschluckt. So fühlt sie sich selbst auch. Wie vom Nebel verschlungen. Ihr altes Leben ist ausgelöscht, vor ihr liegt – ja, was liegt eigentlich vor ihr? Ihre Mutter hat Recht. Ihr Leben wird nie wieder sein, wie es einmal war. Gestern hat sie es noch richtig aufregend gefunden; jetzt hat sie nur noch Angst.

Auf Zehenspitzen kehrt sie zurück zur Wohnzimmertür. Zuerst hört sie Mrs Rosens Stimme. »Adam ist dafür verantwortlich. Ich meine, es ist seine Schuld. Und ich weiß, dass auch sein Vater dieser Ansicht sein

wird. Er hat Becky ausgenutzt. Das hab ich ihm heute auch gesagt.« Armer Adam, denkt Becky. Wie gern würde sie jetzt mit ihm reden.
Dann hört sie ihre Mutter. »Sie haben alle beide verantwortungslos gehandelt. Wie auch immer sie sich entscheiden, es wird bestimmt nicht leicht werden.«
»Becky kann das Kind nicht behalten«, sagt Mrs Rosen laut. »Falls sie es doch tut, wird sie damit alle beide ins Unglück stürzen. Wer soll sich denn um das Kind kümmern? Vom Geld wollen wir erst gar nicht reden. Wo soll es denn herkommen, solange sie beide aufs College gehen? Ich nehme nicht an, dass Beckys Vater …«
»Nein«, sagt Beckys Mutter matt. »Von ihm ist keine Hilfe zu erwarten.« Wie wahr, denkt Becky. Bei ihrem Vater gibt's nichts zu holen.
»Wir sind uns also einig«, sagt Adams Mutter, »sie müssen es loswerden.« Beckys Hand zuckt nach dem Türgriff. Sie sollte hineinstürmen. Wie kann diese Frau es wagen, über ihre und Adams Zukunft zu entscheiden? Wie kann sie es wagen?
Mrs Rosen ist noch nicht fertig. »Dabei ist Adam so ehrgeizig. Becky bestimmt auch. Wir können nicht zulassen, dass sie ihre Chancen einfach wegwerfen.«
»Wir können mit beiden alle Möglichkeiten besprechen. Aber wir können nicht für sie entscheiden. Das müssen sie schon selbst tun. Wir müssen ihnen allerdings helfen, damit sie mit allem zurechtkommen …« Beckys Mutter hört sich vernünftig an, auch wenn ihre Stimme traurig klingt und viel tiefer als sonst. Selbst hier draußen spürt Becky ihre Enttäuschung.

Aber sie werden es schon schaffen. Wer könnte ihr jetzt Mut machen, damit sie es auch glaubt? Niemand. Es gibt niemanden, der findet, dass sie das Baby behalten sollte. **Niemanden außer Adam.** Becky gibt sich einen Ruck und geht hinaus in den Nebel.

Laurens Vater wuchtet die Tasche ins Auto und dreht sich mit einer leichten Verbeugung nach Cathy um. »Ihre Taschen, gnädige Frau, sind ordentlich verstaut, und ich werde Sie nicht um ein Trinkgeld bitten.«
Cathy lässt ihren Blick über die drei um ihr Auto versammelten Personen schweifen. Sie schluckt. »Ich hab mich immer willkommen gefühlt.«
»Es war uns eine Freude«, sagt Laurens Mutter. »Du bist ein Bilderbuchgast.« Laurens Vater umfängt Cathy mit einer seiner bärigen Umarmungen und hebt sie hoch. »Du lässt dich schon nicht unterkriegen«, sagt er und stapft davon. Mrs Davies küsst Cathy zum Abschied auf beide Wangen. »Fahr vorsichtig bei dem Nebel«, sagt sie leise und folgt ihm.
Cathy lächelt hinter ihnen her. »Findest du nicht auch, dass du großartige Eltern hast?«, sagt sie zu Lauren.
»Manchmal schon.«
»Kann mir gar nicht mehr vorstellen, dass ich vor deinem Vater mal Angst gehabt habe.«
»Eigentlich ist er ein Schmusekater. – Du wirst mir jedenfalls fehlen. Was wird aus unserem allabendlichen Tratsch?«
»Auch mir wird das alles fehlen«, sagt Cathy leise.
»Dann bleib hier.«

»Lauren, wenn ich jetzt nicht gehe, dann pack ich es nie. Ich kenn mich.«
»Bleib hier! Bleib für immer – mir würd's gefallen. Wir beide machen einfach so weiter, nur du und ich.«
»Bis zu deiner Hochzeit.«
»Ach was, mein Mann kann in der Nachbarschaft wohnen, oder in einem anderen Hausflügel. Bleib doch.«
Cathy zögert. »Nein. Es ist besser, ich gehe zurück. Mama liegt mir schon so lange in den Ohren, dass ich endlich heimkommen soll. Du weißt ja, in zwei Wochen heiraten sie schon.« Ihre Stimme klingt belegt. »Ich bin nur vier Straßen weit weg. Innerhalb von fünf Minuten kann ich bei dir sein. Wenn ich fahre, dauert's nur zwei.«
»Aber das ist was anderes«, sagt Lauren und zieht eine Schnute. Sie benimmt sich wie ein kleines Mädchen. »Ich will, will, will aber nicht, dass du gehst.«
»Ich mag doch auch nicht weg«, sagt Cathy. Ihre Stimme ist jetzt ganz kratzig. »Ich hab sogar Angst davor, wenn ich ehrlich bin. Sie geben sich alle die größte Mühe. Giles lächelt mich jedes Mal an, wenn er mich sieht, er fragt, wie's mir am College geht und versucht, mir Interesse entgegenzubringen. Außerdem ist es mein Zuhause, und Mama fehlt mir. Und Scampi!«
»Na gut, dann zisch ab«, sagt Lauren.
Cathy lacht. »Bis morgen.« Sie steigt ins Auto. »Kommt Jason heut Abend noch vorbei?«
»Wahrscheinlich.«
»Grüß ihn schön von mir.« Dann rutscht ihr das Lächeln aus dem Gesicht. »Ich kann dir gar nicht sagen, wie viel Schiss ich hab.«

Lauren winkt Cathy hinterher, kehrt ins Haus zurück und fühlt sich fürchterlich einsam. Cathy kam ihr vor wie eine Schwester, solange sie bei ihr gewohnt hat. Sie staunt selbst darüber, wie sehr sie Cathy mag.

»Sie wird mir fehlen«, sagt sie zu ihren Eltern im Wohnzimmer. Ihre Mutter gießt die Blumen. Ihr Vater hat eine Brille mit dicken Gläsern auf und sieht um zehn Jahre älter aus. Er raschelt mit der *Times* – wenn er auf diese spezielle Art mit der Zeitung raschelt, kann das nur bedeuten, dass er sauer ist.

»Sie wird uns auch fehlen«, sagt ihre Mutter. »Dieses Mädchen hat nicht einen einzigen schlechten Gedanken im Kopf. Wir haben Cathy schon immer gemocht.« Sie ändert den Tonfall. »Ich kann mir vorstellen, dass du jetzt noch mehr Zeit mit Jason verbringen wirst.«

»Nicht unbedingt.«

Ihr Vater sieht hoch. »Aber sicher, ganz bestimmt«, brummt er. »Schließlich haltet ihr beide es nicht viel länger als ein paar Stündchen ohne einander aus. Von dem Gedanken, gute Noten zu bekommen, kannst du dich schon mal verabschieden.«

Lauren starrt ihn verblüfft an. »Wie meinst du das?«

»Deine Mutter und ich, wir wissen genau, was läuft«, sagt ihr Vater. »Seitdem du mit ihm zusammen bist, hast du aufgehört zu arbeiten.«

»Das stimmt doch gar nicht«, protestiert Lauren.

»Du arbeitest jedenfalls nicht so viel, wie du arbeiten solltest, Lauren. Das kannst du nicht abstreiten«, sagt ihre Mutter.

Nein, das kann Lauren nicht. Und selbst wenn sie es nicht zugeben mag – so liegt es doch teilweise (wenn nicht sogar ausschließlich) an ihrer Freundschaft zu Jason. Obwohl sie ihm oft sagt, dass sie lernen muss, kommt er vorbei und sagt: ›Lass doch die Bücher. Das kannst du ein andermal erledigen.‹ Und dann hat die Lernerei für sie sofort etwas Streberhaftes, Langweiliges. Also hat Lauren die Bücher tatsächlich vernachlässigt. Zum einen ist sie sauer auf Jason, weil er nicht versteht, wie wichtig es ist, dass sie von Zeit zu Zeit was tut. Zum andern ärgert sie sich, dass sie so wenig eigenen Willen zeigt.

»Doch, ehrlich«, widerspricht Lauren. »Ich arbeite genug.«

Ihr Vater schleudert seine Zeitung beiseite, Schweißperlen glitzern auf seiner Stirn. »Wir wissen nicht, ob es sich überhaupt lohnt, dass du am College bleibst. Du wirst die Abschlussprüfungen sowieso nicht bestehen.«

»Oh, vielen Dank«, sagt Lauren laut.

»Du kannst genauso gut aufhören mit dem College und dir einen Job im Supermarkt suchen. So wie er.«

»Papa, Jason arbeitet nicht im Supermarkt, er arbeitet in einem Sportgeschäft.«

Ihr Vater schüttelt den Kopf. »So oder so, er ist Verkäufer.«

»Du bist ein Snob«, fährt Lauren ihn an. »Dauernd hackst du auf Jason rum! Ich weiß auch, warum – weil er sich von dir nichts sagen lässt.« Sie wendet sich an ihre Mutter. »Ich dachte, du magst Jason.«

»Ich mag ihn ja auch«, sagt ihre Mutter. »Und wenn er gerne in einem Laden steht, dann ist das voll und ganz in Ordnung. Aber ich denke, dass du etwas anderes willst. Du willst einen akademischen Beruf. Er nicht. Du darfst dir von ihm nur nicht alle Chancen verbauen lassen. Das ist alles, was wir möchten.«

»Das tut er doch gar nicht«, sagt Lauren. »Er will ja selbst, dass ich gut abschneide.« Sehr überzeugend hört sie sich nicht an.

Wie ein Schiedsrichter beim Abpfiff eines Fußballspiels hebt ihr Vater die Arme. »Wir machen uns große Sorgen, aber wir werden nichts dagegen unternehmen.« Er legt eine kleine Pause ein. »Vorläufig.«

Traut sich Mark, noch einmal hinzusehen? Er traut sich. Er geht zurück zum Anschlagbrett vor der Cafeteria – zu jener Liste, die mit STUDENTISCHE VERTRETER überschrieben ist. Neben der Rubrik *Freizeitgestaltung* steht der Name aller Namen: MARK APPLETON. Jedes Mal, wenn er diese Liste sieht, bekommt er einen wahren Energieschub und das Gefühl, alles schaffen zu können.

Gestern, während der Versammlung der Studentenvertreter, sprühte er förmlich vor Ideen, die den anderen zu gefallen schienen. Seitdem fühlt er sich wie ein Surfer auf dem Kamm einer Welle.

Plötzlich haut ihm jemand heftig auf die Schulter. Adam grinst ihm verlegen ins Gesicht. Er zeigt auf Marks Namen. »Den Typen kenn ich doch irgendwoher. Du hast's also hingekriegt?«

»Danke, ja. Wir hatten gestern 'ne Versammlung und sind am Ende alle im Pub gelandet. Ich werde in Zukunft massenhaft Diskos und Ausflüge organisieren ...« Mark plappert einfach weiter, während er innerlich schier vergeht vor Verlegenheit. Er kann immer noch nicht fassen, wie er neulich

über Adam hergezogen ist. Zum Glück hat es nur Jason zu hören bekommen. Am nächsten Tag hat Mark Jason getroffen und gesagt: »Ich hatte gestern Abend 'nen ziemlichen Koller, was?« Jason antwortete: »Mach dir keinen Kopf deswegen. Du musstest es dir einfach von der Seele reden.«
Trotzdem fühlt er sich jetzt – eine Woche später – wegen dieses Ausbruchs immer noch schuldig. Er und Adam sind schon so lange befreundet. Selbst wenn er nicht ganz klar im Kopf ist, darf er so was nicht behaupten: »Adam hat keine Persönlichkeit.« Das war doch pure Gehässigkeit. Eigentlich hat Mark Adam immer um seinen Stil beneidet, vor allem um die Art, wie er sich niemals selbst ins Rampenlicht rückt und die Leute ihn trotzdem zur Kenntnis nehmen.
»Sollen wir uns ein Momentchen hinsetzen?«, schlägt Adam vor.
»Ja, gern«, sagt Mark.
Bis auf eine größere Gruppe, die Karten spielend einen Tisch umlagert, strömen gerade die meisten Studenten zurück in ihre Klassen. Adam geht zielstrebig in eine der hinteren Ecken der Cafeteria.
»Eigentlich bin ich auf der Flucht«, sagt Adam.
»Vor wem?«
»Vor *Rohocop*, alias Garnett, meinem Vertrauenslehrer.«
»Glaub nicht, dass ich den kenne.«
»Sei froh. Er ist allerdings kaum zu übersehen. Große, hervorstehende Augen, kein Kinn, sein Atem stinkt nach Gemüseeintopf.«
»Klingt ja toll. Warum ist er hinter dir her?«
»Das Übliche. Ich hab wieder mal ein paar Stunden geschwänzt, und er soll mir dafür die Hölle heiß machen.

Gerade jetzt sucht er mich wieder. Nur hab ich diesmal die Befürchtung, dass er mich ganz rausschmeißt.«

»Ach wo, erst müssen sie dir ein paar Ermahnungen schicken.«

»Die hab ich schon bekommen«, bemerkt Adam sachlich.

»Sie werden dich nicht gleich rausschmeißen«, sagt Mark.

»Das denkt Becky auch. Sie hat gemeint, sie hätte dich in den letzten Tagen kaum gesehen.«

Mark sieht betroffen drein. Er hat seit jenem Abend im *White Heart* tatsächlich nur einmal mit Becky geredet. Und zwar gleich am nächsten Tag. Sie kam extra vorbei, um ihm zu erzählen, dass sie und Adam eigentlich vorgehabt hatten, ihm ihre Verlobung als Erstem mitzuteilen. Aber dann hätte einfach die Zeit nicht mehr gereicht. Er hielt das für eine ziemlich schwache Ausrede. Nein, das war Mark von vornherein klar gewesen: Sobald Becky und Adam zusammen sein würden, wäre er weg vom Fenster. Und wie alle andern, musste auch er sämtliche Neuigkeiten selbst herausfinden.

Inzwischen erscheint ihm das allerdings recht unbedeutend. Verglichen mit dem, was auf Adam und Becky zukommt.

»Und, wie steht's sonst?«, fragt Mark.

»Geht so. Wir haben es letzte Woche unsern Eltern erzählt. War ganz schön haarig.« Adam lächelt in sich hinein – das ist die Untertreibung des Jahres. Seine Mutter hat völlig durchgedreht, als er es ihr gesagt hat. Aber wirklich! Sie ist zu Becky nach Hause gedüst, und Becky ist bei ihm aufgetaucht. Sie zitterte. Adam versuchte sie zu beruhigen und zuversichtlich zu wirken, hatte aber selbst die ganze Zeit ein hohles Gefühl im Bauch. Dieses Gefühl stieg ihm schließlich die Kehle hoch, bis er es regelrecht schmecken konnte. Und

trotzdem sagte er immer und immer wieder: »Es wird schon alles gut. Wir werden es schaffen.«
Seitdem geht es ihm mal ein paar Tage gut, und dann zieht ihn die Last der Verantwortung wieder runter. Jedenfalls kann er an nichts anderes denken. Sein Leben besteht nur noch aus Becky.
»Kein Wunder, dass du dich aus dem College ausgeklinkt hast«, sagt Mark. »Wem würde es anders gehen?«
Adam lacht kurz auf. »Ja, ist doch keine schlechte Entschuldigung fürs Schwänzen.«
»Wenn du irgendwie Hilfe brauchst …«
»Danke, Kumpel. Ich weiß es zu schätzen. Oh, Mist.«
»Was 'n los?«
»Robocop hat mich entdeckt. Er dampft aus den Ohren.« Er steht auf. »Die Stunde der Hinrichtung ist gekommen.«
»Die schmeißen dich nicht raus«, sagt Mark.
Adam zeigt ein schwaches Lächeln und gibt Mark einen Klaps auf die Schulter.
Nachdem Adam weg ist, fühlt Mark eine neue Welle der Schuld in sich aufsteigen. Die schlimmste bisher. Im Lauf der letzten Woche hat er sich weder Becky noch Adam gegenüber wie ein Freund verhalten. Er hat sie einfach fallen gelassen. Wegen seiner eigenen lächerlichen Verletztheit. **Dabei brauchen Adam und Becky ihre Freunde gerade jetzt nötiger denn je.**
Plötzlich hat er eine Idee. Er sieht es genau vor sich, bis ins letzte Detail. Mensch, das ist großartig.

7–7–7. Adam dreht am Zahlenschloss. Selbst jetzt haben diese Zahlen ihre Magie noch nicht verloren. Der Geheimcode zu einer Welt, die niemand außer ihnen sieben je betreten hat und auch niemals betreten wird. Es sei denn, er und Becky nehmen eines Tages ihren Sohn oder ihre Tochter an die Hand und gehen mit ihm oder ihr … Er lächelt bei diesem Gedanken. »Mark müsste jeden Augenblick hier sein«, sagt er zu Becky und macht die Tür des Schuppens auf. Er riecht den bekannten muffigen Geruch – aber dann entweicht ihm ein leises, überraschtes Pfeifen. Ein pinkfarbener Strahler flammt auf und beleuchtet sechs Luftballons, die von der Decke baumeln. Auf dem Boden steht ein Tablett mit sechs Weingläsern und zwei Tellern mit Knabbersachen.

Schließlich hören sie Schritte, und Jason, Cathy, Lauren und Mark stürmen herein. Cathy und Lauren tragen gemeinsam eine Torte, auf der Adams und Beckys Namen stehen. Jason hält eine Flasche hoch. Und Mark, der nervös lächelt, lässt ein Knallbonbon zerplatzen, das in Beckys Haaren landet. »Hier, für dich«, sagt er zu Becky und verteilt Knallbonbons wie Zigarren. »Und du sollst auch eins haben, Adam. Hab das Dutzend zu 99 Pence bekommen.«

»Ich weiß gar nicht, was ich sagen soll«, ruft Becky.

»Dann sag nichts«, antwortet Jason. »Trink dir einen an. Irgendwie sieht der Inhalt dieser Flasche aus wie Schaumwein.«

»Drei Pfund 99, ich war extra im Weinladen.«

»Aber wenn man den Wein ordentlich schüttelt, wird er zu Champagner, und der Korken zischt ab wie …«

Einen Augenblick später spritzt der »Champagner« durch die Luft und auch in die sechs Gläser.

»Tut mir Leid, dass die Torte nicht ganz so toll geworden ist«, sagt Mark zu Becky, »aber die ganze Sache kam ziemlich spontan zustande.« Die Party ist seine Idee gewesen. Er hat den andern klargemacht, wie sehr sie Adam und Becky haben hängen lassen. Deshalb müssten sie schleunigst zeigen, dass sie voll hinter ihnen stehen. Dann sind er, Cathy und Lauren eine Stunde lang durch die Stadt gedüst und haben so viel gekauft, wie sie sich leisten konnten.

»Zur Hochzeit lassen wir uns dann was Originelleres einfallen«, sagt Cathy.

»Ja, sicher«, sagt Mark, »dann stellen wir eine Art Königin aller Partys auf die Beine. Heute lernt ihr lediglich eine kleine fürstliche Cousine zweiten Grades kennen.«

»Ach was, es ist doch super so, nur …«, sagt Becky

»Nur der allerengste Kreis«, fällt ihr Jason ins Wort. Becky nickt.

»Eine Exklusiv-Produktion – präsentiert vom allerengsten Kreis«, sagt Jason.

»Mark, dein Toast«, sagt Lauren.

»Keine Sorge, ich hab ihn nicht vergessen.« Mark reibt sich die Hände. »Adam und Becky, wir wollen euch zu allen euren guten Nachrichten gratulieren und euch viel Glück wünschen.«

»Wir werden's brauchen«, sagt Adam.

»Aber ihr packt das schon«, sagt Mark. »Ihr werdet euch durchbeißen und ein wundervolles Kind in diese Welt setzen … und ich werde der Patenonkel sein.«

»Kommt nicht in Frage«, sagt Jason gespielt sauer. »Der Patenonkel werd ich.«

»Hör doch auf, Jason«, erwidert Mark. »Im Gegensatz zu dir werd ich seinen Geburtstag nicht andauernd vergessen.«

»Aber von mir wird es die schöneren Geschenke bekommen«, sagt Jason.

»Es!«, ruft Lauren empört.

»Schließlich heißt es doch ›das Baby‹«, sagt Jason.

»Mark, mach einfach weiter«, sagt Cathy leise.

»Ja, richtig, aber das war's eigentlich schon. Hebt bitte eure Gläser auf Adam und Becky.«

»Auf Adam und Becky«, sagen alle im Chor, und die Gläser klingen.

»Dann verratet mal, wie es heißen soll«, fragt Jason. »Wenn's ein Junge wird, könnt ihr es ja nach mir benennen. Wenn ihr wollt.«

Mark sagt: »Hauptsache, ihr nennt ihn nicht Rambo oder Ebenezer oder …«

»Jeremias«, sagt Lauren.

»Und wen wollt ihr nun wirklich als Paten haben?«, fragt Mark.

Paten. Adam zuckt zusammen. Spontan würde er antworten: ›Bei uns gibt es keine, und ich weiß auch nicht, wozu sie gut sein sollen.‹ Einen Moment lang fühlt er sich absolut hilflos. Er findet dieses ganze Getue um Taufe und Taufpaten überflüssig und albern. Aber jetzt zu versuchen, das zu erklären, bringt auch nichts. Nachdenkliche Worte sind jetzt fehl am Platze.

»Ich finde, wir sollten alle zusammen die Paten sein«, sagt Mark, »Jez eingeschlossen.«

Adam fängt sich wieder. »Ja, keine schlechte Idee«, sagt er. Zwei Ballons schweben von der Decke zur Erde hinab.
»Ich hab doch gleich gesagt, dass wir mehr Klebeband brauchen«, sagt Mark. »Eigentlich wollte ich Heliumballons besorgen. Hast du schon mal einen ausprobiert, Becky?« Sie schüttelt den Kopf. »Du inhalierst das Helium aus dem Ballon – und schon hörst du dich beim Reden an wie ein Schlumpf. Haben wir früher zigmal gemacht. Jason hat immer behauptet, bei ihm funktioniere das nicht.«
»Auf jeden Fall ist das hier 'ne tolle Überraschung«, sagt Adam.
»Ihr habt den Kuchen noch nicht angeschnitten«, sagt Mark.
»Ich möcht euch ganz herzlich danken«, fährt Adam fort. »Wir haben übrigens noch 'ne Neuigkeit für euch, falls ihr noch mehr vertragen könnt.«
Sofort herrscht absolutes Schweigen. Etwas verlegen gibt Adam bekannt: »Eigentlich ist es nichts Besonderes. Ich bin vom College abgegangen. Robocop hat mich gestern in die schwarze Liste eingetragen und mir mitgeteilt, dass ich in zwei Wochen fliege, wenn ich mich nicht auf der Stelle bessere. Da hab ich mich gefragt, ob ich mir den Stress antun soll. NEIN. Ich hab also gleich mit Becky telefoniert und danach im Videoladen angerufen. Sie haben mir vom nächsten Montag an 'ne volle Arbeitsstelle angeboten.«
»Meinst du nicht, dass dir das irgendwann mal langweilig wird?«, fragt Lauren.
»Bestimmt nicht langweiliger als das College«, antwortet Adam. »Und dafür bekomm ich wenigstens Geld, das wir

dringend brauchen.« Lauren will noch was erwidern, lässt es dann aber doch. Sie hat beim letzten Mal schon zu viel gesagt.

»Und nun zu Becky«, sagt Adam, »die …«

»Die ebenfalls vom College abgegangen ist«, greift Becky den Faden auf. »Da ich sowieso nichts dafür getan hab, dachte ich mir, was soll's. Wenn ich mich mit Mark und den andern treffen will, schau ich ab und zu rein. Ansonsten arbeite ich Vollzeit im *Pizza-Paradies.*« Sie greift nach Adams Hand. **»Wir wollen beweisen, dass wir alles auch ohne fremde Hilfe packen und dass wir die Sache ernst nehmen. Wir wollen uns um unser Kind kümmern. Dazu brauchen wir vor allem erst mal Geld. Wenn das bedeutet, dass wir das College verlassen müssen, dann verlassen wir es auch.«**

»Ich glaube nicht, dass ich dazu fähig wäre«, sagt Cathy. »Aber ich finde schon, dass wir auch darauf anstoßen sollten. Also Leute, auf Becky und Adam, die wirklich alles Glück der Welt verdienen.«

Der Nachmittagsunterricht ist vorüber, das College wirkt wie ausgestorben. Nur wenige Studenten stehen am Eingang. Lauren hat eine Arbeitsbesprechung mit ihrem Gemeinschaftskundelehrer. Dieses Gespräch ist dringend nötig, weil sie morgen vor versammelter Klasse eine Rede halten muss und immer noch nicht weiß, über welches Thema sie sprechen könnte.

»Was hältst du von einer Verteidigungsrede zugunsten der Werbung, Lauren?«
»Ja, das klingt …« Aber schon ist es mit Laurens Aufmerksamkeit vorbei. Sie hat Jason entdeckt, der durchs Fenster der Lehrerzimmertür hereinkuckt. Was macht der denn hier? Sie verkneift sich ein Lächeln. Jason drückt nämlich an der Scheibe seine Nase platt, so wie er es früher auch immer gemacht hat, wenn ihn jemand aus dem Unterricht geworfen hatte. (Was öfters vorkam.)
Sie versucht sich wieder auf ihren Lehrer, Barry Edwards, zu konzentrieren. Er hat ein so zerknautschtes Gesicht, dass man glauben könnte, es sei in einen Schraubstock geraten. Jason zeigt auf sein eigenes Gesicht und lacht. Lauren kann sich kaum mehr beherrschen. Ihr Lehrer fährt fort: »Was die visuellen Hilfsmittel anbelangt …« Gerade bei diesem Punkt sollte Lauren besonders aufmerksam zuhören. Aber ihr Blick schweift hinüber zur Glastür, wo Jason angefangen hat zu tanzen.
Er reckt die Hände in die Luft und zappelt herum, als würde er sich für eine Rolle in Grease bewerben. Auch das hat er in der Schule oft gemacht, um in der Klasse die Stimmung zu heben. Lauren kann sich nicht mehr beherrschen und lacht los, was sie mit einem merkwürdigen, krächzenden Hustenanfall zu tarnen versucht.
Ihr Lehrer sieht sie fragend an. »Was hältst du davon?«, will er wissen.
»Oh, das ist echt gut.« Ihre Stimme ist zwei Oktaven höher als sonst.
»Jetzt noch ein paar Tipps, wie du das Ganze präsentieren kannst«, sagt er. Hör ihm gefälligst zu, ermahnt Lauren sich

selbst. Ihre Augen allerdings scheinen ihren eigenen Willen zu haben. Das ist doch wirklich ... sieh dir den an! Mit verschränkten Armen fasst er den unteren Saum seines Hemdes, als wolle er es sich über den Kopf ziehen. Jetzt brechen alle Dämme. Laurens mühsam aufgestautes Lachen schwappt über ihren Lehrer hinweg.

»Tut mir Leid«, sagt sie nach Luft schnappend.

Erst sieht er Lauren an, dann entdeckt er Jason vor dem Fenster und sagt: »Anscheinend vergeude ich deine Zeit, und meine dazu.«

»Oh nein«, versucht Lauren ihn zurückzuhalten.

Aber er ist schon aufgestanden und rauscht aus dem Lehrerzimmer. Sobald er weg ist, stürmt Jason herein. »Du bist echt gemein«, ruft Lauren ihm entgegen und wischt sich die Lachtränen vom Gesicht. »Was soll er nur denken?«

Jason winkt ab. »Der sieht aus, als hätte sich jemand auf sein Gesicht gesetzt.«

»Jason, er wollte mir helfen. Ich muss morgen 'ne freie Rede halten, und ich habe keine Ahnung, worüber ich sprechen soll. Das ist überhaupt nicht komisch.«

»Du machst das schon«, sagt Jason. »Reden kannst du doch.«

In Laurens Blick liegt sowohl Ärger als auch Zuneigung. »Was willst du überhaupt hier?«, fragt sie ihn beim Verlassen des Lehrerzimmers.

»Nichts Besonderes. Dich eine ganze Nacht lang leidenschaftlich lieben, weiter nichts.«

»Jason!«

»Schockt's dich, wie verdorben ich bin? Komm her und lass dich anstecken!«

»Was ist heut los mit dir?«

Er lacht. »Spürst du's nicht? Ich steh unter Strom; ein Blick von mir und dein Haar geht in Flammen auf. Außerdem hab ich Freikarten für diesen neuen Club, der heute eröffnet wird.«
»Nein, heute Abend geht's nicht, Jason. Du weißt es doch. Ich muss noch lernen.«
Er nickt einigen Jungs am Eingang zu – Jason scheint wirklich jeden in Cartford zu kennen – und sagt: »Es reicht, wenn wir um acht losgehen.« Dann fügt er hinzu: »Ich kann auch mit diesem einen Mädchen hingehen, die ganz scharf drauf ist, mit mir rumzuknutschen. Du weißt schon, Angelina, die mal Fotomodell wird für ...«
»Für Hamsterfutter«, fällt ihm Lauren ins Wort. »Wehe, du kommst ihr zu nahe!«
Er lacht. »Ich hol dich also zur gewohnten Zeit ab.«
»Nein, Jason, heut Abend nicht. Bitte.«
Er wirkt verletzt. »Nicht mal auf 'nen Kaffee?«
Sie zögert. »Nein, heute nicht, wenn's dir nichts ausmacht. Ich denke, wir könnten ...«
»Was?« Sein Lächeln ist dahin.
»Wir müssen uns doch nicht unbedingt jeden Abend treffen?«
»Gut. – Ich muss zurück in den Laden«, sagt er und entfernt sich ohne ein weiteres Wort mit großen Schritten. Lauren starrt ihm nach. Soll sie hinter ihm her? Aber sie möchte einfach mal einen Abend für sich allein. Ist das denn so schlimm? Außerdem hat sie wirklich viel zu tun. Wenn man's genau nimmt, ist sie mit dem Stoff bereits ziemlich hintendran.
Lauren will sich gerade auf den Weg machen, da hört sie

jemanden hupen. Schnell geht sie zu dem Auto hinüber. »Ach, Cathy, du bist zu gut für diese Welt. Ich hab doch gesagt, dass du nicht warten brauchst, bis ich mit Barry fertig bin. Ich hätte den Bus genommen.«

»Ich habs nicht eilig, nach Hause zu kommen«, antwortet Cathy finster.

»So schlimm?«

Sie fährt los. »Schlimm eigentlich nicht, aber total anstrengend. Wir geben uns alle so große Mühe, wie eine glückliche kleine Familie zu wirken. Wenigstens ist die Hochzeit schon nächste Woche. Danach hab ich ein paar Tage für mich. Hat der alte Barry dir helfen können?«

»Nein, nicht richtig. Genau genommen, war's 'ne Katastrophe.«

Cathy wendet überrascht den Kopf. »Wieso?«

»Jason ist aufgetaucht und hat vor der Glastür Grimassen geschnitten. Dann hat er seine Grease-Nummer abgezogen – du kennst das ja.«

»Klar, kenn ich. Echt witzig«, sagt Cathy.

»Überhaupt nicht witzig. Ich hab Barry direkt ins Gesicht geprustet, verstehst du?«

Cathy stöhnt und lächelt gleichzeitig.

»Du kannst dir ja vorstellen, dass er das nicht gut fand. Jetzt weiß ich immer noch nicht, worüber ich reden soll. Das heißt, dass ich bis morgen noch ordentlich was tun muss. Ich hab Jason gebeten, heute mal nicht zu kommen, und er war wenig begeistert. Aber er muss begreifen, dass ich ab und zu mal einen Abend zum Lernen brauche. Ich will mir nicht meine Abschlussnoten vermasseln.«

»Natürlich nicht«, sagt Cathy sanft.

»Im Moment hab ich sowieso das Gefühl, dass Jason und ich zu dicht aufeinander hocken. Kein Wunder, dass meine Eltern sauer auf ihn sind. Und für mich selbst brauch ich auch ein bisschen mehr Zeit.«

Cathy schweigt eine Zeit lang. Dann fragt sie: »Lauren, würdest du sagen, dass du Jason liebst?«

»Ich kann solche Fragen nicht ausstehen.«

»Weiß ich.« Cathy lächelt. »Trotzdem«, sagt sie.

Lauren atmet ganz langsam aus. »Im Augenblick liebe ich ihn.«

»Was soll das heißen?«

»Das heißt, dass ich ihn jetzt liebe. Aber lass mich in eine andere Lebensphase kommen, zum Beispiel die Universität … Wer weiß, was dann ist? **Ich bin noch nicht alt genug, um sagen zu können, ob ich jemanden auf immer und ewig liebe. Nicht mal bei Jason.**«

»Ja, wahrscheinlich hast du Recht«, sagt Cathy leise.

»Ach Cathy, du bist ja so was von romantisch.«

»Bin ich nicht.«

»Doch, bist du wohl – eine richtige Romantikerin. Vielleicht heiratest du eines Tages Jez?«

Cathy schüttelt den Kopf. »Um ehrlich zu sein, ich bezweifle, dass ich Jez überhaupt noch mal zu Gesicht bekomme. Er hat seit Ewigkeiten nicht mehr geschrieben. Ich glaub nicht, dass er wieder nach Hause kommt.«

»Doch, er kommt wieder, und eines Tages könntet ihr … genauso wie Jason und ich auch!« Sie beugt sich Cathy entgegen. »Stimmt schon.

Jason und ich werden wahrscheinlich heiraten. Aber bis dahin vergeht noch so viel Zeit.«

Jason geht aufgebracht in seinem Zimmer auf und ab. Vor Jahren hat er die Wände schwarz gestrichen. Heute sind sie ihm trotzdem nicht schwarz genug. Von unten dringen Gesprächsfetzen zu ihm nach oben. Seine Tante Lucifer oder sonst wer ist da. Man erwartet von ihm, dass er sich anstandshalber mal sehen lässt. Aber heute Abend kann er mit niemandem reden. Jeden Augenblick platzt ihm der Schädel. Wenn er nur wüsste, warum sie es getan hat. Weshalb hat sie ihn für heute Abend abblitzen lassen?

Sie sagt, sie müsste arbeiten. Aber doch nicht den ganzen Abend. Das macht doch niemand. Da steckt mehr dahinter. Und es ist ziemlich klar, was: Er langweilt sie. Die letzten Abende waren tatsächlich ein bisschen öde. Und gestern Abend ist das Gespräch immer wieder ins Stocken geraten. Darum hat Jason ja auch die beiden Karten gekauft.

Zieht sie sich etwa von ihm zurück? Er ballt die Fäuste. Er könnte auf die Wände einprügeln vor Ärger. Es ist Jahre her, da hat er die Wände mit seinem Kopf bearbeitet. Als er es Lauren mal erzählt hat, hat sie nur gelacht: »Das erklärt einiges«, hat sie gesagt.

»Lauren!«, schreit er ihren Namen hinaus. Aber kann es ihm nicht ganz egal sein, wenn sie heute zu Hause bleiben will? Warum trifft er sich nicht einfach mit … Ja, diese Angelina ist heute im Sportgeschäft gewesen. Sie hat erstaunlich blonde Haare und trägt sie so ähnlich wie Becky, nur länger.

Und sie ist aufregend groß. Sie hat alle im Geschäft überragt, nur Jason nicht. Und sie hat ihn so angesehen – doch, da hat er gute Chancen.
Aber nein – er sitzt in seinem Zimmer wie in einer Falle und wartet sehnlichst darauf, dass das Telefon klingelt und Lauren ihm sagt: »Du fehlst mir so, willst du nicht doch vorbeikommen?« Es ist allerdings schon fünf vor halb elf. Sie wird nicht mehr anrufen – weil er ihr nämlich gar nicht fehlt. Nicht die Bohne.
Er ballt die Fäuste fester und fester. Er wird sie verlieren. Er hat keinen Schimmer, was er dagegen tun könnte. Was kann er tun? Gar nichts – außer sich noch enger an sie klammern.

Heimlich gelesen – Cathys Briefe

Mein lieber Jez,
endlich ein Brief von dir. Auch wenn es in Wirklichkeit nur eine Karte ist mit ein paar flüchtigen Zeilen, aber immerhin. Nein, wirklich, es ist schön, mal wieder was von dir zu hören. Langsam, aber sicher wurde ich ziemlich ungeduldig.
Du bist also wieder in Berlin. Vielen Dank für die Adresse. Was soll eigentlich der Blödsinn von wegen ›sofern du dich noch an mich erinnerst‹? Du magst es vielleicht nicht glau-

ben, aber du fehlst uns noch immer wahnsinnig, und wir freuen uns darauf, dich wieder zu sehen – falls wir dich je wieder zu Gesicht bekommen. Du sagst, du kommst ziemlich bald nach Hause. Kannst du den Zeitpunkt nicht ein bisschen genauer bestimmen?

Du fragst nach der Hochzeit meiner Mutter. Ja, sie hat letzte Woche im Standesamt von Cartford stattgefunden. Mittags gab es eine Art Empfang. Giles ist von einem zum andern gerannt und hat nach den Kassenzetteln für die Geschenke gefragt – damit's beim Umtausch keine Probleme gibt. Wäre möglich, dass ihnen das eine oder andere nicht gefällt. Manche fanden das sogar witzig Mama sah wundervoll aus. Sie ist viel, viel zu gut für ihn.

Als sie aufbrachen zu ihrer Hochzeitsreise, haben meine Schwester und ich geheult wie die Schlosshunde. (Ich hab eigentlich immer gedacht, dass es die Mütter sind, die auf den Hochzeiten weinen – nicht die Töchter. Na, egal!) Lauren und Jason (die auch zur Hochzeit da waren) sind anschließend mit uns essen gegangen. Ich glaube, meine kleine Schwester ist seitdem unsterblich in Jason verliebt.

Zu Jason fällt mir noch ein, dass er heute seine Gerichtsverhandlung wegen meiner Untat gehabt hat. (Übrigens weiß das außer dir kaum einer.) Lauren, Mark und ich sind hingegangen, als moralische Unterstützung Die Atmosphäre war fürchterlich ernst und förmlich. Jason blickte unruhig in der Gegend herum, seine Augen waren ganz dunkel. Hat mir einen Stich versetzt, ihn so zu sehen – und gleichzeitig war's mir nach Lächeln zumute. Jedenfalls wurde er zu zweihundertfünfzig Pfund Geldbuße verurteilt, ein bisschen mehr als erwartet. (Er kann es in Raten zu zwanzig Pfund pro Woche

abzahlen.) Natürlich werde ich jeden einzelnen Penny davon übernehmen. Ich hab deshalb gleich diese Woche meine Stundenzahl im Pizza-Paradies *erhöht. Aber ich kann's dir sagen, Jez – es ist ein fürchterlicher Job. Wenn es was Besseres gäbe, würde ich ihn sofort hinschmeißen. Aber weit und breit ist nichts anderes in Sicht.*
Ich hab ziemlich lange Arbeitszeiten, und es ist eine wahre Wohltat, wenn auch nur ab und zu mal einer ein Lächeln übrig hat. Die meiste Zeit tun die Leute so, als wäre ich unsichtbar. Ich geh an einen Tisch und frage: »Haben Sie schon gewählt?«, und die unterhalten sich einfach weiter, als wäre ich nicht vorhanden. Sie nehmen einen nur zur Kenntnis, wenn sie sich beschweren wollen. Darüber, dass sie ihren Gratis-Sammelbon noch nicht bekommen haben zum Beispiel. Neulich hat sich einer angewidert von seinem Teller abgewendet und gesagt: »Ich hasse Pizzas.« Warum, frag ich mich, kommt er dann in eine Pizzeria?
Die arme Becky hat Riesenangst um ihren Job. Heut kam einer rein, hat sich an einen ihrer Tische gestellt, als würde er auf den Bus warten. Becky hatte so viel zu tun, dass sie ihn nicht mal bemerkte. Dann ging dieser Typ zum stellvertretenden Chef und beschwerte sich. Wir müssen nämlich jeden neuen Gast innerhalb von dreißig Sekunden begrüßt haben und seine Bestellung innerhalb von drei Minuten entgegennehmen. Becky muss also morgen, wenn er wieder da ist, zum Chef. Ich kann dir sagen, der ist 'ne Schleimkröte. Jede von uns fasst er immer mal wieder um die Hüfte, grabscht uns am Rücken herum und meint: »Wir kümmern uns um unsere Angestellten.« Aber dann schmeißt er dich wegen gar nichts raus. Letzte Woche ist eine geflogen, weil sie ihm zu

wenig Begeisterung an den Tag gelegt hatte. Eine andere musste gehen, weil sie sich über den Dienstplan beschwert hatte. Du weißt ja, dass Becky auf das Geld angewiesen ist. Adam und sie legen sich im Augenblick total ins Zeug. Das ist mal wieder so eine Situation, in der ich gerne viel, viel Geld hätte. Dann könnte ich ihnen welches geben.
Was gibt's sonst noch für Neuigkeiten? Eigentlich kaum welche. Mark wirbelt durch die Gegend. Er hat, wenn man's genau betrachtet, von uns allen am meisten zu tun. Er organisiert gerade vom College aus einen Ausflug, den wir alle mitmachen wollen. Ach, noch was, Lauren möchte, dass ich sie und ihre Eltern nach Portugal begleite. »Und was ist mit Jason?«, hab ich sie gefragt. Ihre Eltern seien nicht so scharf darauf, mit Jason zusammen zu sein, hat sie geantwortet. Und außerdem wolle sie selbst auch mal ein bisschen Spaß haben! (Wie gemein sie sein kann!)
Ich muss Schluss machen. Ich hoffe, dir fällt auf, dass ich auch diesmal wieder schneller als schnell geantwortet habe. Melde du dich also genauso schnell bei mir oder noch besser: KOMM NACH HAUSE.
Möge die Erinnerung an dich bis dahin nicht verblassen.
Liebste Grüße
Deine Cathy.

Mein lieber Jez,

hier geht alles drunter und drüber. Ich hab gerade deine Postkarte herumgezeigt. »Auf bald!« schreibst du. Wie lange dauert's noch bis »auf bald«? Wieso kannst du dich nicht ein

bisschen genauer äußern? Würde es dich umbringen, wenn du uns ein Datum nennen würdest?
Vielleicht erreicht dich dieser Brief gar nicht mehr, weil du schon abgereist bist, aber ich wollte irgendjemandem schreiben, und du bist der Glückliche, den es erwischt. Wie du wahrscheinlich mitbekommen hast, bin ich wieder aus Portugal zurück. (Hoffentlich hast du unsere Ansichtskarte bekommen.) Bis auf die tote Ratte im Swimmingpool war es echt fantastisch. Laurens Vater hat sie entdeckt. Danach konnte ich eine Woche lang nicht mehr ins Wasser. Außerdem wusste dort keiner etwas mit dem Wörtchen »vegetarisch« anzufangen. Aber die Leute waren so freundlich und gelassen, alles lief ganz langsam und entspannt – wenn man zum Essen geht, muss man mit mindestens vier Stunden rechnen. Dir würde das gefallen. Du würdest es sicherlich auch gut finden, dass hier über Mittag alles dicht ist, weil Siesta gehalten wird.
Lauren hat in Portugal einen Typen namens Doug getroffen. Er ist vierundzwanzig, ziemlich intelligent und ein guter Tänzer. In der dritten Woche war er ständig mit uns zusammen. Es hat mich nicht weiter gestört (schließlich war er mir gegenüber immer freundlich), und Lauren meinte: »Nur so zum Spaß.« Trotzdem werde ich das Gefühl nicht los, dass das nicht richtig sein kann – oder bin ich einfach nur altmodisch?
Als wir wieder bei ihr zu Hause waren, war Jasons Stimme auf dem Anrufbeantworter. Das Ganze war ziemlich lustig, fand ich. Erst hörte man nur schweres Atmen, dann meldete er sich mit seinem fürchterlichen nachgemachten französischen Akzent: »Lauren« – noch mehr Geschnaufe – »je

t'aime, Baby.« Lauren lächelte und sagte: »Vorbei mit der Freiheit.« Als er ein paar Stunden später antanzte, hat sie sich allerdings auf ihn gestürzt und mir versichert, wie sehr er ihr gefehlt hätte. Ich weiß ja nicht.

Am Montag hat das College wieder angefangen. Alle Lehrer haben uns eingeschärft, wie schwer dieses Jahr werden würde. Lauren wälzt inzwischen die Infobroschüren sämtlicher Universitäten. Ich beneide sie um ihre Zielstrebigkeit. Ich selbst weiß noch nicht, ob ich zur Uni will. Ich bin reichlich unentschlossen im Augenblick. Genauer gesagt, stecke ich gerade in einer schrecklichen Phase – ich habe überhaupt kein Selbstvertrauen mehr. Sobald ich Leute treffe, werde ich nervös und rede zu viel. Meistens auch noch ziemlichen Mist. Ich hab mir fest vorgenommen, das abzustellen und übe mich in Selbstdisziplin. Letzten Samstag war ich zum Beispiel auf einer Party bei Adele, einer Mitschülerin aus der Englischklasse. Das ganze Haus war voller dummer, sexistischer, beschränkter Typen. Eine recht lustige Fete also. Für 'ne Stunde. Dann hat's mir gereicht. Ich bin gegangen, als ein paar anfingen, sich zu streiten, wer auf welcher Couch pennen dürfte.

Ach, ja noch ein bisschen Klatsch von dieser Fete: Der von uns so heiß geliebte Englischlehrer, Grant, war mit Tricia Williams da. Sie haben rumgeknutscht und so. Unglaublich, dass sie das in aller Öffentlichkeit machen. Aber die Lachnummer kommt noch: Irgendwie müssen sie sich in die Haare gekriegt haben. Tricia ist nämlich plötzlich abgedüst. Später kam sie zurück, und sie haben sich wieder versöhnt.

Ich finde, dass Lauren von Glück sagen kann, dass sie damit nichts mehr zu tun hat.

Was die andern betrifft – Adam arbeitet weiter im Video-Laden. Es sieht beinahe so aus, als wäre er dort eingezogen. Er hat selbst gesagt, dass er demnächst seinen Schlafsack mitnimmt. Becky hofft, noch bis zum Monatsende im Pizza-Paradies arbeiten zu können. Wenn sie es schafft, auch noch länger. Man sieht zwar immer noch nicht viel (das Baby soll Ende November kommen), aber sie wirkt entsetzlich müde.

Zu guter Letzt das Allerneueste: Mark kandidiert bei der Wahl zum Präsidenten des Studentenparlaments. Du weißt ja schon (glaube ich jedenfalls), dass er sich zum Vizepräsidenten hat aufstellen lassen. Jetzt sind allerdings Vorwürfe gegen den ursprünglich einzigen Präsidentschaftskandidaten aufgetaucht. Er soll mit den Finanzen rumgepfuscht haben. Und da Mark so ein hart arbeitendes und fähiges Mitglied des Parlaments ist, hat er sich jetzt zu einem von zwei neuen Präsidentschaftskandidaten gemausert. Die Wahl findet am 28. September statt. Bist du bis dahin zurück? ICH HOFFE SEHR. Dann können wir mal wieder alle zusammen ausgehen und – wie Jason sagen würde – die Pubs unsicher machen.

Sieh also zu, dass du nach Hause kommst. Du fehlst uns. Keinen Schimmer, weshalb. Mit allerliebsten Grüßen

Cathy.

Eine Wahl und ein Notfall

In zehn Minuten ist die Wahl zum Präsidenten des Studentenparlaments vorüber. Es zeichnet sich ein knappes Ergebnis ab, und beide Kandidaten legen sich noch immer mächtig ins Zeug. Paul Christie, ein kräftiger Typ, dem manche nachsagen, er hätte etwas Schweinchenhaftes, hat sich draußen in der Aula vor dem Hinweisschild *Zur Wahl* aufgebaut. Ein paar seiner Freunde, die genau wie er in Trainingsanzügen rumlaufen, leisten ihm lautstark Gesellschaft.

Cathy und Lauren stehen im Eingangsbereich und verteilen Handzettel. MARK APPLETON – SEINE ZIELE UND SCHWERPUNKTE lautet die Überschrift. Mark läuft hin und her. Cathy hat Marks lebhafte, geschäftige Art und Weise zu gehen schon immer gefallen. Man hat den Eindruck, er erwarte jeden Augenblick den Startschuss für ein Sprintrennen.

Mark verbringt täglich eine Stunde damit, sein lockiges Haar glatt zu striegeln, um erwachsener zu wirken. Er hat jedoch noch immer eine Babyhaut, und wenn er lacht, scheint sein Gesicht nur aus Zähnen zu bestehen. Er wirkt unverbraucht, aufrichtig und energiegeladen; wenn er auf einen zukommt, fühlt man sich an einen schwanzwedelnden jungen Hund erinnert. Cathy ist absolut sicher, dass er ihre Stimme auch bekommen hätte, wenn sie ihn persönlich überhaupt nicht kennen würde. Und fast alle aus seiner Klasse sagten, sie würden ihre Kreuzchen garantiert hinter seinem Namen machen. Es sind also die Stimmen der Unentschlossenen, die er noch braucht. Zum Beispiel die der beiden Mädchen, zu denen er gerade hingegangen ist. »Hallo«, hört Cathy ihn sagen, »ich bin Mark Appleton, einer der Kandidaten zum Vorsitz des Studentenparlaments.« Kurzes Strahlelächeln. »Könnt ihr mir schnell noch sagen, was ihr vom Studentenparlament erwartet?«

Lauren steht direkt neben Cathy und legt vertrauensvoll die Hand auf den Arm eines Jungen. »Es wäre wirklich nett, wenn du deine Stimme Mark geben würdest.«

»Klar, mach ich«, sagt er mit belegter Stimme.

»Ich danke dir –«, sie flüstert betörend, »– ganz herzlichen Dank.«

»Geht schon in Ordnung, wir treffen uns bestimmt mal wieder«, sagt der Junge und schmachtet sie an. Sie schenkt ihm noch ein letztes Lächeln, doch als er weg ist, sagt sie leise: »Aber nicht, wenn ich dich zuerst sehe.«

Cathy schaut rüber zu Mark, der immer noch mit den beiden Mädchen redet. »Ich denke schon, dass ich einen Ausflug nach Alton Towers organisieren kann, wenn ihr das interessant findet. Guter Vorschlag, danke, tschüss.« Dann eilt er zu Cathy und Lauren. »Inzwischen sage ich zu allem Ja und Amen. Gib mir deine Stimme und du bist mein Freund. Eigentlich schrecklich.«

»Das macht doch jeder«, sagt Lauren und nickt hinüber zu Marks Widersacher. »Er hat tägliche Feten versprochen.«

»Du hast dir wenigstens ein Programm ausgedacht«, sagt Cathy. »Er hat nicht eine einzige Idee formuliert.«

»Das Dumme ist«, sagt Mark, »dass offensichtlich kein

Mensch die Handzettel liest. Ich hätte einen Videoclip aufnehmen sollen, dann ...«

»Becky!«, unterbricht ihn Cathy, als Becky zur Tür hereineilt.

»Hab's gerade noch geschafft«, sagt sie, nach Luft schnappend.

Mark bemerkt sofort, dass sie sich geschminkt hat, damit sie nicht so ungesund aussieht. Sie hat es allerdings übertrieben. Durch das zu kräftige Rouge auf den Wangen fällt Mark nur noch deutlicher auf, dass sie ihre Blässe vertuschen will.

»Wäre nicht nötig gewesen«, sagt er. Das klingt ziemlich undankbar. »Ist doch ein Riesenumweg für dich.«

»Immerhin bin ich noch ein zahlendes Mitglied der Studentenschaft. Und da hab ich gedacht, ich sollte meinen Pflichten nachkommen.« Sie lacht, ist aber noch immer außer Atem. »Konnte mich nur nicht rechtzeitig von der Arbeit losmachen. Also, bis gleich.« Sie rennt in die Aula. Mark kann sich nicht vorstellen, dass es ein sehr positives Gefühl für Becky ist, wieder ans College zu kommen.

»Sie arbeitet zu viel«, sagt Cathy. »Und sie arbeitet nur deshalb noch im *Pizza-Paradies,* weil ihr kein Mutterschutz zusteht. Ihre Mutter hat schon ordentlich mit ihr geschimpft, genau wie Adam – und ich auch. Aber sie ist absolut stur.«

»Sie verbirgt es ganz gut«, sagt Lauren. »Kein Mensch würde vermuten, dass sie schon so weit ist. Wie lange dauert's noch – sechs Wochen?«

»Na, gut sieht sie nicht gerade aus«, sagt Mark. »Eigentlich müsste sie zu Hause bleiben.« Als Becky nach Erfüllung ihrer Pflicht zurückkommt, sagt er es ihr auch: »Du siehst wirklich nicht gut aus.«

»Oh, vielen Dank, Mark«, erwidert Becky.
»Wenn's doch stimmt«, grummelt er. »Wir sind alle der Meinung, dass du's mit der Arbeit übertreibst.«
»Ach, hör auf«, sagt Becky. »Es reicht schon, dass meine Mutter dauernd Panik macht. Mir geht's gut, bis auf diese schreckliche Verstopfung. Daran ist nur meine Mutter schuld. Abends serviert sie mir ein riesiges Stück Braten und bleibt neben mir sitzen, bis ich alles aufgegessen habe. Morgens um sieben bringt sie mir ein gigantisches Frühstück ans Bett, das ich um die Zeit nicht mal ansehen kann. Und dann kuckt sie alle Augenblicke rein und fragt: ›Hast du jetzt endlich was gegessen?‹ Für die Mittagspause gibt sie mir immer ein Fresspaket mit … Seh ich wirklich so schlimm aus?«
»Ach was, nein«, sagen Lauren und Cathy gleichzeitig.
»Mark, Schätzchen«, ruft jemand. Es ist Vicky, eine Mitschülerin aus der Englischklasse. »Viel Glück.«
»Danke, kann's gebrauchen«, sagt er.
»Oh, Becky«, ruft sie überrascht. »Dich hab ich ja ewig nicht mehr gesehen. Wie lange dauert's denn noch – du weißt schon.«
»Nicht mehr lange«, sagt Becky frostig.
»Oooh«, flötet Vicky »ich find das alles so spannend.« Es sieht aus, als wollte sie noch mehr Fragen stellen, aber Beckys ablehnende Körperhaltung spricht Bände. Sogar Vicky merkt, dass sie in Ruhe gelassen werden will.
»Also, tschüss, Becky«, sagt sie.
»Sie redet wie 'ne Frisöse«, sagt Lauren. »Alles ist fürchterlich spannend oder schrecklich süß. Und sie hält sich für wer weiß wie toll. Die mit ihrem verkniffenen Püppchenmund … Lass dich von der bloß nicht anmachen, Becky.«

»Ach, woher denn, von der doch nicht! Ich hab einfach überhaupt keine Lust, mit jemandem zu reden. Hinterher wird es mir wieder egal sein. Aber wie sie jetzt alle glotzen – als wäre ich ein Monster. Ich kann das nicht ausstehen. Aber ich muss los, sonst schicken die 'nen Suchtrupp los. Ich hab nämlich gesagt, ich wäre nur zehn Minuten weg.«

»Hast du immer noch vor, heute Abend mit zum Rummel zu kommen?«, fragt Mark.

»Ja, ich freu mich drauf.« Sie wendet sich zu Mark hin. »Wann erfährst du das Wahlergebnis?«

»Bald. Die Wahl dürfte exakt jetzt vorüber sein. Dann dauert's noch 'ne halbe Stunde.«

Becky lächelt ihn mitfühlend an. »Nervös?«

»Ja, ziemlich. Wünsch mir Glück.«

»Klar, und wie. Eimerweise.«

»Wenn ich gewonnen hab, komm ich vorbei und sag Bescheid. Wenn nicht, findest du mich irgendwo an einem Strick von der Decke baumeln.«

»Du wirst gewinnen. Ich weiß es. Hat Adam eigentlich auch gewählt?«

»Ja«, sagt Mark. »Vor 'ner Stunde ungefähr.«

»Er hat mir gesagt, dass er vorhat zu kommen. Also, tschüss, ihr Lieben, bis heut Abend.« Sie lächelt. »Und dich seh ich ja gleich, Mark.«

»Mach langsam!«, ruft Mark hinterher. Dann sagt er: »Sie sieht fürchterlich aus.«

»Es muntert sie bestimmt ungeheuer auf, wenn du es ihr dauernd unter die Nase reibst«, sagt Lauren.

»Sollte 'ne Schocktherapie sein. Damit sie sich mehr um sich kümmert«, antwortet Mark.

»Sie gibt den Job nicht auf«, meint Cathy. »Sie sagt immer, dass sie ihrem Kind die bestmöglichen Chancen geben will. Das heißt für sie, dass sie so viel Geld verdienen muss, wie's nur geht. Nicht mal Adam kann ihr das ausreden.«

Die Tür zur Aula geht auf, und Royston, der amtierende Präsident, redet mit Paul Christie und seinen Unterstützern. Dann kommt er zu Mark. »Der Wahlvorgang ist abgeschlossen, Mark. Die Beteiligung war gut. Wir hoffen, das Ergebnis vor dem Nachmittagsunterricht ausgezählt zu haben.« Man sieht ihm an, wie er den spannungsvollen Augenblick genießt. »Ich weiß genau, was du jetzt durchmachst. Letztes Jahr um diese Zeit, als ich auf das Ergebnis wartete ...«

»Wie wär's, wenn du uns deine Lebensgeschichte erzählen würdest«, sagt Lauren leise. Royston war ein Präsident, der sein Amt ernst genommen hat. Aber gleichzeitig liebte er es, ausschweifende Vorträge zu halten; und die waren so spannend wie die Predigten eines wohlmeinenden Vikars.

Nachdem er wieder weg ist, sagt Lauren: »Zu dumm, dass mich seine Pickel immer von dem ablenken, was er sagt. Der Typ hat Akne in fortgeschrittenem Stadium.«

»Dafür kann er nichts«, sagt Cathy. »Aber halt du bloß niemals so langweilige Reden wie er, Mark ...«

»Dazu wird's wohl nicht kommen«, sagt Mark. »Es ist sowieso statistisch erwiesen, dass sich Wähler immer für den größeren Kandidaten entscheiden.«

»He, werd bloß nicht trübsinnig«, sagt Lauren. »Höchste Zeit für einen kleinen Spaziergang.«

Sie und Cathy gehen mit Mark Richtung Innenstadt. Die ganze Zeit lässt er sich darüber aus, wie viel Arbeit so eine Präsidentschaft macht und dass es eigentlich viel besser wäre, wenn er verliert. Zurück am College, sagt er jedoch: »Ich wünsch es mir so sehr. Nicht nur wegen des Titels. Obwohl das allein schon ganz nett ist. Nein, ich weiß dass man sich mit Leib und Seele engagieren muss, und genau das würde ich gerne tun. Meint ihr, ich hab 'ne Chance?«

Cathy drückt fest seine Hand. »Wenn es nur einen Funken Gerechtigkeit gibt, dann landest du einen Erdrutschsieg.«

Die Aulatür steht offen, im Saal sind Stühle aufgestellt. Die Reihen füllen sich langsam, und Royston ist äußerst geschäftig. »Ich hab jemanden in die Cafeteria geschickt«, sagt Royston zu Mark, »um zu verkünden, dass wir jetzt den neuen Präsidenten bekannt geben. Das Ergebnis ist äußerst knapp.« Ist das seine spezielle Art, um Mark auf eine Niederlage vorzubereiten? »Bis gleich, auf der Bühne«, sagt Royston, bevor er eilig verschwindet. Marks Erniedrigung wird also vor aller Augen stattfinden.

»Vergiss nicht, dass du gewinnst«, flüstert Lauren ihm zu, bevor sie mit Cathy in der zweiten Reihe Platz nimmt. Mark begibt sich zögernd auf die Bühne, wo ihn sein Widersacher Paul bereits erwartet. Mark streckt ihm sofort seine Hand entgegen. »Viel Glück, Kumpel«, sagt er.

»Danke, ebenfalls«, antwortet Paul pflichtgemäß.

»Jetzt können wir ja nichts mehr tun«, sagt Mark.

»Rein gar nichts«, stimmt Paul ihm zu. Sportlich fair lächeln sie einander zu. Mark macht sich jedoch seine Gedanken: Ein einziges Mal warst du dieses Jahr auf einer Komiteesitzung; wenn du diese Wahl gewinnst, dann liegt das allein an deiner körperlichen Fitness und an der Tatsache, dass du ein Basketballteam gegründet hast, das jedes Spiel gewinnt. Außerdem bist du 'nen Kopf größer als ich ... Aber was kann Mark jetzt noch tun? Nichts. Er kann nur sein maskenhaftes Verliererlächeln lächeln. Wenigstens hat Mark es schon mal so weit geschafft. Während seiner Schulzeit ist er nichts weiter als eine Witzfigur gewesen. Er hat sich so bemüht, den anderen zu gefallen, und trotzdem war er ein Niemand. Man konnte geradewegs durch ihn hindurchgehen. Er war so gut wie nicht vorhanden. Zumindest ist er sich selbst so vorgekommen.

Ganz tief in ihm drin hat jedoch schon immer etwas gesteckt … Mark fühlt sich, als habe er seinen persönlichen Schatz gefunden. Je tiefer er in sich gräbt, umso mehr Neues bringt er ans Tageslicht. Er hat mehr drauf, als er bislang vermutet hat. Wenn man genau hinsieht, hat er sogar ordentlich was auf dem Kasten.

Royston räuspert sich. Zweimal. »Dies ist mein letzter Tag als euer Präsident«, verkündet er in die voll besetzte Aula hinein.

»Prima!«, ruft jemand.

»Ich richte das letzte Mal das Wort an euch, um meinen Nachfolger bekannt zu geben.« Er legt eine Pause ein. »Ich weiß noch …«

»Wie ich geboren wurde!«, ertönt es giftig aus dem Publikum. Roystons lange, ausufernde Reden provozieren förmlich solche Zwischenrufe. Diesmal versteht Royston den Wink.

»Das Ergebnis lautet folgendermaßen …«

Mark sitzt mit krampfhaft verschränkten Armen und Beinen da. Er wagt kaum hinzuhören.

»Mark Appleton, 841 Stimmen.«

Die Leute klatschen. Marks Herz scheint seinen ganz eigenen

Beifall hinauszupochen. Das klingt gut, aber ist es gut genug?

»Paul Christie«, Royston hält dramatisch inne, »821 Stimmen. Wie ihr seht, war es sehr knapp, aber **unser neuer Präsident heißt Mark Appleton**.« Plötzlich streckt Royston Mark die Hand entgegen und fordert ihn auf, das Wort zu übernehmen. Mark weiß nicht, wie er auf die Füße gekommen ist, er hat das Gefühl, zum Rednerpult zu schweben. Dann sieht er ins Publikum. In diesem Augenblick öffnet sich hinten eine Tür, und Jason steht in der Aula. Es sind durchaus noch ein paar Stühle frei, aber Jason macht keinerlei Anstalten, zu einem der Plätze vorzudringen. Er bleibt einfach mit überkreuzten Armen hinten stehen und sieht aus wie ein Leibwächter. Mark erwischt seinen Blick, und Jason schenkt ihm eines dieser seltenen strahlenden Lächeln. **Das ist der Moment, in dem Mark endgültig abhebt. Er hat es geschafft!** Er ist Präsident! **Er kann etwas bewirken.** Und das muss er jetzt auch beweisen.

»Zuallererst«, sagt er, »möchte ich Paul, meinem hervorragenden Gegenkandidaten, danken. Ich freue mich darauf, mit ihm in den Versammlungen zusammenzuarbeiten.« Er wird von starkem Applaus zugunsten des Verlierers unterbrochen. Dann fährt Mark fort: »Und vielen Dank, dass ihr mich gewählt habt. Wenn ihr meinen Handzettel gelesen habt, dann wisst ihr, dass ich ein paar Schwerpunkte gesetzt habe. Punkt eins ist, dass alle Klos stinken, zumindest die der Jungs. Die müssen ordentlich gereinigt werden.« Die Leute fangen an zu klatschen. Mark hebt die Hand. »Es geht noch weiter. Die Cafeteria ist gerade mal für zwei Stunden geöffnet. Die Öffnungszeiten sollten auf den ganzen Tag erweitert werden.« Weiterer Applaus. »Wir werden einen zusätzlichen Billardtisch anschaffen, und zwar einen, den man nicht so leicht kaputt bekommt.« Ein lauter, zustimmender Zuruf von ganz hinten. »Nach wie vor beabsichtige ich, Veranstaltungen zu organisieren. Ich möchte, dass dieses College ein Zentrum für Partys wird«, – lauter Applaus – »für Diskussionsrunden«, – etwas schwächerer Applaus – »und für Wohltätigkeits- veranstaltungen. Außerdem werden wir regelmäßig einen Infobrief herausgeben.« Marks leichte, schnelle Art zu reden treibt ihn weiter. »Ich möchte endlich Sprechstunden einrichten, in denen der Rektor aufkommende Fragen beantworten soll. Ich sage euch, das Cartford College wird sich in ein College verwandeln, an dem etwas passiert.« Jetzt herrscht stürmischer Applaus, ein paar Leute erheben sich sogar von ihren Plätzen. Mark steht verwundert vor ihnen. Er hat sie wirklich in Schwung gebracht. Aber kann er seine Versprechen auch einlösen? Darüber nachzudenken, ist jetzt nicht der Zeitpunkt. Sie umringen ihn, schütteln ihm die Hand, klopfen ihm auf den Rücken, gratulieren begeistert.

»Du warst super«, ruft Cathy und umarmt ihn stürmisch.

»Jetzt tut's mir fast Leid, dass ich meine Stimme Paul gegeben habe«, sagt Lauren grinsend.

»Wo ist Jason?«, will Mark wissen.

»Jason?«, fragt Lauren.

»Ja, er war hier, er stand ganz hinten.«

»Oh.« Sofort blickt Lauren sich um. Manchmal sieht es aus, als sei Jason ihr nicht so wichtig oder sogar lästig. So kommt es Cathy jedenfalls vor. Aber schon im nächsten Moment wird Lauren ganz aufgeregt und zappelig, wenn sie auch nur seinen Namen hört.

Aber Jason ist nirgends zu sehen. »Ich nehm an, er hat gesehen, was er sehen wollte – nämlich dass du Präsident bist –, und dann ist er wieder abgehauen«, sagt Cathy.

»Er hätte wenigstens dableiben können, um uns zu begrüßen«, sagt Lauren. Cathy betrachtet sie erstaunt. Gestern noch hat sie sich ausführlich darüber beklagt, dass er sie nie vor Mitternacht nach Hause lässt.

Während sie zum Ausgang gehen, erschallt von allen Seiten ein vielstimmiges »Gratuliere, Mark!« und »Ich hab dich auch gewählt, Mark!«.

»Unglaublich«, sagt Mark. »Eigentlich wollte ich nur ins Parlament gewählt werden. Und plötzlich hatte ich die Chance, mich als Präsidentschaftskandidat aufstellen zu lassen. Wenn schon Bär, hab ich gedacht, dann gleich ein Grisli … Wir müssen auf der Stelle zu Becky und es ihr erzählen.«

Royston japst hinter ihnen her. »Der Rektor hat gefragt, ob du dich morgen auf einen Kaffee mit ihm treffen könntest. So um halb elf.«

Mark wird ein Stückchen größer. »Ich glaube, das lässt sich einrichten. Ja, sag ihm, dass ich vorbeikommen werde. Habt ihr das gehört? Lauren? Cathy?«

»Wir haben es gehört«, sagt Lauren. Sie wendet sich an Cathy. »Was meinst du? Behält er dieses Lächeln jetzt für immer und ewig?«

»Wenn's euch zu langsam ist, müsst ihr kreischen.« Mit rotem Gesicht blickt er auf Cathy hinunter. Cathy, die sich fest auf den Sitz der Schiffschaukel presst, schafft nur ein klitzekleines Kreischen. Lauren dagegen beugt sich vor und produziert einen ohrenbetäubenden Schrei. Adam, der zwischen den beiden eingequetscht ist, applaudiert anerkennend. »Na, dann haltet euch mal ordentlich fest«, ruft die Vogelscheuche und schnauft aufgeregt. Lauren und Cathy nennen diesen Mann schon seit Jahren *die Vogelscheuche*. So lange sie zurückdenken können, gehört er zu diesem Rummel. Mitsamt dem Filzhut, der Wollweste, den grünen Hosen und seinen überraschend modischen Gummistiefeletten, über deren Rand immer die Socken hinausragen. Und schon immer hat er die Schiffschaukel umso heftiger in Schwung gebracht, je mehr die Mädchen gekreischt haben – genau wie jetzt.

Cathy schließt die Augen. Sie liebt die Schiffschaukel. Und sie hasst sie. Plötzlich fällt Lauren kreischend und lachend nach vorn. Cathy fühlt, wie auch sie selbst vorwärts aus dem Sitz gezogen wird. Sie schließt abermals die Augen und fühlt einen heftigen Schwindel im Kopf. Jeden Moment wird sich alles überschlagen, und sie wird in die Unendlichkeit davonsausen. Plötzlich wird sie geknufft. »Du kannst die Augen wieder aufmachen«, sagt Lauren. Es ist vorüber. Zu dritt kehren sie zu Becky zurück, die ihnen voller Neid entgegenlächelt. An ihrem alten Wohnort gab es eine ganz besondere Schiffschaukel, die unter leuchtenden Blinklichtern erstrahlte. Zigmal ist sie da eingestiegen. Heute Abend kann sie nur zuschauen wie so 'ne alte Tante. Alles wegen – na ja –, es ist mittlerweile ziemlich nervig.

Zu Beginn des Abends hat sich Becky noch einigermaßen in Ordnung gefühlt. Sie ist zu Cathy gegangen, und die beiden haben sich gemeinsam fertig gemacht. Sie haben nett miteinander geredet, und Becky hat sich entspannt und glücklich gefühlt. Ganz plötzlich – sie sind kaum aus dem Haus gewesen, um auf den Rummel zu gehen – hat sich in Beckys Bauch wieder dieser schreckliche Schmerz gemeldet. Wie gewöhnlich hat sie keinem etwas davon gesagt. Die ganze Zeit immer nur krank zu sein – so kommt es ihr jedenfalls vor – geht ihr langsam auf die Nerven. Sie hat gehofft, dass es bald wieder besser würde. Und es wird auch besser. Jeweils für ein paar Minuten. Dann kehrt der Schmerz umso heftiger zurück.

Außerdem ist ihr entsetzlich übel. Sie hat ständig das Gefühl, aufs Klo zu müssen. Alles in allem kann sie sich selbst nicht mehr ausstehen. Andere Frauen arbeiten bis kurz vor der Geburt und haben keine Probleme. Bis dahin hat Becky noch jede Menge Zeit, fünf oder sechs Wochen. Und doch fühlt sie sich jetzt schon ständig müde, krank und bemitleidenswert, während alle andern vor Gesundheit strotzen. »Geht's dir nicht gut?«, fragt Adam.

»Doch, alles in Ordnung. Mir geht's gut.« Wenn sie darüber redet, wird sie sich nur noch schlechter fühlen. Positiv denken! Sie lehnt sich gegen den Aufbau der Schiffschaukel, weil ihr schwindlig wird, wenn sie zu lange steht. Was geht mit ihr vor? Und wieso kucken alle so besorgt? Das hilft ihr doch auch nicht. Becky ist erleichtert, als Lauren verkündet: »Da kommen unsere Westernhelden.«

Mit triumphierender Miene schreiten Jason und Mark zu ihnen herüber. Sie haben die Arme voller leuchtend grüner Teddybären.

»Wozu habt ihr die alle mitgebracht?«, fragt Lauren.

»Jason hat am Schießstand einen Treffer nach dem andern gelandet und immer noch einen gewonnen«, sagt Mark. »Das war super, sag ich euch. Am Ende haben sie so 'nen fetten alten Heini geholt, mit 'ner Schildmütze und jeder Menge Tätowierungen auf den Armen.«

»Hat sich für besonders stark gehalten«, sagt Jason. »Trotzdem hätt ich's locker mit ihm aufnehmen können. Dachte aber, es wär besser ...«

»Ich bin froh, dass du's gelassen hast«, unterbricht ihn Lauren. »Stell dir das mal vor: sich wegen so was abgrundtief Hässlichem zu streiten.« Jason hält ihr einen Teddy hin. »Nein, geh weg damit. Was soll ich mit so 'nem Ding? Sagt mal ehrlich, wie alt seid ihr zwei eigentlich? Hat man dich heute wirklich zum Präsidenten des Studentenparlaments gewählt, Mark?« Jason und Mark machen lange Gesichter.

»Ich finde, auf 'ne witzige Art sind sie ganz süß«, sagt Becky und nimmt einen.

Cathy nimmt auch einen. »Gehört doch irgendwie dazu, wenn man auf dem Rummelplatz ist.« Sie atmet tief ein. »Riecht ihr die gebratenen Zwiebeln? Normalerweise kann ich den Geruch nicht ausstehen, aber hier, im Durcheinander von Süßem und von Dieselgestank und all den anderen Gerüchen – mhm – wunderbar.« Sie schnuppert noch mal und sagt: »Ich hab meine erste Zigarette auf dem Rummelplatz geraucht, erinnerst du dich, Lauren?«

Lauren lächelt. »Ja, du hast es nicht geschafft zu inhalieren.

Ich hab dir dauernd gesagt, du sollst den Rauch durch die Nase einziehen.«

»Dieser Rummel war für uns mal das Ereignis des Jahres«, sagt Adam. »Auf den Rummel zu gehen und abends allein wegzudürfen waren für mich die zwei wichtigsten Sachen.«

»Bei den Spielautomaten gab's jedes Jahr 'ne Schlägerei«, sagt Mark.

»Ist aber insgesamt ein bisschen geschrumpft, das Ganze«, sagt Jason. »Wisst ihr noch, die Geisterbahn? Die fand ich toll.«

»Ach, die war doch Schrott«, widerspricht Lauren. »Vor allem dieses doofe Gerippe, das den Leuten immer entgegengesprungen ist.«

»Mir hat's trotzdem gefallen«, sagt Jason.

»Mir auch«, sagt Cathy. »Mir hat es auch immer gefallen, im Dunkeln durch all das von oben herabhängende Zeug zu fahren.«

»Genug mit den alten Erinnerungen«, fährt Lauren dazwischen. »Lasst uns lieber was machen … Jetzt ist das Riesenrad dran, was meinst du, Cathy?«

»Okay«, antwortet Cathy gedehnt. »Obwohl ich es nicht leiden kann, wenn's oben rüber geht und man bis über den Fluss …«

Aber Lauren ist bereits unterwegs.

»Warte«, ruft Jason hinterher und nimmt Cathy bei der Hand. Verblüfft sieht sie ihn an.

Sie wendet sich aber noch einmal um. »Kommt schon, Mark, Adam. Glaubt bloß nicht, ihr könnt euch drücken. Was ist mit dir, Becky? Lieber nicht?« Becky schüttelt traurig den Kopf. »Aber du gehst mit, Adam.«

»Nein, ich bleibe bei dir«, sagt Adam.
»Und ich auch«, sagt Mark überraschend.
»Ihr braucht nicht bei mir zu bleiben«, sagt Becky. Ihr ruppiger Ton gefällt ihr selbst nicht. Sie vermiest den andern das ganze Rummelvergnügen. Sie wäre besser erst gar nicht mitgekommen. Ihre Mutter hat auch gesagt, sie sollte lieber zu Hause bleiben. Aber das hat lediglich Beckys Widerspruchsgeist geweckt. Sie atmet tief durch. Sie hat schreckliche Rückenschmerzen. Wie viele Wochen soll sich dieser lästige Zustand denn noch hinziehen? Wenn sie das geahnt hätte – ach was, wieso ist sie plötzlich so feige?
»Seht euch Cathy an«, sagt Mark und zeigt hinüber. »Die macht sich fast in die Hose.« Mark und Adam winken und lachen. Becky lächelt tapfer mit. **Plötzlich durchzuckt der Schmerz im Rücken ihren ganzen Körper. Sie explodiert förmlich vor Schmerz.** Sie krümmt sich vornüber, ein spitzer Schrei entfährt ihr – und noch einer. Adam ist sofort neben ihr und fragt sie, was los ist. Sie kann nicht antworten. Ihr Atem geht viel zu schnell. Sie kann nur noch einmal schreien.
Marks Worte nimmt sie allerdings wahr: »Wir brauchen 'nen Krankenwagen. Ich geh telefonieren.« Mark läuft suchend hin und her. »Adam«, schreit er, »wo ist die nächste Telefonzelle?« Sie starren einander an. Beide scheinen den Verstand verloren zu haben. Endlich ruft Mark: »Ein paar hundert Meter zurück sind wir vorhin an einer vorbeigekommen.« Sofort rast er los, die Straße hoch. Becky so zusammenbrechen zu sehen, ist schrecklich. Er presst noch immer die Zähne fest aufeinander, damit sie nicht klappern vor Angst.
Vor ihm taucht die Telefonzelle auf. Es steht jemand drin und

telefoniert. Ein Junge seines Alters, nur größer. Mark begreift schnell, dass er mit einem Mädchen redet. Trotzdem – er kann jetzt nicht warten, nicht einen Augenblick. Er zieht die Glastür auf, tippt dem Typen auf die Schulter und murmelt entschuldigend: »Ich muss sofort telefonieren. Es ist 'n Notfall.« Der Typ dreht sich um und sieht Mark verärgert an. Mach schon, redet sich Mark gut zu, mehr Entschlossenheit!
»Tut mir Leid, Kumpel, aber das ist ein Notfall. Ich brauch 'nen Krankenwagen.« Dann hebt Mark die Hand, als wolle er nach dem Hörer greifen. Der Junge murmelt noch was in die Sprechmuschel und hängt ein. Er geht einen Schritt zur Seite. »Danke, dauert nicht lange«, sagt Mark. »Weißt du zufällig die Nummer vom Krankenhaus? Nein? Okay.«
Mark blättert im Telefonbuch. Er fängt gerade an zu wählen, da hört er jemanden seinen Namen rufen. Cathy drängt sich zu ihm in die Telefonzelle. »Warte. Jason fährt Becky ins Krankenhaus. Sag ihnen nur, dass wir unterwegs sind.« Bevor Mark antworten kann, meldet sich eine krächzige Stimme: »Allgemeines Krankenhaus Cartford.«
»Es handelt sich um einen Notfall. Becky –«, er hat einen Blackout – »Edwards«, hilft Cathy, und Mark nimmt einen neuen Anlauf. »Becky Edwards ist auf dem Weg in Ihr Krankenhaus. Sie erwartet in ein paar Wochen ihr Kind und ist gerade eben auf dem Rummelplatz zusammengebrochen.«
»Ist sie bei uns zur Geburt angemeldet?«
»Ja«, sagt Mark.
»Ihr Name ist Becky Edwards?«
»Ja.«
»Wie kommt sie hierher?«

»Mit dem Auto. Freunde bringen sie.«
»Gut. Wir bereiten schon alles vor, Mr …«
»Mark Appleton.« Schwer atmend hängt er den Hörer ein. »Danke, Kumpel«, sagt er zu dem Jungen. Dann rennt er mit Cathy zurück zum Rummelplatz. Sie kommen dort an, als Adam und Jason Becky gerade in Jasons Auto helfen. Mark eilt zu ihnen hin. »Becky!« Er hat keine Ahnung, weshalb er ihren Namen ruft. Sie ist bleich wie ein Gespenst, versucht aber ein mattes Lächeln. Mit hauchdünner Stimme flüstert sie: »Meine Mama, kannst du meine Mama anrufen?«
»Ja, klar, mach ich, sobald wir im Krankenhaus sind. Brauchst du sonst noch was?«
Becky hat sich bereits mit schmerzverzerrtem Gesicht zurück in den Sitz gelehnt. Lauren setzt sich neben Becky. Adam und Jason steigen vorne ein. Lauren breitet vorsichtig ihren Mantel über Becky aus. Adam schlüpft hastig aus seiner Jacke und reicht sie Becky. »Nimm die auch noch«, sagt er.
»Wenn sie will, kann sie meine auch noch haben«, sagt Jason, wenn auch etwas zurückhaltender.
»Nein, ist gut. Ich will nur, dass sie nicht friert«, sagt Lauren. »Meinst du, du kannst ein paar Mal tief durchatmen, Becky?«
Becky antwortet mit einem Stöhnen.
»Sie muss die Sauerstoffversorgung in ihrem Körper am Laufen halten«, erklärt Lauren. »Das haben sie uns doch in Biologie erzählt.«
»Sie schafft das schon«, sagt Cathy. »Seht nur zu, dass ihr so schnell wie möglich im Krankenhaus seid, Jason. Wir kommen nach.«

Jason startet den Wagen. Adam dreht sich nach hinten um und hält Beckys Hand. »Es dauert nicht mehr lange, Schatz. Bald ist es vorbei.«

Als Jason in die Krankenhauseinfahrt einbiegt, sieht er bereits eine Schwester und einen Sanitäter mit einem Rollstuhl warten. Er winkt der Schwester zu. Die grauhaarige Frau eilt ihnen entgegen.
Jason steigt aus und öffnet die Hintertür. Becky liegt zusammengekauert in der Ecke und hält Adams Hand. Die Schwester beugt sich zu ihr hinunter und sagt: »Es ist alles in Ordnung, Becky. Deine Freunde haben dich ins Krankenhaus gebracht. Den Rest überlass einfach uns.« Dann hilft die Schwester dem Sanitäter, Becky in den Rollstuhl zu heben. Adam kniet sich vor sie hin und küsst Becky auf die Stirn.
»Bist du der Vater?«, fragt die Schwester. Sie ist sehr freundlich.
»Ja, ich bin der Vater«, sagt Adam.
»Ich bin Schwester Stevenson. Würdest du bitte mit mir kommen?« Dann wendet sie sich an Lauren und Jason. »Und ihr beide geht bitte ins Wartezimmer.« Ohne eine Antwort abzuwarten, schieben sie Becky nach drinnen.
Cathy fährt die Auffahrt hoch und parkt ihren Wagen hinter Jasons. Sie und Mark steigen aus.
»Wir sollen ins Wartezimmer gehen«, klagt Lauren. »Ich bin sicher, dass Becky uns gern bei sich hätte.«
»Ich denke, wir sind ein bisschen viele«, sagt Cathy.
Jason folgt den Mädchen zögernd ins Krankenhaus. Er bleibt

ein Stück zurück und sagt leise zu Mark: »Ich kann Krankenhäuser nicht ausstehen.«

»Ich find's auch nicht gerade toll hier«, sagt Mark. »Mit zehn Jahren haben sie mir die Mandeln rausgenommen. Ich weiß noch, dass die Badewannen aus Stahl waren und immer viel zu kalt, und der Essenwagen hat ständig nach Kohl gestunken.«

»Ich hab noch nie im Krankenhaus bleiben müssen«, sagt Jason. »Bin noch nie richtig krank gewesen. Trotzdem bekomm ich in Krankenhäusern immer dasselbe scheußliche Gefühl.« Er schüttelt sich. »Ich hasse sie.« Dann sagt er noch: »Hast du die Zähne der Schwester gesehen? Widerlich, alle braun.«

Drinnen führt man die vier zum Wartezimmer. Vorne im Gang sehen sie Adam, der vor einem Zimmer steht.

»Gibt's was Neues?«, ruft Lauren ihm zu.

»Nein, sie haben nur Becky mit da rein genommen und gesagt, ich soll warten«, antwortet er über den langen Flur hinweg.

Eine Schwester eilt an ihnen vorbei. »Würdet ihr bitte dort drinnen warten? Wir halten euch auf dem Laufenden.«

»Das will ich schwer hoffen«, murmelt Lauren.

Sie sind kaum im Wartezimmer, da geht Mark wieder los, um zu telefonieren. »Ich rufe Beckys Mutter an.« Die andern stehen unsicher herum.

»Möchte jemand Kaffee?«, fragt Jason.

Cathy und Lauren verneinen kopfschüttelnd.

»Ich auch nicht«, sagt Jason.

»Fürchterlich, hier tatenlos warten zu müssen«, verkündet Lauren.

»Kommt, wir können uns genauso gut setzen«, sagt Cathy.

Aber Lauren und Jason laufen weiter im Zimmer auf und ab. Mark kommt vom Telefonieren zurück. »Sie meldet sich nicht. Ich wette, sie ist in ihrer Kammer und schreibt. Sie hat mal gesagt, dass sie das Telefon dort nicht hören kann.«

»Es ist besser, wenn wir mal hinfahren«, sagt Jason und steht bereits an der Tür.

»Ja, in Ordnung«, sagt Mark.

»Wir sind gleich wieder da«, sagt Jason.

»Meint ihr nicht, ihr solltet auch Adams Eltern benachrichtigen?«, ruft Cathy hinter ihnen her.

»Nein, jetzt noch nicht«, sagt Mark.

Adam steht immer noch vor derselben Tür. Mark und Jason gehen zu ihm hin. »Wie lange wollen sie dich denn hier draußen noch warten lassen?«, fragt Jason.

Adam zuckt mit den Schultern.

»Wir wollen Beckys Mutter abholen«, sagt Jason.

»Sie geht nicht ans Telefon«, sagt Mark. »Wahrscheinlich steckt sie in ihrer Schreibkammer.«

»Ja, genau, danke«, sagt Adam. »Und danke fürs Herfahren und …«

»Gehört alles zum Service«, sagt Jason.

Die Tür geht auf, Schwester Stevenson kommt heraus. »Tja, das Baby will raus, Adam.« Alle drei glotzen die Frau verständnislos an.

»Aber das ist doch fünf Wochen zu früh«, flüstert Adam.

Die Schwester lächelt schwach. »Babys kommen, wann sie kommen wollen.«

»Geht's Becky gut?«, fragt Mark.
»Ja. Und wir tun unser Bestes für sie.« Sie wird ausgesprochen förmlich. »Adam, möchtest du jetzt bei Becky sein?«
»Ja«, sagt Adam fest. Jason schaudert. Er erinnert sich an die Filmszenen einer Geburt, die sie in der Schule gesehen haben. Die ganze Angelegenheit kam ihm ziemlich abstoßend vor.
»Gut, wenn du möchtest, dann komm mit.«
Jason und Mark ziehen sich zurück. »Wir sagen schnell den Mädchen Bescheid, dann holen wir Beckys Mutter. Viel Glück, Kumpel«, sagt Jason.
»Ja, alles Gute«, ruft Mark.
Adam wird in einen kleinen Vorraum geführt, in dem er sich einen grünen Mantel und einen Mundschutz überziehen muss. Ganz plötzlich hat er keine Kraft mehr in seinen Fingern.
»Die Dinger sind manchmal ein bisschen widerspenstig«, sagt die Schwester. »Soll ich helfen?«
Dann folgt Adam ihr in einen größeren Raum, in dem Becky mit gespreizten Beinen unter einer hellen, weißen Lampe, einem riesigen Strahler, liegt. Ihr Gesicht ist schweißnass, ihre Haare sehen aus, als käme sie vom Schwimmen. Sie zittert und wimmert vor Schmerz. Dann schreit sie plötzlich laut auf. Adam geht es durch und durch. Er geht an den geheimnisvollen, chromblitzenden Maschinen vorüber zum Arzt und den beiden Schwestern, die sich um Becky kümmern.
In seiner Eile, zu Becky zu gelangen, stößt er den Hocker neben ihrem Bett um. Leicht errötend stellt er den Hocker wieder hin, setzt sich neben sie und nimmt sofort ihre Hände

in seine. Sie sind klitschnass. Sie drückt so fest zu, dass er das Gefühl hat, sie würde ihm die Finger brechen. Ihr Gesicht wirkt kleiner, flacher als sonst, ihre Augen sind geweitet und voller Angst.

»Sieh mal, Becky«, sagt die Schwester, »Adam ist jetzt hier. Es ist alles in Ordnung, Adam, das Baby zeigt schon sein Köpfchen, es dauert nicht mehr lange.« Ihre Stimme ist beruhigend. »So, Becky, jetzt pass auf. Ich möchte, dass du mir genau zuhörst. Es ist sehr wichtig, was ich dir jetzt sage. Wenn ich ›pressen‹ sage, dann möchte ich, dass du so fest nach unten presst, wie du kannst. Verstanden? Wenn ich ›loslassen‹ sage, dann möchte ich, dass du die Anspannung sofort loslässt und ganz schnell atmest. Wie ein hechelnder Hund. Verstehst du mich, Becky?«

Ganz langsam bewegt Becky ihren Kopf.

»Und du, Adam, verstehst du meine Anweisungen auch?«

»Ja, hab verstanden.«

»Gut. Also, Becky, pressen, so fest du kannst … Ja, sehr gut, so fest du kannst.«

»Hör mal, Cathy, hör doch«, sagt Lauren aufgeregt. »Du musst das doch auch hören.« Sie und Cathy warten im Krankenhausflur vor der Tür zum Kreißsaal. Cathy spitzt jetzt noch mehr die Ohren. »Nein, ich kann nichts …« Dann zieht ein Lächeln über ihr Gesicht. »Ja, ich hör's. Ich hör's.« Sie liegen einander in den Armen.

»Hab ich's nicht gleich gesagt«, sagt Lauren.
»Ja, aber es war nur so ein winziges, kleines Quäken«, sagt Cathy.
»Also bitte, was erwartest du denn?«, sagt Lauren. »Wie würdest du das finden, wenn man dich hinausstößt in eine fremde, neue Welt? Ich bin neugierig, ob's ein Junge oder ein Mädchen ist. Wenn wir nur auch da drinnen sein könnten. Wir sollten wirklich da drin sein.«

»Es ist ein hübscher kleiner Junge«, sagt die Schwester.
Adam glotzt auf das Baby, das auf dem Arm der Schwester ruht. Um die Wahrheit zu sagen, er ist ziemlich enttäuscht. Das kleine Gesicht ist mit weißer Fettschmiere überzogen. Und das Baby sieht schrumpelig aus wie ein alter Mann. Aber es ist sein Sohn. Adams Herz schlägt wie wild, als er diesen Satz in Gedanken wiederholt. **Es ist sein Sohn.**
Becky hebt den Kopf. »Kann ich ihn halten?«, fragt sie schwer atmend.
»Im Moment noch nicht«, sagt die Schwester. »Er ist zu früh geboren, er muss direkt in den Brutkasten.«
»Aber er wird es doch schaffen?«, fragt Adam. Seine Stimme überschlägt sich fast.
»Wir tun, was wir können, Adam«, sagt sie.

Thomas

Adam schiebt Becky durch die Tür. Ihre Mutter und die Schwester folgen ihnen. »Dies ist unsere Baby-Intensiv-Station«, sagt die Schwester in ihrem aufmunternden und beruhigenden Tonfall. »Als Erstes wird euch wahrscheinlich auffallen, wie heiß es da drinnen ist. Die meisten sagen, die Luft wäre wie in einem Treibhaus.«

Sie werden wieder mit Masken ausgestattet, rings um sie herum herrscht ungewohntes Piepsen und Summen von den Geräten.

»Wo ist Thomas?«, fragt Becky ungeduldig. Heute früh um vier Uhr haben sie und Adam sich für diesen Namen entschieden. Jetzt, wo er einen Namen hat, denkt Becky, wird er auch die Kraft haben, alles durchzustehen. Er hat etwas, woran er sich festhalten kann. Es kann ihm nichts mehr passieren.

Die Schwester schiebt Becky bis ans Ende des Zimmers. Dort liegt Thomas. Er ist nur wenige Zentimeter von seinen Eltern entfernt. Aber sie können ihn in seinem kleinen Gefängnis, dem Brutkasten, nicht einmal anfassen.

»Thomas hat die Farbe gewechselt«, ruft Becky aufgeregt. »Er ist jetzt richtig rosa. Das ist doch bestimmt ein gutes Zeichen.« Sie und Adam sehen die Schwester an. Keine Antwort.

Sie wenden sich wieder Thomas zu.

Der Beatmungsschlauch bewegt sich leicht. Sauerstoff hebt und senkt rhythmisch die kleine Brust.

»Sieh ihn dir an«, sagt Adam, weil Thomas mit den kleinen Beinen zuckt. Becky wendet ihren Blick keinen Moment von Thomas. Adam dagegen muss immer wieder zur Seite sehen.

»Sieh nur«, sagt Becky unvermittelt, als Thomas seine Finger bewegt, beinahe als wolle er ihnen hinter der Glaswand Zeichen geben.

»Bald haben wir dich hier raus«, flüstert Becky.

»Mach einfach weiter so«, sagt Adam. »Er bewegt schon wieder die Beine. Noch ein gutes Zeichen, stimmt's?«

Später kommen auch Lauren und Cathy herein. Lauren bleibt ein bisschen im Hintergrund. Sie fühlt sich plötzlich befangen und hat ein wenig Angst. Cathy dagegen betrachtet Thomas wie ein Wunder. »Kuck dir die winzigen Fingernägel an«, sagt sie. »Und sieh nur, wie er versucht, mit den Beinen zu strampeln.«

»Das macht er andauernd. Becky und ich glauben, dass er Talent zum Fußballspielen hat«, sagt Adam mit einer Leichtigkeit, die ihm selbst gar nicht auffällt. »Er wird mal Star von *Arsenal London.*«

»Blödsinn, er wird für die *London Hot Spurs* spielen«, widerspricht Lauren.

»Er wird für alle spielen«, sagt Becky.

Draußen sagt Cathy: »Ich finde, er ist ein wundervolles Baby.«

»Ja, stimmt«, bestätigt Lauren.

»Was glaubst du?« Cathy wagt kaum, die Frage auszusprechen. »Meinst du ... Thomas ... ob er eine Chance hat?«

»Ich weiß es nicht«, sagt Lauren stumpf. Dann meint sie:

»Können wir nicht mal ein bisschen raus hier? Mark treffen und ihn fragen, wie's ihm mit dem Rektor gegangen ist oder so was. Ich brauch frische Luft. Trotzdem fühl ich mich mies, einfach so wegzugehen.«

Cathy hakt sich bei Lauren unter. »Ich kann auch ein bisschen frische Luft gebrauchen.«

Als sie losgehen, sagt Lauren: »Was mich so schafft, ist, dass er sich in einem fort bewegt. Als hätte er keine Ahnung, wie hilflos er eigentlich ist.«

»Auf jeden Fall gibt er nicht auf«, sagt Cathy leise. »Genau wie seine Eltern.«

Becky schreckt hoch. Sie muss einen Moment eingenickt sein. Sie setzt sich auf und sieht sich um. Wieso sitzt Adam nicht an ihrem Bett? Oder ihre Mama, die ihr andauernd besorgt zulächelt? Wo sind sie? Jetzt erinnert sie sich; Adams Mutter und sein Bruder sind ins Krankenhaus gekommen. Adam ist bei ihnen, und ihre Mutter muss mitgegangen sein. Aber ist das nicht schon zwei Stunden her? Becky hat jedes Zeitgefühl verloren. Vielleicht hat sie auch nur ein paar Minuten geschlafen. Sie sinkt zurück ins Kissen. Sie fühlt immer noch ein Stechen und Ziehen in ihrem Rücken. **Ihr ist kalt, sie zittert. Warum kommt niemand und redet mit ihr, warum bringt sie niemand zu Thomas? Sie mag diese Stille nicht. Sie ist ihr zu laut.**

Sie schließt halb die Augen. He, nicht schlafen, da kommt wer. Schritte. Sie schlägt die Augen auf. Adam, ihre Mutter und die Schwester stehen vor ihr. Bevor sie noch etwas sagen können, weiß sie Bescheid. Und sie will nicht, dass sie es aussprechen. »Ihr braucht es mir gar nicht zu sagen«, stößt sie schluchzend hervor, »er hat uns verlassen!«

Ihre Mutter sagt: »Seine armen kleinen Lungen haben sich einfach nicht richtig entfaltet … dabei hat er sich so viel Mühe gegeben.«

»Wir haben alles getan, was wir konnten, Becky«, sagt die Schwester. Dann fragt sie: »Möchtest du ihn sehen?«

Becky erwischt Adams Blick. Er wirkt verstört, völlig hilflos. Er wendet sich ab, als wolle er sagen: Ich kann das nicht für dich entscheiden.

»Ja, das möchte ich«, sagt Becky. Becky sieht wieder zu Adam hin. Aber anscheinend bringt er es nicht fertig, sie anzuschauen. Schließlich setzt sich ihre Mutter auf die Kante des Stuhls neben ihrem Bett. »Wir finden keine Worte«, sagt sie. Schon merkwürdig, während der letzten Stunden sind es ausschließlich Worte und Phrasen gewesen, an denen Becky versucht hat sich aufzurichten. Sie gehen ihr jetzt wieder durch den Kopf: Wo Leben ist, ist Hoffnung. Rede bloß nicht vom ›Sterben‹. Nein – jetzt gibt es wirklich keine Worte mehr. Denn alle Worte, mit denen sie versucht hat, sich Hoffnung zu machen, haben sie im Stich gelassen.

Die Schwester kommt langsam auf sie zu. Sie hat Thomas, der in einen weißen Schal gewickelt ist, auf dem Arm. Seine Haut hat jetzt eine seltsame dunkelrosa Farbe. Nichts hat sich Becky sehnlicher gewünscht, als ihn im Arm zu halten. Und jetzt, jetzt, wo er … Zumindest behaupten sie das. Das ist, was sie glauben.

Wenn sie ihn so anschaut, wie er da in ihren Armen liegt, so schön, so makellos … Vielleicht hilft es, wenn sie ihn anhaucht, vielleicht fängt dann einer seiner Finger wieder an, sich zu bewegen. Oder vielleicht fühlt er, wie sehr sie ihn liebt, und eines seiner Augen blinzelt sie an. Einmal haben sie eine Wand des Brutkastens heruntergelassen, und Becky durfte Thomas' Hand halten. Mit erstaunlicher Kraft hat er zugepackt, als ob er sie nie mehr gehen lassen wollte. Aber niemand kann ihn wieder aufwecken. Nicht einmal seine Mutter. Er liegt in ihren Armen, und trotzdem ist er so weit von ihr entfernt, wie man es sich nur vorstellen kann. Wo mag er jetzt sein? Wächst er nun in einem anderen Universum heran?

Eines Tages, wenn sie eine uralte Frau ist und sterben muss – wird er dann als Erwachsener auf sie warten? Sie küsst ihn auf die Stirn. Das letzte Mal, als sie ihn berührte, fühlte er sich noch warm und weich an. Jetzt ist seine Haut so kalt. Sie schluchzt auf.

Ihr Blick sucht den von Adam. Für einen Moment hält er ihrem stand, dann wendet er sich ab. Er kann ihr plötzlich nicht mehr in die Augen sehen.

»Adam, nimm Thomas doch auch mal in den Arm.«

»Nein, nein, nein.« Er hält abwehrend seine Hand hoch. Also wiegt Becky ihr Baby weiter, bis die Schwester sagt: »Es ist jetzt Zeit, Abschied zu nehmen, Becky.«

Becky drückt Thomas sofort fester an sich. Aber er ist so leicht, dass es ihr vorkommt, als presse sie ein Stück Luft gegen ihren Körper. Sosehr sie es auch möchte, sie kann ihn nicht bei sich halten.

»Er ist so wundervoll«, sagt ihre Mutter leise.

»Hast du gehört, Thomas?«, sagt Becky weinend. »Deine

Oma hat gesagt, du wärst wundervoll, und das bist du auch. Das wundervollste Baby der Welt.«

Die Schwester beugt sich zu Becky hinunter. Becky drückt ihn noch ein letztes Mal an sich. »Ich werd mich nicht von dir verabschieden«, flüstert sie, »weil ich dich niemals vergessen werde.«

»Adam, bitte, mach die Tür auf!«, ruft seine Mutter.

»Aber ich bin in Ordnung.«

»Adam, mach die Tür auf – bitte!«

Adam steht langsam auf. Einen Moment lang ist ihm schwindlig. Er fühlt sich, als sei er mitten in der Nacht hochgeschnellt und nicht um zehn Uhr vormittags.

Er schließt die Zimmertür auf, seine Mutter eilt herein, zögert einen Moment, geht ans Fenster. Mit einem Ruck zieht sie die Vorhänge auf. »Adam, nun mach schon«, sagt sie schließlich, »du musst dich anziehen, viel Zeit ist nicht mehr.«

Er lässt sich zurück aufs Bett fallen. »Ich gehe nicht hin«, sagt er knapp.

»Aber du kannst nicht wegbleiben, schließlich ist es …« Seine Mutter bringt es nicht fertig, weiterzusprechen – »die Beerdigung deines eigenen Sohnes«, das ist es, was sie sagen wollte.

Adam schließt die Augen. Er spürt nur noch die ungeheure Last, die das Leben aus ihm herauszupressen scheint. Manchmal hat er das Gefühl, er könne nicht mehr atmen. Wie auch jetzt, in diesem Moment, in dem er an Thomas denkt und an Becky und … doch, er sollte gehen. Selbstverständlich sollte er das. Aber er kann nicht. Nicht noch einmal. Er möchte allein sein. Sonst gar nichts.

»Lass mich in Ruhe, Mama. Lasst mich alle in Ruhe. Ist das denn zu viel verlangt?«

»Nein, Adam«, sagt seine Mutter. »Du musst …«

»Ich weiß nicht, warum du dich so aufregst«, schreit er sie an. Am liebsten würde er um sich schlagen. »Schließlich hast du jetzt den Beweis, dass du Recht hattest. Gott hat Becky und mich bestraft, nicht wahr?« Sosehr Adam sich auch dagegen wehrt, manchmal glaubt er tatsächlich selbst, dass es so ist. Umso mehr wünscht er sich, dass seine Mutter ihm widerspricht. Aber sie schweigt, starrt ihn nur an, zutiefst erschrocken. »Gib's schon zu«, schreit er, »ihr habt dieses Baby nie gewollt!«

»Nein«, sagt seine Mutter und entfernt sich rückwärts von ihm. »Aber das heißt nicht, dass wir gewollt hätten, was jetzt passiert ist. Ein Leben ist und bleibt ein Leben … und das Leben ist immer heilig. Bitte glaube mir, Adam, so etwas habe ich nie gewollt.« Sie fleht ihn an. Und Adam kann sich nicht vorstellen, dass er das alles noch länger aushält. Vor allen Dingen, weil seine Eltern ihm – ganz tief in ihm drin – sogar noch Leid tun. Auf ihre ganz besondere Art haben sie sich ja bemüht. Trotzdem geraten sie mit Adam von einer Krise in die nächste. Sie müssen sich ja selbst fragen, womit sie das alles verdient haben. Gott sei Dank haben sie auch noch Ruben, den guten, braven Sohn, der nie etwas falsch macht. Der auch in diesem Augenblick, gekleidet in einen dunklen Anzug, emsig durchs Erdgeschoss eilt und Gutes tut.

»Es ist nicht eure Schuld, Mama«, sagt Adam. »Es liegt an mir, ausschließlich an mir.« Dann meint er sanft und erschöpft: »Bitte, lasst mich einfach nur allein.«
Im Erdgeschoss ertönt der scharfe, metallische Klang der Haustürglocke. »Ich mach schon auf«, ruft Ruben. Normalerweise wäre seine Mutter längst unten, um nachzusehen, wer da kommt. Aber heute steht sie wie gelähmt da, starrt auf Adam, runzelt angespannt die Stirn.
»Du musst mit Becky reden«, sagt sie. »An so einem Tag wie diesem. Sie hat schon zweimal angerufen.«
Adam seufzt. »Glaub mir, Mama, es ist besser so. Ganz bestimmt.«
Seine Mutter tritt an ihn heran. Adam erwartet, dass sie ihn anfasst, aber sie lässt es dann doch bleiben. Er merkt, wie sie mit sich ringt, sie will ihn berühren. **Er ist jedoch zu weit entfernt von ihr. Worte können diese Entfernung nicht überbrücken.** Das einzig wahrnehmbare Geräusch ist der Regen, der gegen das Fenster trommelt, und Schritte, die auf der Treppe näher kommen.
Ruben steht im Türrahmen, sagt verunsichert: »Becky ist da.«
Sofort geht Adams Mutter auf sie zu und erkennt in der vollkommen schwarz gekleideten Siebzehnjährigen sofort die Mutter. Schon schlingt sie ihre Arme um Becky. Die beiden stehen in fester Umarmung, ohne etwas sagen zu müssen. Schließlich sagt Adams Mutter: »Dann lass ich euch beide jetzt allein.« Sie geht und schließt die Tür hinter sich.
Becky steht unentschlossen vor seinem Bett. »Hallo, Adam.«
Es klingt verlegen, als hätte man sie gerade eben einander vorgestellt. Neben Adams Bett steht ein Foto von Becky. Sie

hat sich darauf ein bisschen in Pose geworfen, lächelt aufgesetzt ihr schmollendes Lächeln, die Haare wirken wie extra für das Foto aufgebauscht. Sie sieht großartig darauf aus, Lichtjahre entfernt von diesem tödlich blassen Mädchen, das vor ihm steht und dessen Augen aussehen, als säßen sie viel tiefer in den Höhlen als gewöhnlich. Sie wirkt sogar kleiner als früher. Lässt Traurigkeit die Menschen kleiner werden? Wie auch immer – er ist derjenige, der ihr das angetan hat. Im Moment drückt ihn diese ungeheure Last so sehr, dass er das Gefühl hat, daran zu zerbrechen.

»Ich gehe nicht«, sagt er laut. Sie schweigt. »Ich gehe nicht zur Beerdigung … Ich kann nicht. Weißt du warum?« Die Worte strömen von allein aus ihm heraus. »Wenn ich trotz allem gehen würde, dann würde wieder etwas Schreckliches passieren. Es kann sein, dass dann wieder jemand stirbt. Man sagt, dass alle Ereignisse dreimal wiederkehren. Keine Ahnung, ob das stimmt. Auf alle Fälle bringe ich Unglück, das Unglück haftet an mir. Denk nur an meine erste Freundin. Ein paar Monate ist sie mit mir zusammen, dann kommt sie an einem Sonntagnachmittag bei einem Autounfall ums Leben. Am Abend zuvor hab ich sie noch gesehen, sie ist so glücklich gewesen. Das ist meine Erinnerung an sie. Sie hat mich immer zum Lachen gebracht. Dann geht sie weg, wird getötet. Im Vergleich zu dir ist sie allerdings noch gut weggekommen.

Sieh dir doch an, wie viel Unglück ich dir gebracht habe. Sieh es dir an. Ein Unglück reiht sich ans andere. Es wird ewig so weitergehen.« Er wird immer lauter, er schreit sie an. »Also, Becky, lauf davon, solange du noch kannst. Verschwinde!« Er reißt die Tür auf. »Verschwinde«, wiederholt er. Das

Schluchzen, das er mühsam zurückgehalten hat, bricht jetzt mit Macht hervor und erstickt ihn beinahe.
»Adam.«
»Nein, Becky. Geh einfach. Bitte.« Er vergräbt sein Gesicht in den Händen. »Mark wird bei der Beerdigung sein. Er wird auf dich aufpassen. Er ist in Wirklichkeit derjenige, der zu dir passt. Ich hab dich ihm nur weggenommen. Geh zu Mark.«
»Adam, bitte.« Sie legt ihren Arm auf seinen. Er versucht sich loszureißen, aber er kann nicht. »Verlass mich jetzt nicht«, flüstert sie. »Ich brauch dich doch so sehr.«
Sein Kopf fühlt sich an, als würde er gleich zerspringen. »Verstehst du denn nicht? In mir ist nichts mehr drin. **Es ist nichts mehr da, was ich dir noch geben könnte.** Als ich unser Baby gesehen habe – das hat mich kaputtgemacht. Das hat die Schraube endgültig überdreht.« Er steht neben der Tür. Sie geht zu ihm hin.
»Adam, es ist nicht deine Schuld.«
»Aber er ist fort, Becky. Unser Baby ist für immer fort. All die Monate voller Stress, dieser Kampf, unsere Pläne, wofür? Er ist fort.«
»Nein. Das stimmt nicht«, sagt Becky schnell. »Ein Mensch ist nicht tot, solange er weiterlebt in den Herzen von denen, die er zurückgelassen hat.« Sie redet so schnell, dass es sich anhört, als hätte sie diese Worte auswendig gelernt. »Thomas ist nicht fort, nicht, solange wir uns an ihn erinnern. Deshalb habe ich auch alle seine Babysachen aufbewahrt, das kleine Bettchen, alles, was wir für ihn angeschafft haben. Mama wollte alles loswerden. Aber ich hab gesagt, dass ich es behalten will, weil« – sie hält inne und blickt in Adams Gesicht, als

suche sie dort nach dem Grund – »weil er gelebt hat – für einen Tag hat er geblüht, wie meine Mutter sagen würde – **und das will ich niemals vergessen.**«

Wieder herrscht Schweigen. Zwischen Beckys Worten schwingt so viel Schmerz und Verwirrung mit. Er kennt diesen Klang, weil sich die Stimmen in seinem Kopf genauso anhören.

Er lässt sich auf die Bettkante sinken. »Ich denke oft an ihn, das musst du wissen«, sagt er. »Manchmal seh ich ihn ganz deutlich vor mir. Ich kann nicht glauben, wie winzig er war. Und doch finde ich, dass er perfekt war. Ich wünschte, ich hätte ihn an dem Abend auch gehalten. Ich wollte es so sehr. Ich wollte mich von ihm verabschieden. Aber ich konnte es nicht. Jetzt wünsche ich mir nur noch, ich hätte es getan.«

Becky setzt sich neben ihn und nimmt aus ihrer Jackentasche ein goldenes Medaillon. »Das hab ich für dich aufgehoben. Nimm es, mach es auf.«

In einer Art Trance öffnet er es und unterdrückt einen Aufschrei. Das Medaillon beinhaltet ein Löckchen flaumiger Haare. »Ich hab die Schwester gefragt. Ich dachte, du wolltest es vielleicht …«

Er blickt auf das kleine Löckchen, Tränen rollen ihm übers Gesicht. Endlich sieht er hoch. »Becky, verlass mich nicht«, sagt er.

Cathy beobachtet die Wolken, die über den Himmel jagen. Sie ist heute früh vom Trommeln der Regentropfen gegen ihr Fenster geweckt worden. Grau und neblig trüb war ihr

dieser Tag erschienen. Das passende Wetter für eine Beerdigung, hatte sie gedacht.
Nach der Predigt in der Kirche traten sie jedoch in blasses, weißes Sonnenlicht hinaus. Und der unscheinbare, kleine Sarg wurde bei strahlendem Sonnenschein in die Grube gelassen. Viele Kränze schmücken das Grab. In der Mitte liegt ihrer, den sie gemeinsam mit Lauren, Jason und Mark ausgesucht hat. Ein wunderschönes Gesteck aus weißen Blumen, die in Form einer Wiege arrangiert sind. Becky beugt sich vor und wirft eine weiße Rose auf Thomas' Sarg. Sie flüstert etwas. Es ist zu leise für Cathys Ohren. Dann steht sie mit Adam in zusammengesunkener Haltung am Grab. Wo ist der Sinn? Warum wird ein Baby geboren und muss dann am zweiten Tag schon wieder sterben? Cathy weiß es nicht. Vielleicht gibt es keinen Sinn. Vielleicht besteht das Leben aus einer Aneinanderreihung zufälliger Ereignisse. Das zu glauben fällt Cathy allerdings schwer – trotz aller Traurigkeit gibt es so viel Freundschaft und Liebe um sie herum.
Liebe – jemanden richtig zu lieben, das ist eine ganz besondere Kraft. Cathy fühlt, dass Adam und Becky diese Kraft in sich haben. Nichts kann diese Kraft bezwingen, nicht einmal der Tod. Diese Kraft existiert immer weiter.
Adam und Becky führen die Trauergemeinschaft beim Verlassen des Friedhofs an. Beckys Mutter hat bei ihnen zu Hause ein kleines Essen vorbereitet. Sie hat auch sämtliche Vorbereitungen für die Beerdigung übernommen. Sie und Mark gehen neben Adam und Becky, es folgen Ruben und Adams Mutter, dann kommen Lauren, deren Mutter – und Jason.

Jason wendet sich um und sieht nach Cathy, die noch immer aufs Grab starrt. Er geht zu ihr und berührt sie leicht an der Schulter. Sie dreht sich zu ihm hin. Unwillkürlich fällt ihr auf, wie gut ihm so ein schwarzer Anzug steht.
Etwas unsicher zeigt sie auf all die Blumen rings ums Grab: »Wunderschön, findest du nicht auch?«
Jason zögert mit der Antwort. »Für meine Beerdigung wünsche ich mir total fröhliche Musik. *Yellow Submarine* zum Beispiel.« Es klingt fast wütend, wie er das sagt. Etwas freundlicher meint er: »Lass uns gehen.«
Cathy nickt. »Ja, ich bin so weit.«
Sie folgen den anderen, die bereits in die Autos steigen. Plötzlich glaubt Cathy ihren Augen nicht zu trauen. Einen Moment lang hat sie das Gefühl zu träumen. Bis Jason es überrascht ausspricht: »He, da ist doch Jez.«

Ich liebe dich nicht mehr

Die Bedienung gibt Cathy und Jez angewärmte Servietten. Jez wischt sich den Hals damit. Cathy sagt: »Ich mag diese Dinger, sie sind immer so schön warm und riechen nach Zitrone. Am liebsten würde ich sie mit nach Hause nehmen.«
»Kannst du dir selber machen«, sagt Jez. »Du legst eine Ser-

viette für ein paar Sekunden in die Mikrowelle und sprenkelst anschließend Zitronensaft drüber.« Die Bedienung kommt mit einem Kännchen Jasmintee zurück. Jez wischt sich mit der Serviette das Gesicht. Er lächelt zur Bedienung hoch. »Wird Zeit, dass ich mich mal wieder ein bisschen sauber mache. Hab mich seit 'nem Monat nicht mehr gewaschen.« Die Bedienung lacht gezwungen und sucht schnell das Weite.

»Sie hält dich für verrückt«, sagt Cathy. »Und sie hat Recht.«

Jez hebt den Deckel vom Teekännchen. »Was soll das schon wieder werden?«

»Ich will nur nachsehen, ob da nicht vielleicht ein paar Fische drin schwimmen.«

»Wie bitte?«, ruft Cathy überrascht.

»Ein alter chinesischer Brauch: andern Leuten Goldfische in den Tee schmeißen. Soll angeblich Glück bringen ... Oh, tatsächlich, wir haben einen drin.«

Cathy beugt sich vor. »Das ist ja ekelhaft.« Sie kuckt ins Teekännchen und dann auf Jez. In seinem aufgesetzt gelangweilten Blick blitzt ein verräterisches Funkeln auf. »Ich weiß nicht, warum ich dir immer alles glaube. In Zukunft glaub ich dir überhaupt nichts mehr.«

»Soll ich dir mal was wirklich Schreckliches erzählen? Der Typ hinter dir rotzt in die Serviette.«

»So was muss dir ja auffallen«, sagt Cathy. »Trotzdem – war ein echt tolles Essen. Wirklich sehr schön. Danke.«

»Mir hat es auch gefallen«, sagt Jez. »Um exakt zu sein, der Abend war galaktisch gut.«

»Hör auf, du Zyniker«, sagt Cathy.

»Nein, im Ernst«, sagt Jez. »So viel Spaß hab ich noch nie gehabt, solange ich lebe.« Seine Augen strahlen amüsiert.

Cathy lacht. »Ich frag mich, weshalb ich mich eigentlich mit dir unterhalte.« Fast während des ganzen Essens haben sie Spitzfindigkeiten und witzige Bemerkungen ausgetauscht und miteinander gelacht. Jetzt grinst sie Jez herausfordernd an: »Hast ganz schön lange gebraucht, bis du mich endlich gefragt hast. Wie viele Wochen bist du wieder zurück? Acht? Neun?«

»Na hör mal, Cathy. Ich hatte einfach Schiss, dass du mir einen Korb gibst. Du weißt, dass ich ein sehr sensibler Mensch bin.« Er nimmt seine Teeschale. »Wir müssen uns beschweren, die Tassen haben keine Henkel.«

»Ha-ha«, sagt Cathy.

»Nein, ernsthaft, es hat Wochen gedauert, bis ich den Mut zusammengekratzt hatte, dich einzuladen. Und ich hab den ganzen Tag damit verbracht, mich herauszuputzen.«

»Ach ja?« Cathy zieht skeptisch eine Augenbraue hoch.

»Ja, meine besten Hosen hab ich angezogen.«

Cathy fängt an zu lachen.

»Wieso lachst du?«

»Die Hosen sind 'ne Katastrophe.«

»Was hast du gegen meine cremefarbenen Hosen?«

»Sie sehen aus, als seien sie aus Lampenschirm-Material. Sie sind völlig zerknittert, und dein Hemd ist seit ungefähr einem Jahrhundert nicht mehr gewaschen worden. Deine Haare hast du dir garantiert nicht gekämmt, und außerdem hast du Speisereste im Bart.« Sie lächelt, während sie das alles aufzählt. Trotzdem ist sie fast ein bisschen beleidigt gewesen, dass Jez sich heute Abend nicht mehr Mühe mit

seinem Äußeren gegeben hat. Wenigstens die Haare hätte er sich bürsten können.
»Heißt das, ich sehe katastrophal aus?«
»Ja.« Sie lachen zusammen. Cathy spürt jedoch, dass sie es alle beide nicht nur lustig finden.
»Das war das letzte Mal, dass ich dich ausführe«, sagt Jez. »Das Kapitel ist abgeschlossen. Du hast es hinter dir. Apropos hinter dir, der Typ mit der Serviette hält inzwischen Händchen mit seiner Freundin. Kann ja sein, dass dich das auch interessiert.«
»Ich bin zutiefst ergriffen von dieser Entwicklung. Halt mich bitte über alles Weitere auf dem Laufenden.«
Sie schweigen. Jez sieht aus, als hätte man die Luft aus ihm rausgelassen. Ihre Kommentare über sein Aussehen haben ihn doch hoffentlich nicht geärgert? Jedes Mädchen hätte ihm heute Abend gesagt, dass er ein bisschen mehr auf sein Äußeres achten könnte.
»Jason fährt Lauren morgen nach Birmingham zum Vorstellungsgespräch«, sagt Cathy, um die Unterhaltung wieder in Gang zu bringen. »Ich hab das Vergnügen, eine Zehnstundenschicht im *Pizza-Paradies* zu arbeiten. Becky freut sich ebenfalls drauf. Was ist mit dir? Gehst du morgen auf deine Baustelle?«
»Zum letzten Mal. Sie haben mir zwei weitere Wochen angeboten. Aber ich bin nicht sehr scharf auf körperliche Arbeit. Ich habs nur wegen der Kohle gemacht. Ich wollte meiner Mama was für die Miete geben und dich zum Essen einladen, damit du mich bei der Gelegenheit ordentlich beleidigen kannst.« Er grinst. »Gestern Abend haben meine Eltern 'ne Flasche Sherry aufgemacht und gesagt, sie wollten mit mir

über meine Zukunft reden. Wir haben uns nett unterhalten, wenn auch sehr kurz. Es hat ungefähr zwanzig Sekunden gedauert. Sie wollten wissen, ob ich irgendwelche Berufswünsche hätte.«

»Was hast du geantwortet?«

»Ich konnte ihnen nur einen Beruf nennen, der mich interessiert: Fassadenkletterer – kurze Arbeitszeiten und steuerfreies Einkommen.«

»Du bekommst doch nicht mal von innen ein Fenster auf.«

»Du bist ganz schön giftig heute Abend. Jedenfalls waren meine Eltern nicht sehr begeistert. Ich glaube, meine Mutter hat die Hoffnung immer noch nicht aufgegeben, dass ich mich in einen Gentleman verwandle. Garantiert hält sie für den Fall der Fälle irgendwo eine Melone und einen Stockschirm für mich bereit. Dabei hab ich ihr gesagt, dass das Einzige, was ich wirklich beherrsche, das Nichtstun ist. Fast alle Menschen müssen immer was zu tun haben. Ich nicht.«

»Und was ist mit deinem Süßwarenladen?«, fragt Cathy.

Jez seufzt sehnsuchtsvoll. »Ja, über den denk ich oft nach. Ein Laden, irgendwo unten im Westen, über dem Laden ein Zimmer, drei Kunden pro Tag. Ich würde meinen Gemüsegarten pflegen und meinen Roman zu Ende schreiben.«

»Du hast angefangen zu schreiben?«

»In meinem Kopf. Ich hab so viele Bücher im Kopf.«

»Worüber sind die denn?«

»Was ich so auf meinen Reisen gesehen habe. Reisen verändert dich, Cathy. Es macht dich offen. Deshalb gibt's in Cartford auch nur eine Meinung; die Leute kennen eben nichts anderes. Mir jucken schon wieder die Füße, Cathy. Als

Nächstes könnte ich nach Italien gehen. Mal kucken, was da so los ist.«

»Du kannst doch nicht schon wieder abhauen, du bist doch eben erst zurückgekommen.«

»Ehrlich gesagt werde ich schon wieder unruhig. Was hat Cartford denn zu bieten? Demolierte Telefonzellen und neonbeleuchtete Hamburgerbuden. Wenn du erst mal in Berlin gewesen bist …«

»Dann erzähl mal, was an Berlin so großartig ist«, fällt Cathy ihm ins Wort, als müsste sie Cartford verteidigen.

»Zuallererst gibt's da nicht diese unzähligen Heimwerkerläden. Und es ist kein Weltuntergang, wenn der Nachbar zufällig genau die gleiche Tür gekauft hat wie du. Die Straßen sind unglaublich sauber, und wenn du in die Kneipe gehst, musst du nicht die ganze Zeit rumstehen, weil es genügend Sitzplätze gibt. Die Atmosphäre ist auch einfach besser – du müsstest dir das selber mal ansehen. Diese fiesen Gemeinheiten, die man hier in den Pubs andauernd erlebt, findest du dort einfach nicht. Hier wirst du ja schon verprügelt, wenn du jemanden falsch angekuckt hast. So was finde ich abscheulich, und ich kann's nicht ausstehen. Die Deutschen sind zivilisierter. Und ihre Buchläden sind sehr gut. Gib's ruhig zu, Cathy, Cartford ist 'ne Müllkippe.«

»Ja, sicher, es hat seine Fehler«, sagt Cathy. »Trotzdem, wir sind hier aufgewachsen, wir sind hier verwurzelt – hier sind unsere Freunde. Ich könnte nicht einfach abhauen und meine Freunde vergessen.«

»Meine Freunde habe ich nie vergessen«, sagt Jez mit unerwarteter Schärfe. »Mag sein, dass ich keine langen Briefe geschrieben habe«, er lächelt ein wenig, »aber ich bin zum

Beispiel häufig am Rhein gesessen. Im Gegensatz zur Themse, die mit all den verdammten Hochhäusern total zugebaut ist, kann man dort noch richtig weit kucken. Ich hab ein oder zwei Fläschchen Wein bei mir gehabt und an Lauren und Jason, Mark, Becky und Adam und manchmal sogar an dich gedacht. Ich hab mich gefragt, was ihr so treibt. Manchmal hab ich überlegt, wie viel Uhr es jetzt im guten alten England ist, damit ich gewusst habe, jetzt gehen sie in den Pub. Oder – ja, genau – das muss ich dir erzählen. Ein Gedanke, den ich ungefähr fünf Minuten lang nicht aus dem Kopf bekommen habe: Was hältst du davon, wenn du das nächste Mal mitkommst? Denk drüber nach.« Bevor Cathy etwas erwidern kann, steht er auf und geht an den Tresen, um zu bezahlen.

Als er wiederkommt, beugt er sich zu Cathys Überraschung zu ihr hinunter und küsst sie geradewegs auf den Mund – und es ist nicht gerade ein flüchtiger Kuss.

Dann sieht er sie an, als erwarte er von ihr, dass sie etwas sagt; es ist, als wäre dies so was wie ihr allererstes richtiges Date. Dabei sind sie doch nur als gute Freunde zusammen gewesen, um miteinander zu lachen. Cathy ist verblüfft. Sie bringt kein Wort über die Lippen, und Jez geht schnell dazu über, so zu tun, als wäre nichts passiert.

»Jason, ich muss jetzt wirklich lernen«, sagt Lauren so sanft, wie sie kann. Ihr Fuß klopft allerdings nervös gegen das Schreibtischbein.

Jason bleibt ausgestreckt auf ihrem Bett liegen. Dann sagt er: »Du willst das doch nicht wirklich.«
»Doch, ich will. Und ich muss es heute Abend machen, weil ich morgen das Vorstellungsgespräch habe und ich sowieso schon eine Woche hinterherhinke. Bis Anfang nächsten Monats muss ich mit dieser Arbeitsmappe fertig sein.«
Jason gähnt. »Ich versteh nicht, wie du dich mit diesem ganzen Mist rumschlagen kannst. Ich würde mich lieber den Haien zum Fraß vorwerfen.« Er zwinkert ihr zu. »Komm, sei nicht so mies drauf. Ich lad dich ein, wir gehen was trinken.«
»Jason, ich kann nicht.« Lauren merkt, wie es ihr langsam zu viel wird. Warum geht er nicht einfach? Anfangs fand sie es schön, dass er jeden Abend zu ihr gekommen ist. Sie hat ihn selbst dazu ermuntert. Sie hat sich sogar ganz bewusst an den Abenden mit ihm verabredet, an denen er eigentlich ins Training wollte. Um zu testen, wie ernst ihm die Sache ist. Inzwischen hat er seinen Sport aufgegeben. Genau genommen, macht er gar nichts mehr, er ist nur noch mit ihr zusammen. Das wiederum ist ihr zu viel. Sie braucht einfach Zeit für sich selbst. Und Zeit fürs Arbeiten.
»Versteh doch, Jason, dieser Aufsatz zählt für die Abschlussnote.« Ihr Tonfall wird strenger. »Du solltest mir Mut machen und mich nicht andauernd runterziehen.«
»Wieso zieh ich dich runter? Du kannst ruhig arbeiten. Ich bin mucksmäuschenstill, ehrlich.«
Lauren greift nach dem Stift.
»Ich würd gern wissen, wie es Jez und Cathy jetzt geht«, sagt Jason nach einer Weile. Lauren funkelt ihn an. »Entschuldigung, tut mir Leid. Ich sag kein Wort mehr. Versprochen.« Er setzt sich hin. »Ich schau dir nur zu.«

Lauren schreibt das Thema ihrer Hausarbeit aufs Blatt. Sie dreht sich nach Jason um und sieht, wie er sie anstarrt. »He, du sollst mir nicht zuschauen … Jason, es hat keinen Sinn. Es ist besser, du gehst.«
»Was hab ich denn jetzt schon wieder getan?«
»Nichts, nur –« Die Zimmertür fliegt auf. Ihr Vater steht im Türrahmen und betrachtet die beiden mit finsterer Miene. Er geht zu Jason, packt ihn am Hemdkragen und zieht ihn vom Stuhl hoch. »Solange meine Tochter für ihre Prüfungen lernt«, brüllt er, »hast du Hausverbot!« Er fasst Jason im Genick. »Absolutes Hausverbot, ist das klar?«
Jason gibt keine Antwort. Beinahe sieht es so aus, als habe er nichts gehört. Er fixiert lediglich einen Punkt über dem Kopf von Laurens Vater. Mit einem Lächeln, das Lehrer als überheblich bezeichnen würden, richtet er seinen Kragen. Er schlendert zur Tür. Lauren ruft ihm hinterher, aber er dreht sich nicht mehr um. Lauren steht hastig auf. Ihr Vater versperrt ihr die Tür. Er schnauft noch immer aufgebracht. »Lass ihn gehen.«
»Nein«, widerspricht sie heftig. Doch dann hört sie die Haustür ins Schloss fallen. »Du hattest kein Recht dazu.«
»Ich hatte jedes Recht der Welt. Wenn du nicht aufpasst, rasselst du durch sämtliche Prüfungen.«
»Weiß ich ja. Aber Jason hilft mir auch. Immerhin fährt er mich morgen zu meinem Vorstellungsgespräch nach Birmingham.«
»Dieser Bursche ist nur im Weg. Er ist nichts weiter als ein

aufgeblasener Verkäufer. Und zu mehr wird er es nie bringen. Gut, das ist sein Problem, aber ich werde nicht zulassen, dass er dich mit runterzieht. An den Abenden, an denen du

Hausaufgaben zu erledigen hast, bleibst du zu Hause – und zwar allein. Verstanden?« Er deutet mit ausgestrecktem Zeigefinger auf sie.

»Ja, mach du nur. Plan du mein ganzes Leben für mich«, fährt Lauren ihn an und sieht ihm wütend ins Gesicht.

»Das reicht. Kein Wort mehr«, sagt er. Sie zieht es vor, nichts darauf zu erwidern. Seine schlechte Laune dauert manchmal tagelang.

Er stampft zur Tür. »Eines Tages«, sagt er, »wirst du mir dafür danken … Und ich bleibe dabei: Dieser Bursche hat an Wochentagen hier nichts mehr zu suchen.«

Lauren sinkt auf ihren Schreibtischstuhl nieder. Noch nie in ihrem ganzen Leben hat sie eine Situation als so ausweglos empfunden. Sie wollte ja selbst, dass Jason geht. Aber doch nicht so. Jetzt ist ihr Vater sauer – und Jason auch … Soll sie ihn anrufen und sich entschuldigen? Ja, das wird sie tun, und dann wird sie wie immer stundenlang mit ihm reden. Deshalb muss sie erst ihren Aufsatz hinter sich bringen. Sie starrt auf das Aufsatzthema. »*Erläutere das Verhältnis zwischen Mr und Mrs Morel in* Sons and Lovers.« Aber jeder ihrer Gedanken dreht sich nur um das Verhältnis zwischen ihr und Jason. Vielleicht ist es doch besser, ihn gleich anzurufen. Da klingelt bereits das Telefon. Sie eilt zur Treppe und hört ihren Vater: »Im Augenblick macht Lauren Hausaufgaben, ich schlage vor, du …«

Weiter kommt er nicht. Lauren nimmt ihm den Hörer aus der Hand. »Hallo«, ruft sie aufgeregt.

»Lauren, hier ist Russell.«

»Oh, Tag, Russell.« Sie versucht, ihre Enttäuschung zu verbergen.

»Ich wollte dir nur viel Glück wünschen.«
»Das ist nett von dir.«
»Ich weiß. Um wie viel Uhr bist du dran?«
»Um zwei.«
»Ich nehm an, du fährst mit dem Zug.«
»Nein, Jason fährt mich.«
Pause. »Bestimmt lässt er wieder seine Zähne blitzen.«
»Was soll das denn heißen?«, fragt Lauren. Ganz automatisch nimmt sie Jason in Schutz.
»Nichts.«
»Nein, ich will's wissen.«
»Ach komm, Lauren, du weißt doch selber, dass er ziemlich selbstverliebt ist. Man braucht ihm nur zuzusehen, wenn er mit einer Hand in der Hosentasche durch die Stadt stolziert.«
»Stimmt schon irgendwie«, gibt Lauren zu. »Aber immerhin hat er Stil.«
»Find ich nicht. Ehrlich gesagt nervt mich an seinem Gehabe so ziemlich alles. Ich seh ja ein, dass eine gewisse Sorte Mädchen auf ihn abfährt. Aber doch nicht du.«
»Ach?«
»Ja, du bist anders. Du passt eher zu jemandem, der …«
»Mehr wie du ist«, springt Lauren ein.
Russell lacht. »Genau.« Lauren lacht mit ihm. Russell ist ein absoluter Fan von ihr. Wirklich sehr schmeichelhaft. Aber auch tückisch. »Damian und ich haben uns gefragt, wann wir dich mal besuchen dürfen.«
Lauren lacht noch einmal. »Vergiss bloß nicht zu atmen, solange du darauf wartest. Es könnte länger dauern.«
»Du bist grausam«, sagt Russell.

»Ich weiß – und jetzt muss ich diesen Aufsatz über *Sons and Lovers* schreiben.«
»Den hab ich schon seit einer Woche fertig.«
»Gratuliere.«
»Halt uns auf dem Laufenden, wie's dir ergangen ist.«
»Mach ich. Tschüss.« Lauren lächelt einen Moment lang vor sich hin. Russell versteht es immer, ihre Stimmung zu heben. Vielleicht lädt sie ihn und Damian wirklich mal auf 'nen Abend zu sich ein. Vielleicht!
Sie geht wieder nach oben an ihren Schreibtisch, um sich missmutig dem lästigen Aufsatzthema zuzuwenden. Sie kann allerdings nur an Jason denken. Ihr Vater ist nicht ganz richtig im Kopf. Wie kann er Jason auf diese Art rausschmeißen?
Sie fragt sich, wo er hingegangen ist. Sitzt er im Pub und klagt irgendeinem Mädchen sein Leid? Sie bekommt eine Gänsehaut. Plötzlich hört sie ein Klicken am Fenster. Sie eilt hin und sieht nach draußen. Nichts. Sie kehrt an den Schreibtisch zurück.
Dann ein zweites Klicken. Jemand wirft Steinchen gegen ihr Fenster. Sie macht es einen Spaltbreit auf. »Jason«, flüstert sie. »Jason.« Und tatsächlich kommt er hinter einem Busch hervor. Im selben Augenblick gibt eine Wolke den Mond frei, und sie sieht Jason übers ganze Gesicht strahlen. Es ist merkwürdig, wie jung er wirkt, wenn er lächelt. Hinter seiner Maske – ich bin ja so ein harter Typ – scheint ganz einfach ein großes Kind zu stecken.
Er gibt Zeichen, dass sie herunterkommen soll. Lauren schüttelt den Kopf und bewegt tonlos die Lippen: »Ich muss arbeiten.« Aber er gestikuliert umso heftiger und schickt ein

noch viel strahlenderes Lächeln hoch. Zum Teufel, denkt sie, heute schaffe ich sowieso nichts mehr.
Sie schleicht die Treppe hinunter, lässt die Haustür sanft ins Schloss gleiten und eilt hinaus in die silbrige Dunkelheit, zu Jason.

»Wie auch immer, ich glaube, ich lass dich dann mal wieder gehen.« Er wirft einen Blick auf seine Uhr. »Oje. Ich habs geahnt. Wir sind zwanzig Minuten über die Zeit. Tut mir Leid.«
Lauren lächelt Sean Kobal an. Ihr Gegenüber bei diesem Vorstellungsgespräch hat zu entscheiden, ob sie fürs Studium an dieser Universität zugelassen wird oder nicht. »Mir hat's gefallen«, sagt sie. Und zu ihrer großen Überraschung stimmt das sogar. Sie haben damit begonnen, über Bücher zu reden, um später bei Theater und Film zu landen. Die Atmosphäre war wirklich sehr entspannt.
Vielleicht liegt das daran, dass Sean Kobal viel jünger ist, als sie erwartet hatte. Sein Lächeln ist erfrischend, er scheint begeisterungsfähig zu sein. Mit seinem braunen Pferdeschwanz und dem offenen Blick wirkt er ausgesprochen locker. Außerdem kann er gut zuhören, zumindest kam es Lauren so vor.
»Offiziell kann ich natürlich noch nichts sagen, aber …« Er lächelt. »Ich glaube, verraten zu können, dass wir uns demnächst mit einer positiven Nachricht melden werden.«
»Das ist großartig. Danke sehr, vielen Dank«, sagt Lauren überwältigt.

Er steht auf. »Dann lass ich Sie jetzt endlich gehen. Wo kommen Sie noch mal her? Aus – Cartford. Ziemlich weit bis nach Hause.«
»Es hat sich ja gelohnt«, sagt Lauren.
Er begleitet sie zur Tür. »Ich nehme an, dass Ihre Zeit im Moment ganz schön knapp ist – mit der Büffelei für die Abschlussprüfungen.«
»Ja, stimmt«, sagt Lauren. Sofort fühlt sie sich schuldig. Sie liegt Wochen hinter dem Soll zurück und fragt sich schon selbst, ob sie das alles noch aufholen kann.
»Ich bring Sie zum Ausgang. Man braucht einen Plan, um aus diesem Labyrinth wieder hinauszufinden«, sagt er.
»Als man mich hierher geführt hat, kam ich mir vor wie in einem Irrgarten«, bestätigt Lauren.
Er lacht. Während er sie durch die verschachtelten Räumlichkeiten zweier Stockwerke nach draußen begleitet, reden sie über die *Rocky Horror Show*. Hier und da stehen kleine Gruppen von Studenten wartend vor verschlossenen Türen. In wenigen Monaten gehöre ich auch dazu, denkt Lauren mit prickelnder Vorfreude.
Schließlich erreichen sie den Eingangsbereich. Er bleibt stehen, redet aber unverdrossen weiter über eine Aufführung der *Rocky Horror Show*, die er letztes Jahr gesehen hat. In diesem Augenblick hört sie jemanden sehr laut und bestimmend ihren Namen rufen. Aus irgendeinem Grund ist Lauren davon ausgegangen, dass Jason draußen im Wagen auf sie warten würde. Stattdessen liegt er ausgebreitet über zwei Stühle in der Eingangshalle. Er hat seine Walkman-Kopfhörer über den Ohren und eine Zigarette im Mundwinkel. Natürlich befindet er sich genau unter einem Rauchverbots-

schild. Insgesamt also eine typisch schrille Jason-Pose. Vor ein paar Jahren hätte er Lauren damit vielleicht noch beeindruckt. Aber nicht jetzt und hier.

Er wirkt ganz einfach nur wie ein Halbstarker. »Lauren!«, ruft er wieder. Diesmal so laut, dass auch Sean zu ihm hinübersieht. Lauren fühlt, wie ihr die Schamröte ins Gesicht steigt. »Das ist mein Freund – er hat mich hergebracht.«

»Ah, verstehe«, sagt Sean. Er erwischt Jasons Blick. Jason fixiert ihn, als wäre er ein Bursche, der im Pub zu viel nach Lauren geschielt hat.

»Sie haben sie ganz schön lange aufgehalten«, sagt Jason vorwurfsvoll. Sean übergeht diesen Vorwurf.

»Dann werd ich Sie mal nicht länger in Anspruch nehmen, Lauren.« Die Freundlichkeit in seiner Stimme ist verschwunden.

»Ja, tschüss und vielen Dank«, ruft sie ihm nach. Sie wendet sich zu Jason um. Sie kocht vor Wut und Ärger. Für den Bruchteil einer Sekunde ist sie unfähig zu reden.

»Was … Warum tust du so was?«

»Was denn?«, fragt Jason unschuldig.

Sie versucht seine Füße zurück auf den Boden zu schubsen.

»So hier rumlungern.« Jason stellt seine Füße auf den Teppich. »Und dann raunzt du ihn auch noch an. Er entscheidet darüber, ob ich hier studieren kann! Und er war wirklich nett zu mir.«

»Man sieht auf den ersten Blick, warum«, sagt Jason knurrig. »Er ist in dich verknallt.«

»Denkst du das wirklich?«

»Ja. Und du flirtest auch noch mit ihm rum. Du stehst wohl auf Lehrer, was?«

»Was fällt dir ein?«, empört sich Lauren. »Was fällt dir ein? Immer bist du gegen mich, egal was ich tue. Du kannst es einfach nicht ertragen, dass ich Erfolg habe!« Sie schreit inzwischen beinahe, während Jason leise und befremdlich teilnahmslos redet, als kämen seine Worte von weit her.

»Hab ich dich etwa nicht hierher gefahren, obwohl …« Er bricht mitten im Satz ab.

»Obwohl was? Komm schon, spuck's aus.«

Jasons Stimme ist fast nur ein Flüstern. **»Nach den Prüfungen bleibst du sowieso nicht mehr mit mir zusammen. Dann wirst du an die Uni gehen und mich vergessen. Du benutzt mich. Du bist eine verdammte Egoistin, Lauren.«**

Lauren starrt ihm ins Gesicht. »Das ist nicht wahr«, sagt sie schnell. Tatsächlich hat sie in letzter Zeit ein paar Mal darüber nachgedacht, was geschehen wird, wenn sie zur Uni geht. Aber sie hat diesen Gedanken absichtlich verdrängt. Darüber kann sie sich später den Kopf zerbrechen. Im Moment hat sie genügend andere Probleme, um die sie sich kümmern muss.

»Wir können uns weiterhin sehen. Du kannst mich an den Wochenenden mit dem Auto besuchen kommen«, sagt sie wenig überzeugend. Dann flammt ihre Wut noch einmal auf. »Jedenfalls würde ich, wenn's nach dir ginge, durch sämtliche Prüfungen fallen. Das wäre dir doch nur recht.« In ihrem Kopf pocht die Wut. »Dass ich in Cartford hängen bleibe und versaure wie du – als Verkäufer.«

Im selben Moment wünscht sie sich, diese Worte nicht ausgesprochen zu haben. Sie hat es nicht so gemeint. Ein kurzes, äußerst unangenehmes Schweigen entsteht. Jason steht auf. »Sieh zu, wie du selbst wieder nach Hause kommst«, sagt er und schreitet stolz davon.

Sie ist so überrascht, dass es ihr die Sprache verschlägt. Soll sie hinter ihm her und sich entschuldigen? Nein, schließlich ist es seine Schuld gewesen. Er hat kein Recht gehabt, sie vor ihrem Gesprächspartner derart zu blamieren. Er hat das Theater angefangen. Sie lässt sich auf einen Stuhl sinken. Bestimmt ist er gleich wieder zurück. Schließlich kann er sie nicht einfach hier sitzen lassen. Sie hätte sich allerdings nicht dazu hinreißen lassen dürfen, ihn wegen seiner Arbeit runterzuputzen. Das ist bestimmt sehr verletzend gewesen. Obendrein ist sie wütend auf sich selbst, weil sie sich schuldig fühlt. Wie oft muss sie es sich noch sagen: Es ist nicht ihre Schuld.

Nach wenigen Minuten hält sie es nicht mehr aus. Sie macht sich auf den Weg zum Auto, wo sie selbstverständlich den wartenden Jason vorfinden wird. Als sie jedoch vor die Tür tritt, stellt sie mit Schrecken fest, dass das Auto wirklich verschwunden ist. Dabei war sie sich sicher, dass er im Auto auf sie warten würde. Mit starrem Blick in die Unendlichkeit. Und jetzt – jetzt hat er sich endgültig ins Unrecht gesetzt. Für einen Moment muntert sie dieser Gedanke auf.

Doch dann fühlt sie sich nur noch müde und ausgelaugt. Sie wird zu Hause anrufen müssen, um ihrem Vater alles zu erklären. Oder sie ruft Cathy an. Ja, genau, sie meldet sich bei Cathy. Aber die hat ja gerade erst ihre Schicht im *Pizza-Paradies* angefangen. Sie könnte sie auch bei der Arbeit anrufen. So ein Chaos. Was für ein fürchterliches Chaos.

Ein ihr vertrautes Auto schießt mit unglaublicher Geschwindigkeit auf den Eingangsbereich zu. Mit kreischenden Reifen hält es genau vor ihr an. Lauren könnte fast weinen vor Erleichterung. Gott sei Dank, Jason ist zurück. Aber sie rührt sich nicht von der Stelle. Sie ignoriert ihn, starrt nur wie versteinert in die Ferne. Die Fahrertür schwingt auf, Jason steigt aus und lehnt sich ans Auto.

»Suchst du 'ne Mitfahrgelegenheit?«, fragt er locker.

Lauren wendet sich zu ihm. »Ich kann es einfach nicht glauben«, schreit sie ihn an. »Mich einfach stehen zu lassen, weil – wo bist du überhaupt hin? Ach was, ist mir doch egal, wo du hin bist. Ich hätte einfach Cathy angerufen, verstehst du. Du bist ...«

»Verrückt«, fällt er ihr ins Wort.

»Ja, genau das bist du manchmal.«

»Meine Eltern glauben auch, ich wär verrückt. Die haben mich schon aufgegeben. Es liegt eben in der Familie. So was vererbt sich. Ich hab zwei Cousinen, die nicht ganz richtig sind im Kopf, und einen Onkel ...«

»Dein Onkel interessiert mich nicht. Es passiert mir einfach zu oft«, sagt sie und steigt ein.

Er setzt sich neben sie. Trotz ihrer geballten Wut fällt Lauren auch jetzt auf, wie leicht und mühelos er sich bewegt – wie ein Tänzer.

»Soll ich dich nach Hause fahren?«, fragt er.

»Ja«, antwortet sie knapp.

Auf dem ganzen Nachhauseweg reden sie kein Wort miteinander. Jason stellt die Musik immer lauter. Bei ihrer Ankunft in Cartford lärmt es ohrenbetäubend.

Becky klopft an die Tür und öffnet sie. Mark sitzt an einem Schreibtisch. Sobald er Becky sieht, steht er auf. »So eine Überraschung«, sagt er.

»Ich wollte mir das schon ewig mal anschauen«, sagt sie.

»Es ist nur so groß wie ein Pappkarton.« Mark deutet in einem einzigen Armschwung auf Schreibtisch, Aktenschrank und ein paar Stühle. Schließlich zeigt er aufs Telefon. »Ein eigenes Telefon zu haben ist allerdings nicht übel. Ich muss immer abschließen, damit hier sonst niemand telefoniert. Kaffee?«, fragt er und schaltet den Wasserkessel an.

Becky nickt und setzt sich. »Ist doch gut hier. Dein eigenes Büro.«

»Ich bin nicht allein hier drin. Die anderen Ausschussmitglieder benutzen es auch. Aber es ist okay.«

»Du machst deinen Job gut.«

»Meinst du?« Mark strahlt. »Ich bin auf dem richtigen Weg, aber es dauert alles immer viel länger, als ich vorher glaube.«

»Immerhin werden jetzt schon die Freizeiträume renoviert.«

»Ja. Aber du wirst mir nicht glauben, wenn ich dir erzähle, wie lange es gedauert hat, auch nur einen Topf Farbe anschaffen zu dürfen. Es gibt so viele Leute, die sich einfach nicht trauen, Ja zu sagen. Jetzt werden alle Graffiti überstrichen, und es wird 'ne extra Graffiti-Wand eingerichtet. Zumindest ist es so geplant. Hast du mitgekriegt, dass wir am Freitag im Freien gepennt haben? Für 'ne Wohltätigkeitsaktion.«

»Nein. Wie ist es denn gelaufen?«

Mark nimmt zwei Tassen und gibt in jede einen Löffel Pulverkaffee. »Eigentlich ganz gut. Bis auf die Tatsache, dass jemand Lebensmittel geklaut hat, die ich in einem Zelt deponiert hatte. Und um drei Uhr morgens hat es wie aus Eimern geschüttet. Als ich aufwachte, war ich total orientierungslos. Ich hatte nur diesen Trommel-Rhythmus in den Ohren, und das in Stereo. Wasser tropfte mir auch noch ins Gesicht.«

Becky lacht. »Und, was hast du gemacht?«

»Zum Glück hatte mir der Hausmeister den Schlüssel für die Umkleideräume überlassen, dort sind wir dann alle hingerannt. Mir ging's ganz gut, ich hab einen Platz an der Heizung ergattert. Insgesamt war's recht lustig. Tut mir Leid, hab nur Milchpulver.«

»Ist doch in Ordnung.«

»Heute hab ich aus Brighton die erste Antwort auf meine Bewerbungen bekommen. Wenn ich Glück hab, nehmen sie mich. Hast du schon gehört, dass Lauren in Birmingham zwei Fächer belegen kann?«

»Ja. Und das, obwohl sie sich so große Sorgen gemacht hat, weil Jason einen von den Lehrern dort angemault hat. Sie haben sich riesig gezofft deswegen.«

»Was ist daran so besonders?«, fragt Mark gedehnt. »In letzter Zeit streiten sie sich andauernd über irgendwas. Ich nehm an, dass Cathy wieder mal die Friedensstifterin gespielt hat.« Mark stellt Beckys Tasse geräuschvoll vor sie hin. »Wie ist es denn so, wieder Collegeluft zu schnuppern?«

»Ganz merkwürdig. Ich bin inzwischen schon so lange weg. Ich weiß nicht warum, aber mir schwirrt hauptsächlich mein erster Tag im Kopf rum. Erst hab ich mich verlaufen, dann bin ich die Treppe hochgestolpert und kam zu spät in die Aula. Schließlich hast du mich zu dir herüber gewinkt.« Mark grinst.

»Danach haben wir uns alles angesehen, und ich war schwer beeindruckt, dass du sogar einen Satz Info-Material für mich besorgt hattest.«

»Das scheint Ewigkeiten zurückzuliegen«, sagt Mark. Er erinnert sich jedoch noch bis in die letzte Einzelheit an diesen Tag. Sogar an die grün gefärbten Turnschuhe, die Becky anhatte. Wie damals hat sie auch heute an jedem Handgelenk einen golden glitzernden Armreif. Er fühlt sich zu Becky hingezogen – allerdings zu der alten Becky, wie sie war, bevor sie sich immer weiter von ihm entfernt hat.

»Wie geht's Adam?«, fragt er beiläufig. »Ich hätte ihn eigentlich anrufen sollen.«

»Das ist mit ein Grund, weshalb ich hier bin. Ich hab Neuigkeiten über Adam und mich.« Sie wirkt nervös. »Adam und ich werden heiraten.«

»Wirklich?« Mark schnappt nach Luft. »Wann habt ihr euch denn dazu entschlossen?«

»Weiß nicht so recht. Wir haben in letzter Zeit ziemlich viel darüber geredet.«

»Adam ist doch nicht etwa auf die Knie gefallen und hat dir einen Antrag gemacht?«

»Ach was, doch nicht so.« Ein Lächeln huscht über ihr Gesicht. »Wir dachten nur … wir haben vorher geplant zu heiraten, und wir wollen es eben immer noch. Wir haben uns auch schon für einen Termin entschieden. Es ist der zwanzigste September. Bis dahin ist noch ein bisschen Zeit, um alles zu organisieren. Außerdem ist es kurz nach meinem Geburtstag, und es werden noch nicht alle fort sein.« Sie sieht Mark unsicher an.

»Na dann«, sagt er, »herzlichen Glückwunsch.«

»Ich weiß ja, dass wir noch ziemlich jung sind.«
»Das stimmt allerdings.« Mark betrachtet sie und fühlt den altbekannten Schmerz der Eifersucht. Er sitzt allerdings nicht mehr so tief und ist nicht mehr so bohrend. **Schafft Mark es am Ende doch noch, seine alten Gefühle zu vergessen? Wird langsam Zeit.** »Adam und dir konnte es noch nie schnell genug gehen. Ich bin noch nicht mal aus den Startlöchern, da seid ihr schon am Ende. Nein, am Ende natürlich nicht«, korrigiert er sich schnell. »Du weißt, was ich meine.«
»Ja.« Sie werden beide verlegen. »Außer meiner Mutter weiß es noch niemand«, sagt Becky. »Du freust dich doch wenigstens ein kleines bisschen? Ich weiß, dass es so aussehen muss, als würden wir alles überstürzen.«
»Nein, eigentlich nicht. Ihr habt schon so viel Zeit miteinander verbracht –«, ein Hauch von Bitterkeit schwingt mit in seiner Stimme, »– dass ihr einander gut genug kennen müsstet.«
»Ja, das tun wir. Das Merkwürdige ist, dass man von sich selbst nicht viel weiß, ehe nicht irgendjemand einen danach fragt.« Sie schweigt einen Moment. »Ich hätte die letzten Monate ohne Adam nicht durchgestanden, und er – na ja, er sagt umgekehrt genau das Gleiche. Bevor ich zu dir gekommen bin, hab ich Thomas von unseren Hochzeitsplänen erzählt. Ich geh oft zu ihm und erzähl ihm alles Mögliche. Es hilft, die Dinge in meinem Kopf klarer zu sehen. Wahrscheinlich hältst du mich für verrückt.«
»Nein, ganz bestimmt nicht«, sagt Mark. Trotzdem fühlt er sich jedes Mal unwohl, wenn sie Thomas erwähnt. »Wisst ihr eigentlich schon, wo ihr dann wohnen wollt?«

»Ja. Erst mal tausche ich mit Mama die Zimmer. Sie will ihr Zimmer in eine Art Wohnung für uns umwandeln. Wir werden nur standesamtlich heiraten, mit einem kleinen Empfang für unsere besten Freunde.«

»Für den engsten Kreis.«

»Genau. Und wir würden uns riesig freuen, wenn du Trauzeuge wärst.«

»Wird mir eine Ehre sein«, sagt Mark.

»Das ist gut.« Becky wird langsam rot vor Aufregung. »Es freut mich wirklich sehr. Und ich hab mir so gewünscht, dass du dich auch darüber freust.«

»Tu ich ja«, sagt Mark entschlossen. »Was muss so ein Trauzeuge eigentlich machen?«

»Komm einfach mal abends vorbei, dann weihen wir dich in alle Geheimnisse ein.«

»Geht in Ordnung.«

»Wenn du möchtest, kann ich was kochen. Wie wär's mit nächstem Donnerstag? Da müssen Adam und ich beide nicht arbeiten.«

»Ich seh mal eben im Terminkalender nach.«

»Ein viel beschäftigter Mann.«

»Ja, lass mal schauen, doch, Donnerstag nächste Woche passt super.«

Die Tür geht auf, und zwei Mädchen rufen gleichzeitig: »Mark, wir haben's geschafft. Komm und sieh es dir an.«

»Ja, gut, Augenblick noch. Du hast hoffentlich Julie nicht die ganze Wand mit Blumen und Kussmäulchen bemalen lassen?«

»Du musst es dir halt ansehen.« Eine der beiden Mädchen erkennt Becky. »He, hallo, Becky. Wie geht's dir?«

»Mir geht's gut. Und wie geht's dir?«
»Ganz okay«, sagt das Mädchen. »Arbeitest du immer noch im *Pizza-Paradies*?«
»Ja, tu ich. Und in einer Stunde muss ich wieder hin. Aber im Herbst will ich wieder zurück ans College. Wenigstens ein paar Abendkurse möchte ich belegen.«
»Das ist schön.« Das Mädchen wendet sich wieder an Mark. »Beeil dich, Mark.«
Sie kichern beide und gehen wieder.
»Ich ahne Schreckliches«, sagt Mark.
Becky steht auf. »Ich geh dann lieber.« Ganz überraschend fügt sie hinzu: »Ich hätte nie gedacht, dass ich so jung heiraten würde. Selbst nachdem ich Adam getroffen habe … anfangs ist alles immer so oberflächlich. **Und doch ist dieses Gefühl immer tiefer in mich eingedrungen. Inzwischen kann ich mir nicht mehr vorstellen, auch nur einen Tag ohne ihn zu sein.** Und wenn ich sowieso ganz sicher bin, dass Adam der Richtige ist, warum sollten wir dann warten?«
Mark erhebt sich ebenfalls. Während der ganzen Zeit, in der sie miteinander geredet haben, hat ein Schreibtisch zwischen ihnen gestanden. Bevor Becky die Hand am Türgriff hat, fasst er sie am Arm. »Du und Adam, ihr seid so was wie *Dick und Doof*. Einzeln seid ihr unvorstellbar.«
Sie wendet sich ihm zu und legt ihre Hand auf seinen Arm. »Ja, genau so ist es.« Ihre Stimme ist belegt. Mark spürt deutlich, wie nervös sie ist. »Danke, Mark. Weißt du, dass du der beste Freund bist, den ich jemals hatte?«

Lauren stellt das Stew auf den Tisch, das ihre Mutter für sie zum Abendessen vorbereitet hat. Es klingelt an der Haustür. Wer ist das denn? Jason kann es nicht sein. Er ist heute Abend mit Jez im Kino. Sie ist ein bisschen geschockt, wie sehr sie das erleichtert. Vielleicht liegt es daran, dass jedes ihrer Treffen mit Jason inzwischen angespannt verläuft. Es gibt so viele unausgesprochene Probleme. Da ist es auch kein Wunder, dass sie sich nicht mehr auf ihre Hausaufgaben konzentrieren kann.

Sie öffnet die Haustür und steht Russell gegenüber. Er lacht ihr nervös ins Gesicht. »Das ist also dein Zuhause«, sagt er. Lauren lächelt zögernd. »Komme ich ungelegen?«

»Ungelegen wofür?«

»Du wolltest mir ein Buch von *D. H. Lawrence* ausleihen.« Seine Augen funkeln – er scheint selbst zu wissen, wie albern dieser Vorwand klingt. »Ich hab dich doch hoffentlich nicht gestört?«

»Ich bin gerade beim Essen.« Auch Laurens Augen funkeln ganz besonders. »Hast du schon gegessen?«

»Nein, noch nicht. Reicht's denn für zwei?«

»Meine Mutter hat mir so viel hingestellt, dass es für zehn reicht. Sie meint immer, mich mästen zu müssen … Komm rein.«

Er folgt ihr in den Eingangsbereich. »Tolles Haus. Wie viele Zimmer sind es denn? Tausend?«

»So ungefähr.«

Sie führt ihn in die Küche. Er schnuppert und sagt: »Riecht gut – bist du alleine heut?«

»Ja, meine Eltern sind zum Essen eingeladen und gehen anschließend tanzen.«

»Und was ist mit Mr Image?«
»Er sieht sich den neuen *Arnold-Schwarzenegger*-Film an – und nenn ihn nicht so. Du kennst ihn überhaupt nicht.« Sie selbst hat ihn in letzter Zeit in Gedanken ziemlich viel heruntergeputzt, aber wenn es jemand anders macht, reagiert sie sauer.
»Entschuldige, offensichtlich ist er doch intelligenter, als es den Anschein hat.«
Inzwischen ärgert sich Lauren, Russell reingebeten zu haben. Er stört sie mehr und mehr, sitzt rum mit seiner knarrenden Lederjacke und seinem schreiend auffälligen Designer-Hemd und hält sich für wer weiß wie toll. Was geht's ihn an, wenn Jason keine höheren Schulabschlüsse machen will? Das bedeutet noch lange nicht, dass er an Gehirnzellenmangel leidet. Im Gegenteil.
Sie knallt die Teller auf den Tisch. Russell hat den Stimmungswechsel mitbekommen. »Wenn ich dich störe, dann geh ich lieber«, sagt er.
»Ist schon in Ordnung«, antwortet Lauren.
»Du bist beim Frisör gewesen. Sieht gut aus.« Lauren lächelt in sich hinein. Jetzt spielt er wieder den ergebenen Bewunderer.
»Wir können essen«, sagt sie. Im selben Moment klingelt es wieder. »Was ist denn heut los?« fragt sie.
»Ich glaube«, sagt Russell, »ich weiß, wer das ist. Damian. Er hat gemeint, er schaut mal vorbei, um zu sehen, ob ich wirklich hergekommen bin.«
»Was soll das Ganze? Ist das 'ne Mutprobe?«
»Nein, nicht ganz. Aber du kennst doch Damian. Er ist so furchtbar neugierig.« Es klingelt ein zweites Mal. »Sag ein-

fach, ich würde mit dir zu Abend essen. Du brauchst ihn nicht extra hereinzubitten.«

Lauren, die dieses Spiel amüsant findet, geht lächelnd zur Haustür. Sobald sie geöffnet hat, vergeht ihr das Lächeln schlagartig. Jason und Jez stehen vor ihr.

»Wir sind nicht mehr reingekommen«, sagt Jason. »War ausverkauft.«

Lauren starrt die beiden wortlos an. Ein Albtraum. Wenn Jason in die Küche geht und Russell am Tisch sitzen sieht, dreht er durch. Aber wie kann sie verhindern, dass er reinkommt?

Lauren will ihnen gerade sagen, dass sie arbeitet, da verkündet Jez: »Es riecht nach Essen. Ich bin echt am Verhungern.«

»Möchtest du uns nicht hereinbitten?«, fragt Jason. Er hört sich herausfordernd, beinahe provozierend an. Sie kann es nicht ausstehen, dass er davon ausgeht, hereinspazieren zu können, wann immer er mag.

Als sie drinnen sind und gemeinsam zur Küche gehen, sagt Lauren so beiläufig wie möglich: »Russell ist übrigens gekommen, um ein Buch auszuleihen. Und weil Mama so viel gekocht hat, isst er gleich was zu Abend.«

Jason sagt nichts, aber die Spannung ist unerträglich. Laurens Herz schlägt bis zum Hals, als sie Russell mit Jez bekannt macht. »Jason kennst du ja«, sagt sie.

»Ja, wir haben uns schon getroffen«, sagt Russell. »Tag, Jungs.«

Jason lacht verächtlich. Russell schwenkt seinen Blick wieder auf Jez und grinst überlegen. Russells Verhalten ärgert Lauren gewaltig.

Jez lässt sich auf einen Stuhl sinken. Jason, der ganz in

Schwarz gekleidet ist, bleibt nahe der Küchentür stehen. Er wirkt bedrohlich, als wolle er sich gleich auf jemanden stürzen. Lauren stellt zwei weitere Teller auf den Tisch und wendet sich an Jez. Was für ein Glück, dass er auch hier ist. »Cathy hat erzählt, du hättest dich nicht so wohl gefühlt in letzter Zeit.«
»Ja, ich hab ständig das Gefühl, als würde ich gleich zusammenbrechen.« Jez kichert, als habe er etwas Komisches gesagt.
»Cathy glaubt, du trinkst zu viel.«
»Es könnte am Trinken liegen oder am Rauchen, oder vielleicht auch nur am Essen … War gestern beim Doc. Er sagte, es könnte auch Streß sein, zu viel Arbeit.« Jez lacht schon wieder. Diesmal stimmt Lauren mit ein. Jez erzählt weiter: »Cathy versucht mich vom Rauchen abzubringen. Gestern hab ich sie alle meine Kippen wegwerfen lassen. Ist doch logisch, dass ich heut früh um eins in meiner Verzweiflung sämtliche Mülltonnen durchwühlt hab. Verrat das bloß nicht Cathy. Außerdem meint sie, ich sollte mit Joggen anfangen.«
»Das möcht ich sehen«, sagt Lauren. »Davon musst du Fotos machen lassen.« So langsam entspannt sie sich. Dann sieht sie zu Jason rüber. Der wirkt wie ein Attentäter, der auf den passenden Augenblick wartet.
Wenn Russell erst einmal gegangen ist, werden sie und Jason Riesenkrach bekommen. Schon wieder. »Setzt du dich zu uns?«, fragt sie Jason. Sie hört sich ruhig an, ein bisschen spöttisch. Er ringt sich ein weiteres Lachen ab, das, im Grunde genommen, keines ist, und gleitet auf einen Stuhl.
»Du gehst aber nicht ans College?«, fragt Russell Jez.
»Nein«, antwortet Jez.

»Was machst du dann?«, fragt Russell.

Lauren verteilt Stew-Portionen auf die Teller und lacht. »Gute Frage.«

»Ich bin schon so gut wie in Rente. Nebenher verkaufe ich Eintrittskarten und Kassetten für *The Tree Cutters*. Das ist eine völlig unbekannte Rockabilly-Band. Deswegen ist der Job auch nicht sehr zeitaufwendig.«

»Guten Appetit, Russell«, sagt Lauren und stellt ihm seinen Teller hin. In diesem Moment entfährt Jason ein wütender Aufschrei, er donnert mit der Faust auf den Tisch. Lauren schnappt zutiefst erschrocken nach Luft.

»Du gibst ihm zuerst?«, brüllt Jason und lässt noch einmal die Faust auf den Tisch krachen. »Wieso?«

Die Frage hallt im Raum nach. Lauren starrt ihn an. Sie spürt in ihrem Innern die Wut und den Ärger größer werden. Wie kann er es wagen, sich so zu benehmen? Was fällt ihm eigentlich ein?

»Kann ich draußen einen Augenblick mit dir reden?«

»Ja, sicher«, schnauzt er und steht auf.

Lauren geht zielstrebig zur Haustür und reißt sie auf. »Ich möchte, dass du gehst«, verkündet sie.

»Red keinen Blödsinn.«

»Ich meine es ernst, Jason. Geh einfach, bitte.«

Er sieht sie mit großen Augen an. »Tut mir Leid«, flüstert er. Wie oft hat er das schon gesagt, und wie oft hat Lauren ihm noch einmal eine Chance gegeben? »War ganz schön daneben von mir, was?«

»Ja.«

»Ich weiß, ich sollte dir ein bisschen mehr Freiheit geben. Ich werd mich bemühen.«

»Du kannst es nicht«, sagt Lauren.
»Doch, ich schaff es. Es tut mir echt Leid, ehrlich.«
»Nein, du wirst dich nie ändern. Und es wird einfach schlimmer und schlimmer. **Jetzt ist es vorbei.**« Sie erschrickt selbst darüber, wie hart sie klingt. Jason fährt sichtbar zusammen.
»Was sagst du?« Seine Stimme ist plötzlich ganz kratzig.
»Ich möchte nicht, dass du noch mal herkommst, weil es andauernd Streit zwischen uns gibt. Ich halte das nicht aus. Ich hab das Gefühl, dass du mir niemals Zeit für mich selbst lassen wirst. Du willst alles von mir.«
Einen Augenblick lang ist es still. Lauren umklammert den Türgriff noch fester. Jason schaut auf sie herunter. Sein Gesicht ist zur Maske geworden, nur seine Augen haben noch Leben und sehen sie flehentlich und bettelnd an. »Wir können nicht einfach so Schluss machen. Wir nicht.«
Für einen Moment tun diese Worte ihre Wirkung bei Lauren. Doch dann denkt sie wieder an die vergangenen Wochen und sagt: »In Wirklichkeit haben wir uns schon vor Wochen getrennt. Seitdem ist es nichts als Quälerei gewesen. Wir ziehen uns nur gegenseitig runter. Es ist besser so. Für uns beide.«
Sie zögert. Jason wirkt so durcheinander und hilflos. Tiefe Traurigkeit überfällt sie. Er hat doch nur sie. Im Grunde ist er ein einsamer Mensch. Er würde alles für sie tun. Doch dann sagt er: »Es ist wegen ihm, hab ich Recht? Wegen diesem Pausenclown da drinnen. Ich hab's gewusst, dass so was passieren wird. Ich hab sogar davon geträumt.«
»Glaub, was du willst«, sagt Lauren matt. »Ehrlich gesagt, es

ist mir inzwischen so egal.« Müde fügt sie hinzu: »Es ist vorbei.« Er rührt sich nicht von der Stelle. Wieso geht er nicht? **Sie schreit ihn an: »Ich liebe dich nicht mehr! Kapiert?«**

Jetzt erwacht er zum Leben und drängt sich ohne ein weiteres Wort an ihr vorbei. Ein Hauch seines gewohnten, sauberen Geruchs steigt ihr in die Nase, dann ist er draußen. Vor seinem Auto stehend brüllt er: »Wenn ich erst mal weg bin, komm ich nie wieder zurück.« Er zögert. Blickt sie noch einmal an. Doch Lauren schweigt.

Sie sieht zu, wie er ins Auto steigt und davonrast. Geräuschlos ist Jason noch nie weggefahren. Er hat sich immer mit Lärm verabschieden müssen. **Doch diesmal ist er endgültig gegangen. Er wird nie wieder hierher kommen. Es ist wirklich vorbei.**

Sie könnte jetzt zurück in die Küche, zu den anderen. Aber ihre Füße sind wie festgenagelt. Sie kann den Ort des Verbrechens nicht verlassen. Welches Verbrechen? Sie hat doch nichts Falsches getan. Was hat sie überhaupt getan?

Sie hat nicht vorgehabt, sich heute Abend von ihm zu trennen. Nein – ganz und gar nicht. Er hat ihr nur wirklich Angst eingejagt, als er auf den Tisch gehauen und rumgeschrien hat. In dem Moment sind bei ihr eben sämtliche Dämme gebrochen. Der Druck der seit Wochen aufgestauten Gefühle war zu groß geworden.

Sie hört Russell etwas sagen. Es klingt, als sei er weit entfernt. »Soll ich gehen?« Sie erschrickt heftig, als sie sich umdreht und er ganz dicht vor ihr steht.

»Wenn es dir nichts ausmacht. Es ist …«

»Versteh schon.« Es sieht fast so aus, als ob er es eilig hätte.

»Ich hol mir das Buch dann morgen.«
»Nein, ich geh schnell nach oben«, sagt sie. Sie wagt ein paar vorsichtige Schritte, ihre Beine sind noch immer bleischwer. »Ich hol's dir.« Dann sieht sie Jez, der total verlegen ist. »Soll ich auch abschieben?«, fragt er.
Sie greift nach seiner Hand. »Nein, bitte bleib hier. Ich komm gleich. Ich hol nur schnell das Buch für –«, für einen Moment fällt ihr sein Name nicht ein, »– Russell.« Sie fühlt sich merkwürdig orientierungslos, als sei sie sturzbetrunken. Sie geht tastend zu ihrem Bett und weiß schon nicht mehr, was sie hier wollte. Dann packt sie ein Schüttelfrost. Diese Szene mit Jason war schrecklich. Aber es musste sein.
Die Wahrheit dringt wieder zu ihr durch. **Sie hat mit Jason Schluss gemacht. Mit dem einzigen Jungen, den sie jemals geliebt hat. Dafür hat sie jetzt die Freiheit, einfach zu sein, wie sie wirklich ist. Das ist es, was sie wollte. Hat sie also doch das Richtige getan? Niemand gibt ihr Antwort.**

Ich möchte, dass du mit mir kommst

»Ich hab gedacht, du würdest vielleicht einen kleinen Blick auf dein zukünftiges Zuhause werfen wollen«, sagt Beckys Mutter und macht eine Armbewegung einmal im Kreis herum. »Im Sommer machen wir aus diesem Zimmer eine Miniwohnung. Ihr werdet einen Fernseher, ein Radio mit Kassettenrekorder haben – und einen Heißwasserkessel. Das heißt aber nicht, dass ihr immer oben bleiben müsst«, sagt sie. »Kommt nach unten, wann immer ihr wollt. Ich möchte nur, dass ihr euch nicht abhängig von mir fühlt. Und übrigens, nenn mich einfach Margaret.«

Adam ist überwältigt von so viel Großzügigkeit. »Das ist ausgesprochen nett«, sagt er. Und das stimmt auch. Adam hat ein schlechtes Gewissen, dass er nicht mehr Begeisterung an den Tag legt. Anfangs hat er das alles ganz toll gefunden. Inzwischen ist ihm klar geworden, dass er nur von zu Hause auszieht, um bei Beckys Mutter einzuziehen. So offen und herzlich sie auch sein mag – weit überm Durchschnitt jedenfalls –, er wird weiterhin nur Gast in einem Haus sein, das nicht seines ist. Zum Beispiel kann er nicht einfach in die Küche gehen und den Kühlschrank plündern.

Ist er etwa undankbar? Würde er es vorziehen, mit Becky in einem finsteren Loch zu hausen? Irgendwie schon. Er hört Becky die Treppe heraufkommen. »Das war Mark«, sagt sie atemlos. »Es ist was passiert: Jason und Lauren haben Schluss gemacht.«

»Wann?«, fragt Adam.

»Gestern Abend«, sagt Becky. »Jason ist gerade bei Mark.«

»Heißt das, Mark kommt nicht?«, fragt Beckys Mutter.

»Doch, er kommt, Jason hat in ein paar Minuten eine Verabredung mit 'nem Model … Mark wird sich nur um eine halbe Stunde verspäten.«

»Ah, verstehe. Dann geh ich besser runter und schalte den Herd kleiner«, sagt Beckys Mutter.

Nachdem sie weg ist, sagt Adam: »Erzähl schon, was ist passiert? Hat Jason was mit 'ner andern angefangen?«

»Nein, überhaupt nicht. Jason glaubt, Lauren hätte hinter seinem Rücken was mit Russell gehabt. Lauren sagt, das stimmt nicht. Ich weiß ja, dass sie sich ziemlich viel gestritten haben, aber ein Schock ist es trotzdem. Sie gehören doch zusammen! Jez war dabei, als es passiert ist, und Cathy weiß auch Bescheid. Wühlt einen ganz schön auf, wenn zwei miteinander Schluss machen.« Sie schweigen. Diese Nachricht hat beide wie der Blitz getroffen.

»Ich glaube«, sagt Adam schließlich, »jemandem zu vertrauen ist die komplizierteste Sache überhaupt auf diesem Planeten. So richtig vorbehaltlos zu vertrauen. Und das ist meiner Meinung nach zwischen Jason und Lauren von Anfang an schief gegangen – sie haben einander nie vertraut.«

»Wir dagegen …«, greift Becky den Gedanken auf.

»Ja, ich glaube, wir vertrauen einander.« Adam setzt sich auf ihr Bett. »Ehrlich gesagt, hatte ich auch meine Schwierigkeiten, als wir anfingen miteinander zu gehen. Wenn ich daran dachte, dass du am College bist, und mir ausmalte, wie viele Jungs du triffst, da ist echt die Wut in mir hochgekommen. Und wenn ich dich dann gesehen hab, hätte ich dich gern ausgefragt, mit welchen Jungs du zusammen gewesen bist und ob du einen von ihnen magst. Ich hab dich sogar wirklich danach gefragt.«

»Wann?«

»Sehr oft. Ich hab mich vor meinen Spiegel gesetzt und mit

dir geschimpft. Stundenlang hab ich dich ausgefragt, meistens in breitem schottischem Dialekt. Frag mich nicht, warum.«

Becky seufzt. »Mir ging's genauso. Nur hab ich nie vor dem Spiegel gesessen. Bei mir spielten sich diese vielen Zwiegespräche im Kopf ab. Meistens spät in der Nacht. Dann hab ich mir ausgemalt, wie du mir sagst, dass du eine andere getroffen hast und wir uns trennen müssten. Und dann, nachdem wir Thomas verloren haben, und du ein paar Tage lang …«

»Da hab ich überhaupt nichts mehr kapiert«, unterbricht Adam sie. »Ich hatte das Gefühl, im Vorzimmer der Hölle zu schmoren. Ich hatte einfach Angst, sogar davor, auch nur einen einzigen Schritt zu tun.« Er legt seinen Arm um Becky und bedeckt ihr Gesicht mit Küssen.

Dann sagt er: »Jason und Lauren werden wieder zusammenkommen.«

Zuallererst hört Cathy nur die Hunde. Je weiter sie mit dem Auto die Auffahrt hochkommt, umso lauter wird das Gebell. Sie steigt aus. Früher war das hier mal eine Farm gewesen. Inzwischen ist es ein Zentrum zur Rettung von Tieren. Hinter dem Hauptgebäude sind große Weideflächen für Tiere, die aus der Massentierhaltung gerettet worden sind. Karnickel von der Größe ausgewachsener Katzen, große, weiße Hühner. Es gibt auch eine Ziege mit wuchtigen Hörnern, die Frauen hasst. Von Zeit zu Zeit trifft man hier draußen streunende Hunde, und über zwanzig Hunde und Katzen haben im Hauptgebäude der ehemaligen Farm ein Zuhause gefunden. So wie es sich anhört, bellen im Augenblick alle auf einmal hinter der Eingangstür.

Neil, der Sohn der Frau, die das Rettungszentrum leitet, macht Cathy auf. Sofort ist sie von Hunden umringt, und sie fühlt sich verpflichtet, jeden Einzelnen zu streicheln. »Hallo, ja, grüß dich, und du auch, dich hab ich auch nicht vergessen, na, schmeckt dir mein Finger? Da würdest du gerne dran knabbern, ja.«

»Tässchen Tee, Cathy?«, fragt Neil.

Cathy zögert. Als sie das letzte Mal hier war, wollte sie sich einen Toast schmieren, aber es war unmöglich, ein Stück Butter ohne Katzenhaare aufzutreiben. Als könne er Gedanken lesen, sagt Neil: »Keine Sorge, ich hab die Tassen grade frisch gespült.«

Neil ist etwa im gleichen Alter wie Cathy. Er hat schwarze Stachelhaare und drei Ringe in der Nase. Einen links, einen rechts und einen in der Mitte. Cathy findet die Ringe faszinierend. Sie hat sogar mit dem Gedanken gespielt, selbst auch welche auf diese Art zu tragen. Bei ihrem letzten Besuch – sie ist oft hier in letzter Zeit – hat sie Neil gefragt, ob es wehtut, die Löcher stechen zu lassen. »Nein, dir schießen nur ein paar Tränen in die Augen«, hat er gesagt. Das hat gereicht, um Cathy von der Idee abzubringen.

»Ja, doch, 'ne Tasse Tee wär super. Danach geh ich die Tiere füttern«, sagt Cathy. Auf diese Art kann sie hier was helfen.

»Du brauchst heute nur den Hunden und Katzen was zu geben«, sagt Neil. »Jason versorgt die Tiere draußen.«

»Jason?« Cathys Herz fängt heftig an zu pochen.

»Ja, er ist gestern Abend rausgekommen und hat hier übernachtet. Ich frag ihn mal, ob er auch Tee will. Fühl dich wie zu Hause. Mama ist auf einer Demo, sie müsste aber bald wieder hier sein.«

Cathy geht ins Wohnzimmer und setzt sich vorsichtig auf eines der beiden Sofas. Letztes Mal hat sie sich einen ganzen Arm voller Flohbisse eingefangen. Hier wimmelt es von Flöhen. Die Hunde lassen ihr noch immer keine Ruhe; ein sehr betagter Spaniel mit stinkendem Fell springt neben ihr aufs Sofa und leckt sie am Kinn. Cathy streichelt ihn geistesabwesend. Jason ist hier. Sie kann nicht aufhören, es sich immer und immer wieder zu sagen. Und ein ums andere Mal empfindet sie dieselbe atemberaubende Erregtheit.

Als sie bei Lauren wohnte, hat sie Jason täglich gesehen. Er ist wegen Lauren gekommen, nicht ihretwegen. Aber aufgrund seiner starken Ausstrahlung hat auch Cathy immer ein bisschen vom Glanz seiner Besuche abbekommen. Seitdem er und Lauren Schluss gemacht haben – das ist inzwischen zwei Monate her –, hat Cathy ihn kaum gesehen, und er fehlt ihr unbeschreiblich. Sie hat ab und zu im Sportgeschäft vorbeigeschaut, und er ist jedes Mal sehr nett gewesen – aber irgendwie anders. Wahrscheinlich, weil er gedacht hat, sie würde Laurens Partei ergreifen. Dabei stimmt das überhaupt nicht.

Tatsächlich hat sie Lauren dafür zusammengestaucht, dass sie Schluss gemacht hat. »Wegen so was Albernem kannst du doch nicht mit Jason Schluss machen«, hat sie gesagt. »Cathy«, hat Lauren dagegengehalten, »das war doch nur der entscheidende letzte Tropfen! Wieso begreifst du das nicht?« Danach hat Cathy das Thema nie wieder angeschnitten. Seitdem sind sie und Lauren ein bisschen auf Distanz gegangen.

Und Cathy hat oft an Jason denken müssen. Sie hat sich gefragt, wie er sich wohl fühlt. Er hat Lauren zu seinem Lebensinhalt gemacht, also muss er doch jetzt fürchterlich einsam sein. Er muss doch das Verlangen haben, mit jemandem zu reden. Zum Beispiel mit Cathy. Früher hat er ihr vertraut. Bestimmt wird er ihr wieder vertrauen.
Sie kann sich die Situation sehr gut vorstellen. Ihre ganze Familie – und Giles – ist schon im Bett, da klopft es wie wild an die Tür. Und er steht da, verletzlich und kampfbereit zugleich; so, wie eben nur er dastehen kann. »Cathy, hast du 'ne Minute Zeit?« Er kommt rein und redet und redet und redet. Er beschreibt ihr haarklein, was er wegen Lauren empfindet, sein ganzes Leben erzählt er … Alles erzählt er Cathy, während sie weise und verständnisvoll zuhört – ihre besondere Spezialität. **Stundenlang bleibt er, und er kommt immer wieder. Manchmal reden sie die ganze Nacht, und dann gehen sie bis zum Morgengrauen spazieren. Sie hat es so klar vor Augen, wenn sie es sich vorstellt. Es muss einfach geschehen.**
Dann hört sie Neil: »Tee ist gleich fertig, Jason. Übrigens, Cathy ist da.«
Sie hat in letzter Zeit so viele Fantasiegespräche mit ihm geführt, dass es ihr beinahe einen Schlag versetzt, ihn wahrhaftig vor sich zu haben. Er hat einen Hund auf dem Arm, und die andern Hunde versuchen bellend Jasons Aufmerksamkeit auf sich zu ziehen. Der Hund auf seinen Armen ist ein englischer Rennhund. Alle nennen ihn Dreifuß, weil er nur noch drei Beine hat. Jason grinst Cathy entgegen und breitet sich auf dem andern Sofa aus. Sie fühlt sich so sehr zu ihm hingezogen, dass sie Angst bekommt.

»Das ist ja 'ne Überraschung«, sagt sie.

Er grinst noch mal. »Stimmt«, sagt er freundschaftlich, aber doch distanziert, als wolle er sie nicht zu nah an sich herankommen lassen.

»Ich hab dich in letzter Zeit kaum gesehen«, sagt sie. »Gehört hab ich allerdings Einiges von dir. Von all den Frauen, mit denen du ausgehst.«

Er lacht. Komm, Jason, rede mit mir. Schließ mich nicht von allem aus. Dann sagt sie: »Hier hab ich dich noch nie getroffen.«

»Nein, ich bin gestern Abend reingeschneit.«

»Er hat Kelly den Platz geklaut«, sagt Neil, der mit zwei Bechern Tee hereinkommt.

»Ja, genau«, sagt Jason. »Ich bin hier auf dem Sofa eingepennt, und das Jaulen von dem Hund hat mich geweckt.« Er lacht leise. »Zu guter Letzt hat er sein Sofa großmütig mit Dreifuß und mir geteilt.«

»Dieser Dreifuß«, sagt Neil, »der klaut allen andern Hunden ihr Futter.«

»Ja, er ist der zäheste von allen. Stimmt's, Dreifuß?« Jason klingt richtig stolz. Seine Klamotten sind heute nicht so ordentlich wie gewohnt. Aber er sieht gut aus. Trotz seiner zerrissenen Jeans. Er wirkt entspannt und ausgeglichen. Doch das ist nur Fassade. Cathy weiß das. Ihr muss er doch nichts vorspielen! Sie sind Freunde. Sehr enge sogar. So viel hat er ihr schon erzählt. Sobald Neil verschwunden ist, sagt Cathy: »Weißt du, dass du mir sehr gefehlt hast?«

Jason fängt ihren Blick und erwidert ihr Lächeln. »Ich hab dich ein paar Mal beinahe angerufen.«

»Hättest du's doch getan.«

»Ich hab gedacht, dass du wahrscheinlich lernst.«

»Täusch dich nicht. Jetzt im Augenblick sollte ich auch lernen. Aber ich musste einfach weg von dem Ganzen … du verstehst.«

Jason nickt. »Ich würde es nie schaffen, so lange auf meinem Hintern zu hocken.«

»Hast du was vor heute Abend?«

»Ja, wahrscheinlich mach ich mal wieder die Pubs unsicher.«

Cathy spürt einen dumpfen Schmerz, sie ist enttäuscht. Wenn er nicht schon was vorgehabt hätte, dann hätte sie ihm vorschlagen können … sie weiß nicht so recht, was. Aber natürlich hat er was vor.

»Mit wem triffst du dich denn?«, fragt sie.

»Suzanne.«

»Oh.«

»Sie ist 'n Model«, fügt er hinzu.

Ist diese zusätzliche Information für Lauren bestimmt? Cathy fühlt sich plötzlich völlig niedergeschlagen. »Sieht fast so aus, als würden wir neuerdings alle getrennte Wege gehen. Mark ist dauernd mit Collegekram beschäftigt, und seitdem ich meinen Job im *Pizza-Paradies* aufgegeben habe, sehe ich Adam und Becky auch kaum noch. Jez treff ich regelmäßig. Ich hab ihm geholfen, sich das Rauchen abzugewöhnen. Diese Woche ist er allerdings mit seiner Band unterwegs. Und was Lauren anbelangt« – Jason wendet sich sofort ab –, »Lauren ist andauernd beschäftigt«, sagt sie schnell.

»Nicht so sehr wie ich«, sagt Jason knapp. »Ich bin jeden Abend unterwegs.«

»Pass auf, dass du dich nicht völlig auspowerst«, sagt Cathy.
Er steht auf. »Leb schnell, stirb jung, und das in einem gut aussehenden Körper – so bin ich.«
Einer von Jasons Lieblingssprüchen. Zumindest war es mal einer. Oft hat er erzählt, dass er an seinem dreißigsten Geburtstag die Giftkapsel schlucken würde, die er sich rechtzeitig neben sein Rasierzeug legen würde. »Vergnüge dich, solange du fit bist«, hat er immer gesagt. Cathy erinnert sich an noch etwas. Vor ewigen Zeiten, sie waren vielleicht gerade mal elf, da mussten sie einen Aufsatz schreiben. »Auf dem Lande« lautete das Thema. Nie wird sie vergessen, was Jason damals geschrieben hat: *Der Junge ging in den Ententeich und tauchte nicht wieder auf.* Damals hielt sie diesen Kurzaufsatz für äußerst intelligent.
»Du überlebst uns doch alle«, sagt sie fröhlich.
Zu ihrer Überraschung setzt sich Jason wieder. »Auf keinen Fall«, sagt er bestimmt. **»Ich weiß, wann die Fete vorüber ist und wann ich zu gehen habe.«**
»Die Fete hat doch kaum richtig angefangen.«
Jason scheint nicht einmal zugehört zu haben. »Ich hab mir das alles schon genau ausgedacht. Kennst du den Film *Quadrophenia?"*
»Nein.«
»Da geht es um einen Jungen, einen Mod. Der hat 'ne Zeit lang seinen Spaß, dann findet er, dass alles nichts taugt, und statt sich tatenlos in Nichts aufzulösen, stürzt er sich lieber mit seinem Motorroller eine Klippe hinunter … Genauso werd ich es auch machen.« Typisch Jason. Mit seiner

Effekthascherei gibt er die unmöglichsten Sachen von sich. Er hat einen Hang zum Dramatisieren. Cathy lässt sich von so was nicht beeindrucken.

»Da ist nur ein Problem«, sagt sie, »in Cartford gibt's keine Klippen.«

Jason lächelt nicht, er sagt nur monoton: »Der Steinbruch von Crompton ist nur sieben Meilen weg. Der tut's auch.«

»Hast du ihn etwa auf diesen Zweck hin untersucht?« Cathy hebt die Stimme.

Er zuckt mit den Schultern. Zwischen seinen Worten schwingt nicht einmal die Spur von Protzerei. **Plötzlich bekommt sie es mit der Angst zu tun.** »Das würde ich dir nie verzeihen.«

»Doch, ganz bestimmt«, sagt Jason. »Ich bekäme nämlich die Beerdigung aller Beerdigungen. Ich würde eine Kathedrale mieten lassen und alle, die mich je gekannt haben, würden erscheinen. In der ersten Reihe stünden du, Mark, Adam, Becky und Jez. Vorausgesetzt, er hat nicht die falsche Kirche erwischt und kommt deshalb eine Stunde zu spät.«

»Und Lauren?«

»Die würde sich schon irgendwie reinmogeln. Sie würde sich verpflichtet fühlen und da sein. In einem exklusiven schwarzen Kleid würde sie antanzen und heulen. Aber wenn man genau hinsieht, würde man die versteckte Zwiebel erkennen. Ach was, nein, wahrscheinlich hätte sie künstliche Tränen zum Aufsprühen dabei. Und dann, sobald die Zeremonie beendet ist, würde sie sagen: ›So Leute, wie steht's? Gehen wir noch einen heben?‹« Er wendet wieder den Kopf zur Seite, kann aber den Schmerz in seinem Gesicht nicht länger verbergen. **In diesem Augenblick fühlt Cathy,**

dass ihr nichts auf der Welt wichtiger ist, als Jason zu helfen. Alles andere ist bedeutungslos.

»Und, Cathy«, fährt er fort, »ich werde auch da sein – bei meiner eigenen Beerdigung – und plötzlich aus dem Schatten hervortreten. Sie ist die Einzige, die mich sehen wird, und sie wird sagen …« Er hält inne, und dann platzt es aus ihm heraus: »Sie hat mich nicht einmal angerufen. Hast du das gewusst? Nicht ein einziges Mal in zwei Monaten. Kein *Wie geht's dir?* Kein *Ich wollte nur mal hören, ob du noch lebst.* Es ist, als gäbe es mich nicht mehr. Aus.«

»Vielleicht wartet sie darauf, dass du anrufst.«

Ein Hoffnungsfunke blitzt in seinen Augen auf. Doch dann setzt er Dreifuß vorsichtig aufs Sofa und steht auf. »Ich glaube nicht. Außerdem hat sie Schluss gemacht. Aber das ist mir doch alles egal. Wenn du sie triffst, kannst du ihr sagen, dass ich mit 'nem Profi-Model zusammen bin. Richtest du ihr das bitte aus?«

»Wenn du möchtest«, sagt Cathy. Am liebsten würde sie ihm ins Gesicht sagen: **Ich bin doch nicht nur Laurens Freundin, sieh doch mal genauer hin. Merkst du nicht, wie sehr ich mit dir fühle?** Natürlich finden diese Worte nicht den Weg auf ihre Lippen.

»Wir sehen uns, Cathy. Und falls ich dich vorher nicht mehr treffe, viel Glück bei deinen Prüfungen.«

»Danke«, sagt sie. Der Gedanke, schon wieder endlose Wochen ohne Jason vor sich zu haben, macht sie trübsinnig. Sie ist überrascht, als er sie plötzlich eingehend mustert. »Deine Haare – du lässt sie wieder wachsen.«

»Ja.«

»Gefällt mir. Vorher hat's mir auch gefallen, aber das ist es jetzt wirklich.«
Sie wünscht sich, jetzt nicht rot zu werden, und fühlt sich ganz aufgekratzt. »Ich hab mir letzte Woche wieder 'nen richtigen Schnitt machen lassen. Danke – ähm – vielen Dank.«
Er geht zur Tür.
»Du passt doch auf dich auf, ja?«, ruft sie ihm besorgt nach.
Über die Schulter wirft er ihr ein kurzes, aber vertrauensvolles Lächeln zu. »Und du auf dich, Cathy«, sagt er.

Adam hat sich sehr über Cathy gewundert, als er für sie den Film *Quadrophenia* bestellen sollte. »Ich wär nie draufgekommen, dass das ein Film für dich sein könnte«, hat er gesagt.
Sie hat ihn nur geheimnisvoll angelächelt – und tatsächlich, es ist nicht ihre Art Film. Aber trotzdem gefällt er ihr. Es ist nach Mitternacht, und ihre Familie schläft schon. Sie kann also den Ton nicht so laut stellen, wie es für diesen Film nötig wäre. Aber die Botschaft von roher, geballter Kraft kommt immer noch durch. Als dieser Junge dann mehr und mehr von den Mods enttäuscht ist, bekommt Cathy es mit der Angst zu tun. Jetzt wird er gleich über die Klippe jagen. Ja, tatsächlich, er fährt schneller, immer schneller. Jeden Moment kann es jetzt passieren. Cathy atmet immer heftiger. »Kehr um. Tu's nicht. Dieses eine Mal nicht«, flüstert sie. Aber er hört nicht auf sie und … Cathy wendet sich ab. Hätte sie den Film doch bloß nie angesehen.

Sie wagt wieder hinzusehen – und ein winziger Freudenschrei entfährt ihrer Kehle. Sein Motorroller ist in Millionen Stücke zerschellt. Nicht aber er selbst! Sie spult die Szene zurück, um ganz sicher zu gehen. Danach ist sie so aufgeregt, dass sie beinahe Jason anruft. Sie wird es ihm erzählen. Ganz bestimmt.

»Es macht euch doch nichts aus?«, fragt Lauren. Cathy und Mark schütteln verneinend die Köpfe. »Ich kann's einfach nicht ab, die ganze Zeit herumzustehen und mir diese Fragerei anzuhören. ›Hast du diesen fürchterlich wichtigen Dialog auf Seite 47 gelernt?‹ und so Zeug.«
»Mir geht's genauso«, sagt Cathy. »Nein, wir gehen für ein paar Minuten weg. Wir machen einen Spaziergang Richtung Innenstadt.«
Es ist Viertel vor neun. Cathy hat Lauren und Mark mit dem Wagen zum College mitgenommen, wo die ersten Prüfungen für den Englischabschluss stattfinden. Im Eingangsbereich drängen sich bereits die Studenten und quasseln aufgeregt durcheinander. Lauren hat es kaum gesehen, da ist sie noch ein bisschen weißer geworden, als sie es schon vorher war, und hat auf dem Absatz kehrtgemacht.
»Keinen Bissen hab ich zum Frühstück runtergebracht«, sagt Mark. »Aber ein paar Schokoriegel könnte ich mir jetzt noch reinziehen.«

Lauren erschaudert. »Meine Mama hat mich gezwungen zu essen. Ich hab echt befürchtet, dass ich ihr alles wieder entgegenreihere.«

»Mark«, sagt Cathy, »weißt du noch, wie mal dein Magen während einer ganzen Mathearbeit ständig vor sich hingegrummelt hat?«

»Sehr nett, dass du mich daran erinnerst, Cathy. Das war ja so was von peinlich.«

»Im Vergleich zu denen von heute waren diese Prüfungen gar nichts«, sagt Lauren. »So viel hängt von ihnen ab. Mitten in der Nacht bin ich mit *A Winter's Tale* in der Hand aufgewacht. Trotzdem hab ich das Gefühl, dass alles, was ich gelernt hab, auf einen Schlag weg ist, sobald ich diese Halle betrete.«

»Keine Angst, das passiert dir nicht«, sagt Cathy beruhigend. Sie hat ganz vergessen, wie panisch Lauren bei Prüfungen werden kann. Cathy hat letzte Nacht selbst Panik bekommen, als sie sich den Saal vorgestellt hat. Auf den Tischen liegen Prüfungsaufgaben, es herrscht Stille, alles ist gespannt, die Atmosphäre ist schauderhaft förmlich. Dann das Rascheln von Papier, und eine roboterhafte Stimme verkündet: »Ihr könnt anfangen.« Jetzt, am Morgen, ist sie zwar noch ein bisschen aufgeregt, aber auch auf seltsame Weise distanziert, als wäre alles schon vorüber. Lauren dagegen hat das Zittern gepackt. »Ich muss andauernd daran denken, was von diesen Prüfungen alles abhängt«, jammert sie.

»Und ich wünsch mir, ich hätte mich besser vorbereitet«, sagt Mark. »Aber ich hatte so viel anderes zu tun. Schließlich war ich jeden Tag am College, musste mit Leuten reden, an Versammlungen teilnehmen … Egal, jetzt ist es zu spät.«

»Hört endlich auf, euch gegenseitig runterzuziehen. Nehmt lieber ein paar Atemzüge von dieser frischen Luft«, sagt Cathy.

»In Cartford gibt's keine frische Luft«, sagt Lauren. Um sie herum erwachen die Läden zum Leben. Ein Mädchen arrangiert die Blumen vor einem Blumenladen. »Das bin ich«, sagt Lauren finster, »nachdem ich durch die Prüfungen gerasselt bin.«

»Es gibt Leute, die verkaufen gern«, sagt Cathy. Im selben Moment entdeckt sie Jason, der ein Paar neuer Turnschuhe in die Schaufensterauslage stellt. Lauren sieht ihn auch, sie sagt nämlich: »Geht einfach weiter. Bitte tut so, als hättet ihr ihn nicht gesehen. Ich kann jetzt nicht.«

Cathy denkt nicht im Entferntesten daran, Jason zu ignorieren. Letzten Samstag ist sie mit Lauren auf ein Glas in den *White Hart* gegangen. Sie wollten sich ein bisschen von der Büffelei erholen. Und wen haben sie dort getroffen? Wen sonst als Jason, der mit Mark und Tania und noch ein paar anderen Leuten dort war. Die meisten von ihnen arbeiten wohl mit Jason im Sportgeschäft. Es stellte sich heraus, dass Jason etwas zu feiern hatte: Er war offiziell zum zweiten Geschäftsführer ernannt worden. Cathy ging zu ihm, um zu gratulieren, und ließ Lauren für eine geschlagene halbe Stunde allein. Zwar hat sie sich Lauren gegenüber mies gefühlt, aber sie konnte Jason auch nicht einfach so behandeln, als wäre er Luft. Auch jetzt will sie das nicht. Deshalb geht sie mit Mark hinüber zum Sportgeschäft. Zu ihrer Überraschung kommt Lauren nach. Wenn auch mit einigem Abstand.

»Großer Tag heute«, sagt Jason grinsend.

»Du brauchst dich gar nicht so darüber zu freuen«, sagt Cathy.
»Ach was, ihr packt das schon, ihr kommt da schon durch«, sagt Jason.
»Hoffentlich«, sagt Mark.
»Ich könnte dir auf alle Fälle jederzeit einen Job in meinem Laden vermitteln«, sagt Jason großzügig. Cathy wartet auf Laurens ironischen Kommentar. Doch sie schweigt. Sie stehen ein paar Minuten plaudernd beieinander. Jason macht einen sehr entspannten Eindruck. Er trägt einen Trainingsanzug, lehnt locker am Schaufenster. Doch Cathy merkt, dass er so manchen Blick in Laurens Richtung riskiert.
»Es ist fünf vor neun«, sagt Mark schließlich, »wir sollten los.«
»Viel Glück«, sagt Jason. Dann flüstert er: »Viel Glück, Lauren.«
»Danke«, sagt sie und lächelt ihn zaghaft an. »Tschüss«, sagt sie noch, dann gehen sie zu dritt in Richtung College.
Jason bleibt stehen wie angewurzelt. Er möchte das Glück dieses Augenblicks voll auskosten. Sie hat mit ihm geredet. Das erste Mal in zehn Wochen. Und – quasi als Sahnehäubchen – sie hat auch noch gelächelt. Darauf hat er die ganze Zeit gewartet, voller Ungeduld, und auch voller Verzweiflung.
Erst hatte er gedacht, sie würde anrufen und sich entschuldigen. »Das war wohl ein bisschen übereilt von mir, was? Ich hab nie mit dir Schluss machen wollen. Es ist nur …« Dann würde Jason verständnisvoll lächeln. Aber es gab keine Anrufe, keine Briefe, nichts. Er fehlte ihr kein bisschen.
Das war der Zeitpunkt, an dem er sie zum Teufel wünschte.

So viel hat er für sie getan, ihr seine hundertprozentige Treue bewiesen, andere Mädchen nicht einmal angesehen. Und sie wirft das alles einfach weg. ZUM TEUFEL MIT IHR!
Er traf sich mit anderen Mädchen, die ebenso schön waren wie Lauren. Wirklich tolle Mädchen. Er wollte auch tatsächlich was mit ihnen anfangen. In Wahrheit konnte er jedoch für keine Einzige von ihnen irgendwelche Empfindungen aufbringen. Eigentlich schockierend. Aber er kann's nicht ändern.
Manchmal sieht er Lauren zufällig durch die Stadt gehen. Ehrlich gesagt, er hält andauernd nach ihr Ausschau. Dann quält er sich mit der Frage, was sie denkt, was in ihrem Kopf vorgeht. Fehlt er ihr? Einmal hat er sie absichtlich angerempelt, und sie hat ihn nicht mal richtig ansehen können. Hängt das damit zusammen, dass sie sich für das, was sie getan hat, schuldig fühlt? Oder war es ihr einfach nur peinlich, einen ehemaligen Freund zu treffen, einen Geist aus der Vergangenheit?
Wenn sie doch nur einmal vor dem Sportgeschäft stehen bliebe. Wenn er sie doch nur fragen könnte: »Wie geht's dir denn so?« Irgendwas, egal was, einfach nur, damit er nicht durchdreht. Endlich hat sie ihm ein Zeichen gegeben. Sie hat mit ihm geredet – und ihn angelächelt. Sie will ihn zurückhaben, sie ist nur zu stolz, es zu sagen.
Niemals würde sie für das, was passiert ist, die Schuld auf sich nehmen. So ist Lauren nun mal. Sie hält sich nie für schuldig. Aber das spielt keine Rolle. Sie braucht ihn noch

immer. Das ist das Entscheidende. Und Jason der Tapfere wird sie ein weiteres Mal retten. Diesmal vor ihrem eigenen Stolz. Er wird sie anrufen. Den ersten Schritt tun. Das ist es!

Er kann an nichts anderes mehr denken. Er stellt sich vor, wie er ihre Telefonnummer wählen wird, er kann es kaum mehr erwarten. Zehn Wochen waren Lauren und er wie blockiert; jetzt, endlich, können sie sich wieder bewegen.

Jason macht keine Mittagspause und verlässt den Laden dafür eine Stunde früher. Um fünf Uhr geht er bei sich zu Hause ans Telefon. Er will sie anrufen, bevor ihr Vater von der Arbeit kommt. Er hat nicht die geringste Lust, mit ihm zu reden. Fünf Uhr ist also die ideale Zeit für diesen Anruf. Erst wird er sich nach den Prüfungen erkundigen, und dann, na ja, dann muss er eben improvisieren. Also, mach schon. Ruf an. Erlöse sie, wie schon einmal. Den ganzen Tag hat er anrufen wollen, und jetzt hat ihn der Mumm verlassen. Mach schon, ihr Vater kommt bald nach Hause.

Er steht vor dem Telefon. Wovor hast du Angst? Gefühle können doch nicht einfach sterben. Sie hat dich früher gebraucht, und sie braucht dich auch jetzt noch. Wahrscheinlich wartet sie verzweifelt auf deinen Anruf.

Jason schnappt sich den Hörer und wählt hastig ihre Nummer. Kann sein, dass ihre Mutter rangeht, aber das ist kein Problem, damit kommt er klar. Doch dann hört er Lauren selbst. Das schmeißt ihn erst mal aus der Bahn.

»Hallo, Lauren, ich bin's.«

»He, hallo, Jason.« Sie hört sich überraschend freundlich an. Es wird alles wieder gut werden.

»Ich wollte wissen, wie die Prüfung gelaufen ist.«

»Na ja, ich glaube, dass ich die erste Frage vermasselt habe, aber der Rest ging ganz gut. Cathy hat die Zeit nicht gereicht. Mark hat die Frage zu *The Winter's Tale* nicht geschmeckt, aber auf die Frage nach Leontes Eifersucht war ich gut vorbereitet.« Sie klingt erstaunlich redselig, wenn man bedenkt, dass sie ganze zehn Wochen kein Wort gewechselt haben.

Jasons Selbstvertrauen wächst. »Ich hab ein paar gute Nachrichten für dich. Ich hab endlich entschieden, mit wem ich mich am Samstag treffen will – und du stehst auf Platz eins meiner Liste – wenn du Zeit hast.«

Eine kurze Pause entsteht. Dann sagt Lauren: »Ich hab aber keine Zeit. Ich gehe ins Theater.«

Jason möchte zu gerne wissen, mit wem, aber er unterdrückt seine Neugier. »Wie wär's mit einem anderen Abend?« Seine Stimme klingt etwas gepresster.

»An allen anderen Abenden muss ich lernen. Im Augenblick darf ich nur einen Abend pro Woche weg.«

Jason sollte aufhören, solange ihm noch ein Rest an Würde geblieben ist, aber er kann einfach nicht. »Wie wär's, wenn wir uns einfach mal auf 'nen Kaffee treffen?« Er versucht ein Lachen. »Oder kannst du meine Anwesenheit nicht mal mehr für 'ne halbe Stunde ertragen?«

Auch Lauren lacht. Es ist ein schreckliches, hilfloses Lachen. Was macht er denn? Warum legt er nicht einfach auf? Wenn er so weitermacht, fängt er noch an zu betteln.

»Ich hab gedacht, es wäre ganz nett, wenn wir uns mal treffen könnten. Nur so zum Reden, ein bisschen Spaß haben, nichts Besonderes.« Er hält inne. Lauren müsste etwas sagen. Schließlich tut sie das auch: »Ich möchte lieber nicht.«

Er fühlt sich, als sei er mit der Faust an der Kehle erwischt worden. Er bringt kaum noch einen Ton hervor.

»Also gut.«

»Tut mir Leid«, sagt sie.
Inzwischen kann er überhaupt nicht mehr reden. Aber das ist jetzt auch egal. Sie hat aufgelegt.

Cathy, Lauren und Mark gehen schleppend weiter. Obwohl es erst neun Uhr ist, lässt sich bereits erahnen, dass es wieder ein schrecklich heißer Augusttag werden wird. Aber die drei nehmen ihre Umgebung nicht wahr. Sie würden es nicht mal merken, wenn plötzlich ein klirrend kalter Schneesturm über sie hinwegfegen würde. Sie starren auf den College-Eingang.
»Sollen wir tapfer sein?«, fragt Mark. Es juckt ihn, endlich reinzugehen. Gleichzeitig hat er eine Heidenangst. Er möchte endlich Bescheid wissen und es hinter sich bringen … Plötzlich stürmen alle drei los.
Die Frau an der Rezeption, die sie alle kennen, redet wie ein Automat ins Telefon: »Ja, die Abschlusszeugnisse sind heute mit der Post rausgegangen, wenn ihr allerdings eure Ergebnisse schon erfahren wollt, dann könnt ihr sie euch von …«
Cathy, Lauren und Mark suchen die Eingangshalle nach den Aushängen ab.
»Hier«, ruft Mark.
Und dort sind sie. An den Wänden, wo sonst die Stundenpläne aufgehängt sind und auch die Informationen, die sowieso keiner liest. Zum Beispiel, welche Räume wie getauscht werden müssen. Hunderte von offiziell aussehenden, weißen Blättern sind an die Wände geheftet. Auf jedem Blatt steht oben ein Name. Sie stolpern weiter. Alles ist voller Prüfungsergebnisse.

»Mein Name. Ich kann meinen Namen nicht finden«, ruft Lauren.

»Du bist hier«, sagt Cathy. »Sie sind alphabetisch geordnet. Mensch, Lauren, du hast …«

»Nicht sagen«, kreischt Lauren. Sie eilt herbei, ganz schwindlig vor Aufregung. Sie kann nicht hinsehen. Doch, sie kann. Sie blinzelt auf ihren Namen, dann schreit sie laut auf. »Nein!«, ruft sie. »Ich kann's nicht glauben!« Sieh es dir noch einmal an. Vielleicht hast du versehentlich das Blatt von jemand anderem erwischt. Das wäre schrecklich. Aber doch, es ist wahr. Sie hat eine Eins in Englisch und eine Eins in Gemeinschaftskunde, zwei Einsen – und eine Drei in Geographie. Sie schreit noch mal ihre Freude hinaus.

»Schsch«, macht die Frau von der Rezeption herüber, während um sie herum zehn Telefone gleichzeitig schrillen.

»Entschuldigung«, sagt Lauren.

Die Frau lächelt. »Wenigstens eine, die sich freut.«

Lauren geht zu Cathy. »Was hast du bekommen?«

»Eine gute Zwei in Englisch, eine Drei in Gemeinschaftskunde und eine Zwei in Geographie.« Cathy strahlt. »Viel besser, als ich erwartet habe. Und deine Noten sind echt super!«

»Du hast sie doch auch gesehen? War keine Halluzination oder so?«

Cathy lacht. Sie fallen sich überschwenglich in die Arme. Dann sehen sie nach Mark. Er lächelt nicht. »Möchte vielleicht jemand tauschen?«, fragt er. »Drei in Englisch, Vier in Gemeinschaftskunde und Fünf in Geschichte. Das heißt auf Wiedersehen, Brighton.«

»Wieso, was hättest du denn gebraucht? Zwei Dreien?«, fragt Cathy. »Vielleicht haben sie noch …«
»Das wage ich zu bezweifeln«, sagt Mark. »Wer weiß, ich hab immer noch 'ne Chance im Nachrückverfahren. Überrascht bin ich nicht. Wäre ein Wunder gewesen, wenn ich besser abgeschnitten hätte. Ich hab nie richtig gearbeitet, weil ich so viel anderes zu erledigen hatte.«
»Wenigstens hast du bestanden«, sagt Lauren. »Schau dir die Ergebnisse doch an. Das Mädchen hier hat überhaupt nichts.«
»Wie scheußlich«, sagt Mark lächelnd.
»Und hier hat jemand dreimal ungenügend. Wie sieht's denn bei Tricia Williams aus? Nur eine Vier? Und das, obwohl sie Privatunterricht von Grant bekommen hat … Er wird durchdrehen, wenn er sieht, dass ich 'ne Eins habe.«
Cathy und Mark nicken grinsend. Sie schauen sich die Ergebnisse der anderen aus ihren Klassen an. Ein Mädchen eilt auf die Schautafel zu, liest ihr Blatt, stöhnt leise auf und geht ebenso schnell wieder weg. »Meine Güte«, sagt Cathy, »die hat ja nicht gerade glücklich ausgesehen.«
»Prüfungen sind etwas Scheußliches«, sagt Mark. »Sie bereiten einem nichts als Sorgen. Ich kenne das Mädchen flüchtig. Bei der Wahl zur Präsidentschaft hat sie mir gesagt, dass sie hundertprozentig für mich sei.«
»Dann ist sie nicht ganz richtig im Kopf«, sagt Lauren. »Nein, nur 'n Witz. Wisst ihr was? Wir gehen jetzt alle zu mir und frühstücken.«
»Ja, los«, sagt Cathy. Sie hängt sich bei Mark unter. »Du bist doch nicht zu enttäuscht?«
»Ich bin überhaupt nicht enttäuscht. Ich wusste doch, dass

ich die letzte Geschichtsarbeit verpfuscht habe. Nein – ich bin nicht enttäuscht. Es tut mir nur für meine Eltern Leid. Nachdem mein letzter Schulabschluss ganz gut ausgefallen war, haben sie gedacht, ich wäre ein kleines Genie. Zum Glück sind sie gerade in Urlaub. Ich muss sie so bald wie möglich anrufen. Wenigstens ist es nicht so schlimm, als wenn ich sie dabei ansehen müsste.«

Lauren ruft der Frau an der Rezeption zu: »Tschüss! Wahrscheinlich werden Sie uns nie wieder sehen. Tut Ihnen sicher fürchterlich Leid.«

»Mich sehen Sie schon noch mal wieder«, ruft Mark. »Ich muss den nächsten Präsidenten in sein Amt einweisen.« Die Frau winkt ihnen zu und kümmert sich wieder um ihre Telefone: »Ja, die Abschlusszeugnisse sind heute mit der Post rausgegangen, wenn ihr allerdings eure Ergebnisse schon erfahren wollt, dann könnt ihr sie euch …«

Mit Cathys Wagen fahren sie zu Lauren. Lauren steigt aus und rennt freudestrahlend ihrer Mutter entgegen, die bereits vor der Tür auf sie wartet. Ihre Mutter nimmt sie sofort in die Arme. »Gut gemacht, mein Schatz! Wirklich ausgezeichnet«, kommentiert sie lautstark Laurens Abschneiden. Auch Cathy beglückwünscht sie mit einer Umarmung. Mark schenkt sie ein bedauerndes Lächeln.

»Ich mach euch mal das Frühstück fertig«, sagt sie dann. »Aber zuerst, Lauren – du weißt ja, dass er vor dem Telefon lauert.« Kein weiteres Wort ist nötig. Kurz darauf redet Lauren mit ihrem Vater, ihre Augen leuchten aufgeregt. Laurens

Mutter erzählt Cathy: »Er hat sich solche Sorgen gemacht. Die letzte Nacht hat er kaum geschlafen. Er wusste, wie viel diese Noten für Lauren bedeuten.« Auch Cathy redet noch ein paar Worte mit Laurens Vater, und seine Glückwünsche hallen durch den Raum.

Anschließend serviert Laurens Mutter ein feierliches Extra-Frühstück: Wegen Cathy natürlich ohne Schinken, aber mit Spiegeleiern, Tomaten, Pilzen – und einer Flasche Champagner.

Als sich Lauren das zweite Glas eingießt, sagt sie: »Ich hab erst ein Glas gehabt und fühle mich schon …«

»Betrunken«, sagt Mark.

»Nein, aber merkwürdig. Sehr merkwürdig. Und ich kann meine Noten immer noch nicht glauben. Dauernd denke ich, es könnte jemand anrufen und sagen: ›Tut mir Leid, Lauren, das war ein Schreibfehler, du hast zwei Vieren.‹«

»Du hättest doch niemals zwei Vieren bekommen«, sagt Cathy.

»Wenn ich nicht mit Jason Schluss gemacht hätte, dann hätte ich garantiert zwei Vieren bekommen. Unter Umständen hätte ich sogar ein Jahr dranhängen können.«

»Ach was, niemals«, sagt Cathy entschieden.

Lauren beugt sich ihr entgegen. »Oh doch, das glaub ich sehr wohl, Cathy. Nachdem Jason und ich uns getrennt haben, da habe ich wirklich viel gearbeitet, und das war genau die Arbeit, die den Unterschied ausgemacht hat.« Ihre Stimme wird höher und höher. »Da bin ich absolut sicher.« Dann sieht Lauren Cathy an, als wollte sie sagen: »Bitte stimme mir zu.«

Doch Cathy bleibt bei ihrer Meinung. »Du hättest deine Einsen mit und ohne Jason bekommen. Du bist einfach ein Naturtalent.« Es klingt, als wollte Cathy ihr ein Kompliment machen. Teilweise soll es auch eines sein. **Andererseits**

klingt durch, dass Lauren unnötig grausam zu Jason gewesen ist. Und das, findet Lauren, stimmt einfach nicht.

»Cathy, du weißt gar nicht, wie wenig ich gearbeitet habe, als ich mit Jason zusammen war. Er hat es regelrecht gehasst, wenn ich Hausaufgaben gemacht habe.«

»Du hast Recht. Ich weiß es nicht«, antwortet Cathy und wechselt das Thema.

Mark entschließt sich, seine Eltern anzurufen. Er wählt die Nummer, hört die Stimme seiner Mutter und legt den Hörer wieder auf. »Ich kann nicht«, sagt er. »Sie wird sich so ärgern.« Zehn Minuten lang reden Cathy, Lauren und ihre Mutter geduldig auf ihn ein, dann ruft er noch mal an.

»Hallo Mama, ich hab Mist gebaut«, sagt er. Als er den Hörer auflegt, lächelt er. »Sie war ganz vernünftig. Sie hat gemeint, ich soll beim College anrufen und dort um Rat fragen.«

Mark führt also ein weiteres Telefonat mit dem College und vereinbart für halb zwölf ein Gespräch mit dem Berufsberater. Laurens Mutter fährt ihn zum College. Lauren begleitet ihn. Cathy fährt nach Hause. Die erste Person, die ihr begegnet, ist Giles.

Gestern hat er viermal niesen müssen. Klar, dass er heute intensive medizinische Betreuung braucht. Er lungert im Wohnzimmer herum, das Radio quäkt, der Tisch ist voll gepackt mit Zeitungen. Wo er geht und steht, hinterlässt er nichts als Chaos. Ihre Mutter kommt eilig aus der Küche und sieht Cathy fragend an.

»Zwei Zweier und eine Drei – die Zweier in Englisch und Geographie, die Drei in Gemeinschaftskunde.«

»Wunderbar, du bist ja so ein kluges Mädchen!« Ihre Mutter

geht auf sie zu, zögert, küsst sie sanft auf die Wange. »Das sind ja tolle Neuigkeiten ...« Sie zieht Cathy ins Wohnzimmer. »Cathy hat alle Fächer bestanden. Zweimal 'ne Zwei und einmal 'ne Drei.«
Giles setzt ein Lächeln auf. »Das sind wirklich erfreuliche Nachrichten. Es ist immer schön, wenn harte Arbeit belohnt wird.« Er schüttelt ihr die Hand und sagt: »Diese Abschlüsse reichen doch für die Universität?«
»Natürlich reichen sie«, sagt ihre Mutter.
Er überlegt. »Schade, dass du dich nicht gleich für dieses Jahr beworben hast. Aber vielleicht kommst du ja doch noch rein.«
»Ich will aber gar nicht«, fährt Cathy ihn an. »Ich will erst ein Jahr Pause machen.«
»Weshalb eigentlich?«, fragt Giles.
»Das weiß ich noch nicht«, sagt Cathy. »Wieso versuchst du dauernd, mich loszuwerden?«
Giles schüttelt traurig den Kopf. »Ich hab einfach nur gedacht, dass es schade wäre, ein Jahr zu verlieren.«
»Ich weiß, was du gedacht hast«, sagt Cathy leise und verschwindet in die Küche. Cathys Mutter folgt ihr. »Ach, Cathy, du lässt Giles wirklich keine Chance. Du bist so empfindlich ihm gegenüber. Er ist nicht gegen dich. Er will dir helfen.«
»Ist gut, Mama, tut mir Leid«, sagt Cathy matt. Wäre sie doch nur mit Mark und Lauren noch mal ans College gegangen.
»Du und Giles, ihr seid doch in letzter Zeit ganz gut miteinander klargekommen ... Und das ist mir wirklich sehr wichtig.« Cathy sieht weg. Sie und Giles haben nur so getan, als

würden sie miteinander klarkommen. Und das ist etwas vollkommen anderes. Im Grunde ihres Herzens glaubt Cathy, dass er sie genauso wenig leiden kann wie sie ihn. Die meiste Zeit allerdings tragen sie und Giles ihre Masken. Cathy setzt sie auch jetzt wieder auf, als sie mit ihrer Mutter und dem rosawangigen Erkältungsopfer eine feierliche Tasse Tee trinkt.

Sie lässt ihre Mutter sich weiter um ihn kümmern und fragt sich, wem sie ihre gute Nachricht noch mitteilen könnte. Jason? Sie ist schon öfter bei ihm im Laden gewesen, um ihn zu sehen. Sie führen immer ganz gute Gespräche, **und manchmal scheinen sie knapp bis an die Grenze von etwas anderem vorzudringen**. Sie hat das Gefühl, als beginne er ihr voll und ganz zu vertrauen. Aber noch ist es nicht so weit, und überhaupt ist er im Augenblick im Urlaub. Niemand weiß genau, wo. Dieser Tage verschwindet er immer mal wieder einfach von der Bildfläche.

Sie ruft also bei Jez an. Ihn hat sie in letzter Zeit auch kaum gesehen. Er arbeitet wieder auf Baustellen, um »das nötige Kleingeld« zu verdienen. Aber heute, so hat er gesagt, sei er zu Hause, und sie soll ihn doch anrufen.

Ihre Neuigkeiten scheinen ihn richtig zu freuen. »Ich hab doch gewusst, dass du es schaffst«, sagt er. »Ich habe absolutes Vertrauen in dich gehabt.« Dann fragt er. »Bist du heute Nachmittag frei?«

Sie lacht. »Kommt darauf an, wofür.«

»Nachmittagstee.«

»Wie vornehm.«

»Ja, sicher, ich bin sehr vornehm. Außerdem möchte ich dich was fragen.«

»Was denn?«

»Erfährst du heute Nachmittag.«

»Jez, sag es mir jetzt.«

Er lacht sein eigenartiges, pfeifendes Lachen. »Nein, es ist viel zu wichtig, um es am Telefon zu sagen.«

Cathy platzt schier vor Neugier. »Ich kann das nicht ausstehen, wenn jemand so was macht.«

»Weiß ich.«

»Sag es mir.«

Er lacht noch mal ins Telefon. »Bis um halb drei. Ich muss los. Herzlichen Glückwunsch, noch mal – und nicht vor lauter Neugier sterben, ja?«

Um Punkt halb drei steht Cathy vor Jez' Haustür. Seine Mutter macht auf. Sie strahlt Cathy an. »Gratuliere, meine Liebe. Jeremy hat mir die gute Nachricht schon erzählt.« Cathy unterdrückt ihr Lachen. Wenn es einen Namen gibt, der überhaupt nicht zu Jez passt, dann ist es sein richtiger. »Jeremy wartet im Wohnzimmer auf dich«, redet seine Mutter weiter. Dabei sieht sie Cathy glückselig strahlend an – man kann es nicht anders ausdrücken. Cathy hat Jez' Mutter noch nie so glücklich gesehen.

Cathy geht ins Wohnzimmer. Sie weicht zurück. »Jez, dein Bart.«

»Was ist damit?«

»Er ist weg.«

»Echt?« Er fasst sich ans Kinn. »Tatsächlich. Sehr merkwürdig, wirklich. Hab nicht gedacht, dass er so plötzlich abfallen kann. Heute früh bin ich aufgewacht, und er war einfach weg. Den ganzen Tag hab ich nach ihm gesucht. Wenn dir also mal ein überzähliger Bart … Im Ernst: Soll ich ihn mir wieder ankleben?«

»Nein. Jetzt sieht man endlich wieder, dass du noch jung und frisch bist. Du wirkst auch viel offener und …«

»Sexy«, hilft Jez ihr aus.

Cathy hat eigentlich »verletzlicher« sagen wollen, aber sie akzeptiert auch »sexy«. Jedenfalls sieht er anziehender aus als zuvor.

»Mhm, doch, ja, kann man sagen.« Dann erst fällt ihr Blick auf sein sauberes, weißes Hemd und seine Baumwollhosen. »Wirklich schick.« Grinsend vollzieht er eine kleine Verbeugung. Auch Cathy grinst. »Und wozu das Ganze?«

Seine Mutter kommt aus der Küche und schiebt einen Servierwagen herein, der turmhoch mit Essen beladen ist. »Ich stell ihn einfach hier hin, dann könnt ihr euch selbst bedienen.«

»Danke, Mama.«

»Es sieht köstlich aus«, sagt Cathy. Nachdem Jez' Mutter wieder gegangen ist, fragt sie: »Kommt noch jemand?«

»Nein.«

»Aber das schaffen wir nie alles.«

»Du kommst hier nicht raus, bevor nicht alles weg ist. Fangen Sie also an, sich voll zu stopfen, meine Verehrteste.«

Er reicht Cathy einen Teller. »Ich werde erst mal von dem Schokoladenkuchen probieren, obwohl ich besser die Finger davon lassen sollte«, sagt sie. Mit zitternden Händen gießt Jez Tee ein. Cathy beobachtet ihn gespannt. Er reicht ihr eine Tasse mit sehr schwachem Tee. »Komm schon«, sagt sie. »Verrat mir jetzt dein Geheimnis.«

»Du bist sehr ungeduldig.«

»Jez, möchtest du, dass ich dir diese Tasse über dem Kopf auskippe?«
»Ist ja schon gut. Ich fahre nächste Woche nach Italien.«
»Oh Jez. Wie kannst du mir nur schon wieder davonlaufen?«
»Tu ich ja gar nicht. Ich hab dich schon einmal halb gefragt. Diesmal frag ich richtig. Cathy, willst du nicht mitkommen?«
Sie starrt ihn fassungslos an.
»Ich hab gedacht, wir schnuppern ein bisschen nach Italien rein, und dann zeig ich dir Deutschland. Ich habe genug gespart, dass es für zwei Flüge reicht.«
»Ich zahl für mich selber«, sagt Cathy augenblicklich. »Aber ich kann doch nicht einfach so abhauen.«
»Wieso denn nicht?«
»Wieso? Also, da ist … da ist zuerst mal Adams und Beckys Hochzeit. Da müssen wir unbedingt hier sein.«
»Die hab ich ganz vergessen.«
»Jez, wir haben die Einladungen erst letzte Woche bekommen.«
»Okay, wann ist die Hochzeit?«
»Am zwanzigsten September.«
»Gut, so lange warte ich auf dich. Aber sobald die Hochzeit von Adam und Becky vorbei ist, ziehen wir los. Komm schon, Cathy. Es wird toll werden.« Jez reibt sich die Hände. »Und keine weiteren Ausreden mehr … oder meine Mama wird dir das im Leben nicht verzeihen.«
»Sie weiß also alles?«
»Ja, sie hat Verdacht geschöpft, als sie gesehen hat, dass ich eins meiner Hemden wasche. Sie hält dich für ein liebes Mädchen. Wenn du mir noch mal einen Korb gibst, wird meine Mama nie darüber hinwegkommen.« Dann schnappt

er sich ihre Tasse und geht hinüber zum Servierwagen, um neuen Tee einzugießen. Er dreht sich um und stellt fest, dass Cathy ebenfalls aufgestanden ist und neben ihm steht. »Jez, dein Tee ist lausig schlecht«, sagt sie. »Aber abgesehen davon, würde ich gerne mit dir kommen.«

»Wirklich? Fantastisch.« Er steht grinsend vor ihr und reibt sich wie wild die Hände.

Sie neigt sich ihm entgegen und küsst ihn auf den Mund. »Fühlt sich ohne Bart viel besser an«, sagt sie.

Er nimmt ihre Hand. »Cathy, das ist der glücklichste Augenblick im Leben meiner Mutter – und in meinem auch.«

Lauren hat das Gefühl, diesen Abend nicht durchstehen zu können.

Ihre Eltern sind nebenan im Schlafzimmer und machen sich fertig. Sie haben Lauren eingeladen, die gute Nachricht in einem Restaurant zu feiern. Sie schäumen fast über vor Glück. Mit lauter Stimme erzählt ihr Vater einen dummen Witz nach dem andern und platzt jedes Mal schier vor Lachen, lange bevor er die Pointe erreicht hat.

Lauren flüchtet ins Erdgeschoss. Sie möchte nicht, dass ihre Eltern herausfinden, wie sie sich wirklich fühlt. Sie könnten es nicht verstehen. Sie versteht es ja nicht einmal selbst. Es ist so beunruhigend – und verwirrend.

Das Telefon klingelt. Lauren hofft, dass es nicht für sie ist. Sie hat keine Lust mit irgendjemandem zu reden und die *Ja, stimmt ich bin total happy*-Platte aufzulegen. Sie hört ihre Mutter reden: »Hallo Cathy, meine Liebe, du hörst dich so

aufgeregt an. Ja, ich hol sie ans Telefon.« Ausgerechnet Cathy – mit ihr möchte Lauren am allerwenigsten reden.
Statt ans Telefon zu gehen, stürzt sie zur Tür hinaus und rennt, so schnell sie kann, davon. Warum ruft Cathy sie an? Sie hat keine Ahnung, und es ist ihr auch völlig egal.
Es ist nämlich Cathy, die ... Wieso hat sie Lauren vorhin nicht einfach beipflichten können? Es ist doch eindeutig klar, dass Lauren durchgefallen wäre, wenn sie noch immer mit Jason zusammen wäre. Ausgerechnet Cathy, ihre angeblich beste Freundin, muss alles vergiften.
Lauren rennt durch das Wäldchen von Dell. Es ist schon sechs Uhr, aber noch immer brütend heiß. Die Luft fühlt sich schwer an, unangenehm, abgestanden. Direkt vor sich sieht sie den Schuppen. Im Augenblick kommt sie sich vor wie eine einfältige Brieftaube, die in den heimischen Schlag zurückkehrt. Weshalb ist sie einmal mehr hierher zurückgekommen?
Die Zeiten, in denen sich Lauren hier verkrochen hat, wenn sie unglücklich oder durcheinander war, liegen Jahre zurück. Der heutige Tag ist doch ein Tag des Triumphes. Ihr einziges Ziel, gute Abschlussnoten, hat sie doch erreicht. Für ein paar Minuten hat sie auf einer Wolke geschwebt, einen Moment später ist sie jäh abgestürzt. Gleich wird sie losflennen.
Sie dreht am Zahlenschloss und geht hinein. Das letzte Mal ist sie zu Adams und Beckys Verlobungsparty hier gewesen. Dort liegen noch die leeren Weinflaschen. Die Teller, die sie nie zum Spülen mit nach Hause genommen haben, sind auch noch da. Ob seit der Verlobungsparty überhaupt noch mal jemand hier gewesen ist? Sie bezweifelt es.
Ihr Blick bleibt schließlich an dem altbekannten Graffito hän-

gen: *Dies ist der Privatbesitz von Jez, Lauren, Adam, Mark, Cathy und Jason, dem Vulkan!*

Privatbesitz! Wie lächerlich sich das inzwischen anhört. Und doch hat dieser Schuppen einmal ihnen gehört. Vielleicht wird das auch für immer so bleiben. Es wäre ihr sicher nicht recht, wenn ein Fremder hier herumtrampeln, in ihren Sachen stöbern und sich fragen würde, wer sie alle gewesen sein könnten. Nein, das ist unser privates Königreich, und Jason war der König. Von Anfang an hatte er das Ruder geführt. Immer sind sie zu ihm gerannt: »Jason, was soll ich machen … Jason, könntest du vielleicht … Jason …«

Jetzt weiß sie, weshalb sie hier ist. Weil er überall in dieser Hütte steckt, weil jeder Winkel voller Erinnerungen ist. Sie denkt an eines ihrer Treffen, auf dem er verkündet hatte: »Jeder Einzelne von uns ist ganz in Ordnung, aber alle zusammen stellen wir richtig was dar.« Sie erinnert sich auch wieder an die Party. »Hab mir sagen lassen, du seist schön.« Dann hat er blöde gelächelt und hinzugefügt: »Ich kann diese Gerüchte nur bestätigen.« Die ersten Worte, die er überhaupt an sie gerichtet hat. Wie alt sind sie damals gewesen? Elf?

Beinahe vier Jahre hat sie sich danach gedulden müssen, bis sie das erste Mal zusammen ausgingen. Am Tag nach dem Fußballspiel, bei dem er so ungefähr tausend Tore geschossen hatte, ist er zu ihr hergedampft. »Du hast gestern meinen Glückstag miterlebt. Also kann ich mich jetzt wohl trauen, dich einfach zu fragen: Willst du mit mir gehen?« Damals, an jenem Abend, hatte sie das Gefühl, vor Glück sterben zu müssen.

Sie schwelgt in der Vergangenheit. Nichts kann die Flut der

Erinnerungen eindämmen. Sie hat vor Augen, wie er sie aus dem *Swank* trägt. Das ist der Abend gewesen, an dem er sie vor Grant gerettet hat, an dem sie ihre Schuhe verloren hat – sie hat sie nie zurückbekommen.

Sie sieht, wie er in einem Café ein Poster von der Wand klaut, weil es ihr gefällt. Er ist schon verrückt gewesen – aber er hätte alles für sie getan. Wenn sie ihm gesagt hätte, er soll in den Fluss springen, dann wäre er gesprungen.

Und jetzt ist sie wieder hier mit ihm. Es ist jener Abend, an dem er sie vor Grant gerettet hat. Jason sagt, dass er ihr all die Blumen geschickt hat. Dann: »Ich muss mich tausendmal bei dir entschuldigen für das, was ich dir an deinem fünfzehnten Geburtstag angetan habe.«

Ihr fünfzehnter Geburtstag. Wird sie diese Nacht jemals vergessen können? Jason kam mit einem fremden Mädchen im Arm auf ihre Fete. Sie floh von ihrer eigenen Party, rannte davon. Sie kam hierher und setzte sich, und dann …

Sie eilt nach draußen, dreht etliche Steine um. Sie holt sich Kratzer an den Händen, ihr Kleid wird schmutzig. Aber im Augenblick ist ihr das egal, sie merkt es nicht einmal. Wo ist dieses Ding? Sie ist sich sicher, es hier vergraben zu haben. Da, sie hat es gefunden.

Sie zieht das kleine Bündel heraus, reißt die Plastikhülle ab, knotet das rote Bändchen auf und glättet ihre Schriftrolle: **»Wir, die Unterzeichnenden, schwören, zusammenzubleiben, füreinander einzustehen und uns gegenseitig gegen alle Feinde zu helfen.«** Darunter ihre Unterschriften, die folgende immer mit der vorherigen verbunden, um zu dokumentieren, dass man sie niemals auseinander bringen könnte. Und ganz unten noch einmal alle ihre Namen in Großbuchstaben.

Ein Name jedoch fehlt. Da, wo einmal Jasons Name gestanden hat, sind nur noch kleine Löcher. Lauren starrt auf dieses Dokument, ihre Augen füllen sich mit Tränen, als sie sich in Gedanken dabei zusieht, wie sie Jasons Namen Buchstaben für Buchstaben mit ihrem Augenbrauenstift durchlöchert. Wie weit entfernt ihr dieser Augenblick jetzt erscheint. Sie hat das Gefühl, jemandem zuzusehen, den sie kaum kennt.

Damals hat sie Jason geliebt, damals war er ihr Ein und Alles. Der Rest der Welt war ihr gleichgültig. Und jetzt hat sie ihn fallen gelassen. Sie bedeckt ihr Gesicht mit beiden Händen und wiegt ihren Oberkörper hin und her. Armer Jason. Sie hat ihn am Telefon eiskalt abgefertigt. Er hat allerdings einen absolut falschen Zeitpunkt erwischt. Den ersten Prüfungstag. Sie hatte Wochen der Büffelei hinter sich, und er hatte niemals Verständnis gezeigt. Sie musste ihre Abschlüsse aber einfach schaffen. Und jetzt hat sie es wirklich gepackt – und will zurück in die Vergangenheit, in der Jason Mittelpunkt aller ihrer Träume war.

Jason – sie hält es kaum aus, auch nur an ihn zu denken. Es schmerzt so sehr. Sie sackt nach vorne zusammen und lässt ihren Tränen freien Lauf. Was soll sie machen? Zurückkehren, ihn um Verzeihung bitten? Er würde sie noch immer mit offenen Armen aufnehmen. Ja, genau das wird sie tun.

Andererseits – die Trennung war nicht allein ihre Schuld. Jason verlangte zu viel von ihr. **Er ließ ihr keinen Freiraum.**

Was hätte sie denn vom Leben zu erwarten gehabt, wenn sie mit Jason zusammengeblieben wäre? Nichts. Sie wäre auf ewig in Cartford festgesessen. Sie will aber mehr, sie hat mehr verdient. Sie richtet sich wieder auf, wischt ihre Tränen mit dem Ärmel weg. Wenn du mit jemandem Schluss machst, so sagt man, dann hüte dich vor Rückfällen. Genau – es war nur ein kleiner Rückfall.

Sie bückt sich nach der Schriftrolle und spürt einen weiteren schmerzlichen Stich. Er dringt so tief, dass sich ein leiser Schrei aus ihrem Innersten löst. Jason, mein Schatz, ich hab dich so sehr geliebt. **Aber – Träume verändern sich, verstehst du das? Das muss so sein. Sonst würde alles stillstehen, man würde niemals wachsen können.** Und, Jason, du bist so vereinnahmend. Du hast dich so sehr an mich gehängt, dass ich nicht mehr atmen konnte. Du hast mich erstickt. Und selbst wenn du jetzt etwas anderes sagst, du würdest es wieder tun. **Auf Dauer würden wir uns nur gegenseitig zerstören.** Es kann mit uns beiden einfach nicht gut gehen, wenigstens nicht für lange. **Wir müssen einander loslassen.** Glaub nicht, dass ich dich jemals vergessen werde, in meinem Herzen werde ich dich immer bei mir haben – eines Tages werde ich dir einen Brief schreiben und dir das alles erzählen. Nicht sofort. Aber eines Tages. Versprochen.

Sie sollte zurückgehen. Ihre Eltern werden sich fragen, wohin sie verschwunden ist. Inzwischen hat sie auch Hunger. Sie rollt das Papier wieder zusammen. Wird irgendwer es noch einmal ausgraben? Vielleicht erinnern sich die andern längst nicht mehr daran. Nein, Jason hat es sicher nicht vergessen und eines Tages … deshalb sollte sie … ja, wenigstens das könnte sie tun.

Sie steht auf und holt im Schuppen einen von Adams Filzschreibern, die er dort aufbewahrt. JASON, schreibt sie unter ihren eigenen Namen. »Siehst du, Jason«, sagt sie leise, »ich habe dich dem engsten Kreis wieder zurückgegeben.«

Freunde für immer

Becky schreckt aus dem Schlaf. Wie spät ist es? Halb sechs. Zwanzig Minuten später als beim letzten Mal. Wenn nur nicht so viele Gedanken durch ihren Kopf sausen würden. Es sind mehr, als ihr Zimmer fassen kann. Sie muss einfach eine Zeit lang raus. Deshalb schleicht sie nach unten und setzt sich an den großen Esszimmertisch.

Auf diesem Tisch sind die Hochzeitsgeschenke aufgebaut: Glaskaraffen, Vasen, Besteck, Tischlampen, Kochtöpfe, Bettzeug, Küchengeräte und ... Sie hält eins der Weingläser hoch. In sechs Stunden wird dieses Weinglas offiziell ihr gehören. In sechs Stunden wird sie frisch verheiratet sein.

Sie starrt vor sich hin und versucht sich an diesem Gedanken festzuhalten. Aber er entwischt ihr viel zu schnell. Schließlich schleppt sie sich wieder nach oben und döst für weitere zwanzig Minuten ein.

Inzwischen ist es beinahe sieben. Der zwanzigste September, ein Donnerstag, kann offiziell beginnen. Sie ist völlig aufgedreht, und dennoch wünscht sie sich, dass alles schon vorüber wäre. Ob Adam schon wach ist? Von heute Abend an wird sie immer wissen, ob Adam wach ist oder schläft.

Ein Klopfen an der Tür. Ihre Mutter kommt herein. »Wie konnte ich nur ahnen, dass du schon wach bist?«, sagt sie und lacht ihr glockenhaftes Lachen.

Becky lächelt. »Wie lange bist du denn schon auf?«

»Ich hab dich unten gehört.«

»Oh, tut mir Leid.«

»Ach was, ich wäre fast zu dir gekommen. Aber dann hab ich gedacht, dass du vielleicht lieber allein sein willst.« Sie zieht die Vorhänge auf.

»Wie ist das Wetter?«, fragt Becky.

»Ein, zwei ungesund aussehende graue Wolken. Aber der Wetterbericht hat einen sonnigen Vormittag vorausgesagt. Vor dem späten Nachmittag soll es keinen Regen geben. Und um die Zeit befindest du dich schon auf dem Weg nach Paris.«

»Ja, genau, kaum zu glauben«, sagt Becky. Das wird vielleicht ein Tag! Erste Station: elf Uhr dreißig, Standesamt Cartford; dann, um ein Uhr, der Hochzeitsempfang in einem Hotel aus dem sechzehnten Jahrhundert, *The Old Lodge*; und um vier Uhr fliegen sie und Adam für ein verlängertes Wochenende nach Paris – ein Hochzeitsgeschenk ihrer Mutter.

»Übrigens«, sagt ihre Mutter etwas zu beiläufig, »die Post ist schon da gewesen. Eine Karte von deinem Vater ist dabei.«

»Wurde aber auch Zeit.«

»Der Brief ist am Dienstag per Eilsendung abgeschickt worden, er scheint sich wirklich bemüht zu haben«, sagt ihre Mutter. »Es ist ein Scheck dabei.«

»Wie viel?«

»Hundert Pfund.«

»Wir nehmen's, weil wir es gebrauchen können«, sagt Becky. »Ich bin so froh, dass er nicht kommt … Er würde jeden Gast unter die Lupe nehmen und den Mann von Welt spielen. Sag mal, Mama, wie kann eine so wunderbare Frau wie du so einen plumpen Kerl heiraten?«

»Er hatte auch seine guten Momente«, sagt ihre Mutter gelassen.

»Und am Tag der Hochzeit? Hast du da schon irgendwelche Zweifel gehabt?«

Ihre Mutter lacht. »Soweit ich mich erinnere, bin ich am Morgen vor der Hochzeit – einem wunderschönen Frühlingsmorgen – im Garten herumspaziert und habe jede einzelne Blüte, jedes einzelne Blatt betrachtet. Ich hab mich so sehr im Einklang mit dem Universum gefühlt, dass ich alles nur noch durch die Weichzeichnerlinse wahrnahm. Ich bin damals hoffnungslos romantisch gewesen. Ich bereue es auch nicht.« Sie setzt sich auf Beckys Bettkante. »Außerdem glaube ich, dass wir uns zu Menschen hingezogen fühlen, von denen wir etwas lernen können. Nein, es tut mir nicht Leid«, sagt sie noch mal. »Deine Oma hatte sehr starke Bedenken wegen meiner Hochzeit. Ich hab gesehen, wie sie ihre Gefühle runtergeschluckt hat. Sie wollte nämlich nicht diese Art Mutter sein. Mir geht's übrigens genauso.«

»Aber Mama, du hast doch jetzt wegen Adam und mir keine Bedenken mehr?« Beckys Stimme geht in die Höhe. »Dass du mal ziemlich unglücklich wegen uns gewesen bist, weiß ich ja.«

»Nicht direkt unglücklich. Ich hab nur gedacht, dass du im

Grunde dein ganzes Leben noch vor dir hast, dass du noch so viele Möglichkeiten hast. Ich wollte nicht, dass du dir alles verbaust.«

»Und jetzt?« fragt Becky.

»Wie heißt das Sprichwort? Alles Schöne ist vergänglich. Das stimmt auch. **Heiraten ist das größte Glücksspiel der Welt.** Ich hab Adam sehr gern. Aber ich geb gerne zu, dass meine Meinung im Augenblick nicht die geringste Rolle spielt. Sobald du verheiratet bist, werde ich mich so weit von dir und Adam zurückziehen, dass du das Gefühl haben wirst, mir sei das alles egal. Natürlich wird das nicht stimmen. Aber wenn ich euch dauernd dreinreden würde, hättet ihr keine Chance, euch richtig zusammenzuraufen. Bevor ich mich allerdings zurückziehe, erlasse ich noch eine letzte Verordnung: Ich bestehe darauf, dass du jetzt anständig frühstückst, einverstanden? Wir haben noch so viel Zeit.« Der letzte Satz, findet Becky, hat etwas seltsam Tröstliches.

Sie nimmt mit ihrer Mutter ein wunderschönes, gemütliches Frühstück ein. Mit Tee und Toast und allem drum und dran. Becky hat das Gefühl, es sei ein ganz normaler Sonntag und nicht ihr Hochzeitsmorgen. Sie legt sich zur Entspannung noch in die Badewanne, und anschließend bringt ihre Mutter sie zum Frisör. Cathy und Lauren schauen kurz rein, um Hallo zu sagen, dann fährt ihre Mutter sie wieder nach Hause. Während Beckys Mutter die Großmutter vom Bahnhof abholt, öffnet Becky ihren Kleiderschrank und betrachtet das cremefarbene Kostüm mit den

blauen, cremefarben gesprenkelten Knöpfen. Sie hat es mit ihrer Mutter, Lauren und Cathy in einer Vorort-Boutique gekauft. Damals ist sie total aus dem Häuschen gewesen vor Freude. Und jetzt? Jetzt hat sie fast Angst davor.
Sie schließt die Schranktür. Inzwischen hat sie doch nicht mehr so viel Zeit. In einer halben Stunde wird der Wagen sie abholen. Dann gibt es kein Zurück mehr.
Es kommt ihr vor, als wüchsen zwischen ihr und allen andern unsichtbare Mauern. Sogar zwischen ihrer Mutter und ihr. Eigentlich ist sie noch nicht bereit. Es geht ihr viel zu schnell. Ja, es gab eine Zeit, da hat ihr dieses Tempo gefallen. Aber das ist vorbei. Es macht ihr Angst. Mit dieser Angst kann sie sich doch nicht trauen lassen.
Warum heiratet sie überhaupt? Was hat sie denn davon? Sie zieht nicht mal richtig um, nur in ein anderes Zimmer bei ihrer Mutter. Sie wird weiterhin den langweiligen Job im Pizza-Paradies haben. Das Aufregendste in ihrem Leben werden die Abendkurse am College sein! Toll.
Was hat sie sonst von der Zukunft zu erwarten? Noch mehr Probleme? Klar, wie könnte es anders sein? Es ging ja schon mit Problemen los. Heimliche Treffs, Mark musste ihren Freund spielen, Adams Eltern wollten sie auseinander bringen – es ist noch nicht einmal sicher, ob sie zur Hochzeit kommen werden. Dann sparten sie monatelang für Thomas. Thomas! Sie erstickt einen Schrei. Sie hört ihre Mutter und ihre Großmutter. Ihre Großmutter ruft etwas zu ihr hoch. Dann fragt ihre Mutter: »Kommst du klar? Soll ich dir helfen?«

»Nein, alles in Ordnung«, sagt Becky. »Ich komme gleich runter.« Wie in Trance schlüpft sie in ihr cremefarbenes

Kostüm. Es hat viel Geld gekostet, also wird sie es auch anziehen. Aber – Kleid hin oder her – kann sie denn wirklich heiraten? Sie betrachtet sich im Spiegel. Wie sieht sie aus? Schwer zu sagen, vor lauter Zittern kann sie kaum etwas erkennen.

Um ihre Hände ruhig zu stellen, stopft sie sie tief in die Jackentaschen des Kostüms. In der rechten ertastet sie einen Umschlag. Sie zieht ihn heraus. »BECKY« steht in großen Buchstaben darauf. »NICHT VOR DEM HOCHZEITSTAG ÖFFNEN.«

Sie reißt den Umschlag auf und zieht einen Bogen Papier heraus:

Für Becky:
Mein Boot bringt dich in Sicherheit,
Ich lieb dich immer mehr,
Steig ein.
Vertraust du mir,
Steig ein.
Der Wind trägt uns davon,
Nur unsre Liebe zählt.
Und niemals lass ich dich
Allein.
Adam.

Unzählige Male liest sie das Gedicht. Selbst als sie es schon wieder in die Tasche gesteckt hat, tanzen ihr die Worte noch im Kopf herum. Sie hat sich damals sehr gewundert, dass Adam das Kostüm unbedingt sehen wollte. »Ich muss es inspizieren«, hat er gesagt. Bei dieser Gelegenheit muss er

das Gedicht in ihre Tasche gesteckt haben. Als ob er geahnt hätte, dass sie ihn heute Morgen braucht.
Sie schlüpft in die cremefarbenen Lederhandschuhe. Adam, ich hab Angst bekommen. Ich hab immer noch Angst. Aber du bist der Richtige für mich. **Jetzt bin ich ganz sicher.** Eigentlich hab ich es immer gewusst. Und ich lass dich auch niemals allein.
Sie geht zum Fenster und sieht hinaus. Unfassbar, wie schön und strahlend die Welt ist. Sie hört ihre Mutter noch einmal rufen. »Ich bin fertig!«, ruft sie zurück.

Adam liegt in der Badewanne und versucht sich zu entspannen. Die Tür fliegt auf, Mark platzt herein, eine Videokamera vor dem Auge.
»Los, Adam, lächeln«, sagt Mark.
»Raus hier«, schreit Adam. Er greift nach der Seife, holt aus und wirft sie in Richtung Kamera.
»Das war großartig«, sagt Mark. »Ein enthüllender Schnappschuss und eine ausgezeichnete Anfangsszene. Vielen Dank und tschüss.«
»Mark!«, ruft Adam ihm nach. »Du bist wohl lebensmüde!«
Mark geht lachend die Treppe hinunter. »Ich schick das Band an *Verstehen Sie Spaß*. Jede Wette, dass sie es senden«, ruft er zurück und lacht weiter. »Ich geh jetzt die Nelken holen.«
Eine Stunde später steckt er vorsichtig eine rote Nelke an Adams Anzug. Er

wirft einen Blick auf Adams gemusterte Krawatte und schüttelt den Kopf. »Ist ja schon gut«, sagt Adam. »Ich weiß, dass ich keinen anständigen Krawattenknoten binden kann. Ich hasse Krawatten.«

»Lass mal den Fachmann ran«, sagt Mark. »Du willst doch sicher 'nen schöneren Knoten haben als den hier.«

»Das Ganze erinnert mich an meinen ersten Abend mit Becky«, sagt Adam. »Du hast mich damals quasi angezogen. Den Tisch hast du auch reserviert. Sogar Pfefferminzbonbons hast du mir zugesteckt, damit ich für nachher frischen Atem habe … Und ich hab nach Aftershave gestunken wie nur was. Ohne dich hätte ich diesen Abend niemals durchgestanden, weißt du das?«

Mark ist verlegen, aber auch sehr geschmeichelt. »Ist hoffentlich nicht zu fest«, sagt er dann.

»Nein, ist gut. Ich versteh nur grundsätzlich nicht den Sinn und Zweck von Krawatten. Ging mir schon in der Schule so. Hab mich immer gefragt, was so schlimm daran war, keine umzuhaben. Wie viel Zeit ist denn noch, Mark?«

»Ach, genug«, sagt Mark.

Adam starrt aus dem Fenster. »Das mit Sheffield ist gut, was?«

»Ja, erst hab ich ja gedacht, ich würde an gar keiner Uni angenommen. Aber in Sheffield – ganz offensichtlich sitzen da Leute mit Scharfsinn – sagen sie einfach: ›Lieber Mark, du willst bei uns Englisch belegen? Selbstverständlich bist du herzlichst willkommen.‹«

»Du wirkst in letzter Zeit recht zufrieden«, sagt Adam.

»Bin's wohl auch. Hab das Gefühl, mein Leben kommt langsam in die richtigen Bahnen. Ich gehe nach Sheffield, wo mich keiner kennt. Genau das finde ich großartig. Ich werde anders sein, als ich bisher gewesen bin. Ich werde nicht mehr so auf die Leute losstürzen. Ich werde zurückhaltender sein und ruhiger … Wenn man's genau nimmt, ein bisschen wie du. Unauffällig und gleichzeitig interessant. Und – bei aller Bescheidenheit – die Mädchen werden verrückt nach mir sein.«

Es klingelt an der Haustür, drei wohl bekannte Stimmen reden auf Marks Mutter ein, dann stürmen Lauren, Cathy und Jez nach oben. Lauren taucht als Erste in Marks Zimmer auf. »Sehen die zwei nicht zum Anbeißen aus in ihren Anzügen?«

»Männer sehen in Anzügen immer besser aus«, sagt Cathy.

»Schätze, dieser Wink mit dem Zaunpfahl gilt mir«, sagt Jez, der ein graues Jackett, ein weißes Hemd und eine schwarze Hose trägt. »Sei nicht beleidigt, Adam, aber es macht wirklich keinen Sinn, nur für dieses eine Mal neue Klamotten zu kaufen.«

»Ich hab's gemacht«, sagt Lauren, die ein atemberaubendes pinkfarbenes Kostüm trägt.

»Also, Lauren, dreh dich im Kreis und lass sehen«, sagt Mark. »Du auch Cathy.« Cathy trägt ein taubenblaues Seidenkostüm.

»Ich finde, ihr könnt euch sehen lassen«, sagt Mark.

»Wir haben Becky schon beim Frisör getroffen«, sagt Lauren und lässt sich rückwärts auf Marks Bett fallen.

»Wie geht's ihr?«, fragt Adam sofort.

»Ganz gut«, sagt Cathy. »Ihre Frisur ist wunderschön.«

»Kommt drauf an, vielleicht mag Adam ja keine Skinglatzen«, sagt Jez.

»Hör nicht hin«, sagt Cathy. »Ich versteh immer noch nicht, dass ich heute Nachmittag mit dem da wegfahre.« Sie richtet sich an Mark: »Hast du Jason schon gesehen?«
»Nein, gestern hab ich im Sportgeschäft vorbeigeschaut, und da haben sie mir gesagt, er sei krank.«
»Das haben sie mir auch erzählt«, sagt Cathy. »Aber ich bin bei ihm zu Hause gewesen. Seine Mutter hat keine Ahnung, wo er steckt. Sie meinte, sie wüsste nicht, wo er sich in den letzten Tagen herumtreibt ... Meint ihr, er kommt?«
»So was lässt er sich nicht entgehen«, sagt Jez.
»Sicher kommt er«, sagt Mark. »Jason lässt niemanden hängen.«
Lauren wechselt das Thema. »Mark, weißt du, dass ich zum allerersten Mal in deinem Zimmer bin? Ganz schön groß. Ich bin überrascht.« Sie kichert. »Ich weiß auch nicht, was mit mir los ist. Ich bin total nervös. Obwohl ich selber ja gar nicht heirate. Wie fühlst du dich, Adam?«
Er grinst. »Ich hab Schweißausbrüche.«
»Armer, armer, Adam«, gurrt Lauren.
»Kannst immer noch abhauen, Kumpel«, sagt Jez. »Noch ist es nicht zu spät.« Cathy und Lauren funkeln ihn an. »War doch nur 'n Witz.«
Marks Mutter kommt herein. »Ihr seht ja alle so gut aus.« Sie wendet sich an Cathy und Jez. »Und ihr beide brecht heute Nachmittag nach Italien auf, hab ich gehört?«
»Ja, richtig«, sagt Cathy.
»Für wie lange denn?«, fragt Mrs Appleton.
»Wir wollen bis Weihnachten bleiben«, sagt Cathy.
»Vielleicht auch länger«, meint Jez.
»Ich fahr morgen auch weg«, sagt Lauren. »Ich hab in Bir-

mingham mit drei Mädchen zusammen ein Haus gemietet und bring schon mal Sachen hoch.«

»Das kann ja ganz schön haarig werden«, sagt Jez, »wenn du alles mit drei anderen teilen musst.«

»Was soll das heißen?«, fragt Lauren. »Willst du mich ärgern?«

»Ja«, sagt Jez und lacht. »Ach was, nein, ich will dich nur ein bisschen aufziehen. Ist bestimmt total unfair von mir. Sicher kann man prima mit dir zusammenwohnen.« Er lacht weiter, und die andern stimmen ein.

»Wenn die Hochzeit vorbei ist«, sagt Lauren halb lachend, halb beleidigt, »werde ich mit keinem von euch mehr ein Wort reden.«

»Versprochen?«, fragt Jez.

»Ich glaube, wir sollten jetzt los«, sagt Marks Mutter. Augenblicklich hören alle auf zu lachen, doch dann sagt Mark: »In Ordnung, Mama, wir warten nur noch auf dich.«

»Aber ich bin doch längst …«, fängt sie an. Dann sieht sie, dass ihr Sohn ihr vergnügt ins Gesicht grinst. »Was macht man mit einem Sohn wie meinem?«

»Sie liebt mich wirklich«, sagt Mark.

Alle drängen zur Haustür. »Es macht Ihnen doch nichts aus, Mrs Appleton«, sagt Adam, »wenn ich mein Zeug erst mal hier lasse?« Adam fühlt einen Stich, als er das sagt. Gestern hat er seine Sachen gepackt und ist von zu Hause ausgezogen. Das war viel schlimmer als erwartet. Obwohl es überhaupt keine peinlichen Szenen gegeben hat. Im Gegenteil, seine Eltern haben überhaupt nichts gesagt. Und trotzdem – als er seine Koffer in Cathys Auto geladen hat, kam er sich vor, als ließe er seine Familie im Stich, als würde er sie für immer verlassen. Deswegen hat er sein Motorrad zurückgelassen. Als eine Art Pfand, als Zeichen, dass er noch mal wiederkommt. Er ist eine solche Enttäuschung gewesen für seine Eltern. Er kann verstehen, dass sie keine Lust haben, zu seiner Hochzeit zu kommen.

Er hat seine Koffer bei Becky deponiert und die Hochzeitssachen zu Mark gebracht. Dabei kam er sich vor wie ein Flüchtling – er lebt bei fremden Leuten, ist auf deren Großzügigkeit angewiesen. Alle sind ausgesprochen nett zu ihm. Auch Marks Mutter sagt ihm jetzt wieder, dass er seine Sachen hier lassen kann, so lange er möchte. Er ist dankbar, kommt aber nicht damit klar, dankbar sein zu müssen.

Auf dem Weg nach draußen sagt Lauren: »Vor dem Standesamt gibt's keine Parkplätze. Wenn wir Pech haben, müssen wir ewig laufen.« Es kommt, wie Lauren vermutet hat. Sie müssen den Weg vom Parkhaus in Cartfords Stadtkern bis in eine der tristen Seitenstraße zu Fuß zurücklegen. Das graue Gemäuer des Standesamtes unterscheidet sich in nichts von den umliegenden Gebäuden.

»Ganz schön schäbig«, sagt Adam und zeigt auf das *Geöffnet*-Schild, das im Fenster der Eingangstür zum Standesamt baumelt.

»Sieht aus wie bei meinem Zahnarzt«, sagt Jez.

»Ich fühl mich hier richtig fehl am Platz – meine Klamotten sind total übertrieben«, sagt Lauren. Passanten, die ihre Einkaufstüten schleppen, gaffen sie neugierig an. »Ja, nur zu«, murmelt Lauren, »glotzt uns ruhig an.«

Pünktlich auf die Minute biegt ein weißer Rolls Royce majestätisch in die Straße ein. Beckys Mutter steigt aus, dann Beckys Großmutter, die einen erstaunlich eleganten und jungen Eindruck macht, und schließlich Becky in ihrem cremefarbenen Kleid und mit einem Riesenstrauß roter Rosen im Arm.

»Hubba, hubba«, sagt Mark leise zu Adam.

»Was?«

»Erinnerst du dich nicht mehr? Der Film mit *Steve Martin*? Immer wenn er eine hübsche Frau gesehen hat, machte er …«

»Ja, stimmt«, unterbricht ihn Adam. »Jetzt fällt's mir wieder ein.« Noch einmal sieht er Becky bewundernd an. »Sie ist echt hubba, hubba. Tausendmal.« Sie kommt ihm vor wie eine Traumgestalt, er wird ganz verlegen. Er lässt Lauren, Cathy, Jez und Mark vorgehen und Becky begrüßen. Er selbst wechselt erst ein paar Worte mit Beckys Mutter, die ihm die Großmutter vorstellt. Doch dann ist der Moment gekommen. »Hallo, Adam«, sagt sie sanft. **Er hat das Gefühl, sie seit Tagen, ach was, seit Wochen nicht mehr gesehen zu haben.**

»Ich hab dein Gedicht gefunden«, sagt sie. »Ich hab's zigmal gelesen.« Bevor sie noch etwas sagen kann, richtet Mark seine Videokamera auf die beiden. Beckys Mutter schlägt vor, endlich hineinzugehen.

Sie drängen sich in den Vorraum, dessen Wände in einem scheußlichen Gelb gestrichen sind. In der Ecke steht eine abgestorbene Topfpflanze. Weitere Gäste treffen ein. Eine eierköpfige Tante und ein ebensolcher Onkel von Becky, Laurens Eltern (ihr Vater schüttelt allen Anwesenden heftig die Hand) und noch zwei Leute, die verlegen und unentschlossen im Türbogen stehen bleiben. Adam eilt sofort zu ihnen hin.

»Sieh mal, da sind Adams Mutter und sein Bruder«, sagt Jez zu Cathy.
»Was bin ich froh, dass sie gekommen sind«, antwortet Cathy.
Jez sieht sie eindringlich an. »Geht's dir gut? Du siehst blass aus.«
»Doch, danke. Ich mach mir nur Sorgen wegen Jason.«
»Er kommt schon«, sagt Jez. Dann nickt er mit dem Kopf zu einem ergrauten Typen hinüber, der um Becky herumschwänzelt. »Kennst du den Alten da drüben, der sich bewegt wie ein Roboter?«
»Sch«, macht Cathy kichernd. »Wahrscheinlich irgendein Verwandter von Becky.« Es handelt sich aber um den Amtsdiener, der auf der Suche nach Adam und Becky ist. Er bittet sie in einen Raum und schließt die Tür. Ein paar Minuten später geht sie wieder auf, und alle Übrigen drängen ebenfalls hinein. Es ist eine Art Konferenzzimmer, in dem vier Reihen Stühle mit roten Lehnen stehen. Adam und Becky sitzen in der vordersten Reihe. Nervös lächeln sie den Hereinkommenden entgegen. Beckys Mutter, ihre Großmutter und Mark setzen sich nach vorne zu ihnen. Adam signalisiert seiner Mutter und Ruben, dass sie auch nach vorne kommen sollen. Seine Mutter allerdings, der man ihr Unbehagen vom Gesicht ablesen kann, sagt leise zu Ruben: »Lass uns hier sitzen.« Die beiden nehmen ganz allein in der letzten Reihe Platz.
Cathy hat den Stuhl neben sich für Jason reserviert. Als die Tür noch einmal aufgeht, dreht sie sich hastig um und gibt ihm Zeichen. Sie hatte die Hoffnung, dass er noch kommt, schon beinahe aufgegeben. Jason trägt einen Anzug und ein

blaues Hemd, aber keine Krawatte. Er zwinkert Adam, Becky und Mark zu, dann schlendert er zu Cathy.
»Wo hast du gesteckt? Ich wollte mit dir reden«, sagt sie.
»Tut mir Leid, war beschäftigt.« Er strahlt sie an.
Jez beugt sich zu ihm hin. »Wir haben uns langsam Sorgen gemacht, Kumpel.«
Jason schmunzelt vor sich hin. Lauren, die neben Jez sitzt, sieht herüber: »Hallo, Jason, wie geht's?«
»Mir geht's gut.« Sein Tonfall ist alles andere als freundlich. Sofort lehnt sich Lauren wieder zurück.
Jason tippt Cathy auf die Hand. »Du siehst hübsch aus.« Sie wird rot vor Freude und sieht Jason ins Gesicht. Er hat sich richtig herausgeputzt und sieht blendend aus. Nur seine Augen, seine sonst so funkelnden Augen, sind heute erschreckend leer. Wo ist das gewohnte Blitzen? Sie sind trübe, wirken müde. Irgendwas stimmt nicht mit Jason, ganz und gar nicht.
Jez knufft Cathy. »Ich glaube, jetzt fangen sie mit dem Geschäftlichen an.« Er zeigt auf eine große, stattliche Frau, die aussieht wie eine freundliche Schuldirektorin. Adam und Becky erheben sich und stellen sich links und rechts neben der Frau auf, die sich ihnen als die Standesbeamtin vorstellt.
»Ich freue mich«, beginnt sie, »Sie alle zu Beckys und Adams Hochzeit willkommen zu heißen …« Am Ende reicht sie Becky die Heiratsurkunde. »Ich habe die Ehre, Sie als Erste Mrs Rosen nennen zu dürfen«, sagt sie. Bevor Becky etwas erwidern kann, blickt die Standesbeamtin auf ihre Uhr. Als hätte sie es eilig, das nächste Paar abzufertigen.

Aber Becky lässt sich durch nichts und niemanden diesen Tag verderben. Alle strömen nach draußen. Sie und Adam werden mit Konfetti beworfen. Sie stellen sich für Mark vor dem weißen Rolls Royce in Pose, und überall um sie herum flammen Blitzlichter auf. »Ich fühl mich, als hätte ich ganz allein das Endspiel im Europacup gewonnen«, sagt Adam. Dann werden noch etliche Fotos von Becky gemacht, die stolz ihren Ehering präsentiert. Es ist ein goldener mit kleinen Diamanten.

Als der Chauffeur die Tür für das Brautpaar öffnet, lösen sich Ruben und seine Mutter aus der Menge und gehen zu Adam.

»Zum Empfang werden wir euch nicht begleiten. Aber hier wollten wir doch dabei sein«, sagt sie.

»Danke, Mama, dass du gekommen bist. Dir auch vielen Dank, Ruben.«

»Dein Vater«, sagt seine Mutter, »dein Vater denkt am heutigen Tag auch an dich.«

Beckys Mutter kommt zu ihnen herüber. »Haben die beiden das nicht gut gemacht?«, sagt sie.

»Doch«, sagt Adams Mutter. »Sie haben beide laut und deutlich gesprochen, und …« Ihre Stimme ist etwas zittrig. »Sie sehen so erwachsen aus.«

Sie legt einen Arm um Adams Schulter. »Pass auf Becky auf, ja? Und du, Becky, kümmere dich um ihn. Er ist ein wirklich guter Junge. Wir wollen euch nicht länger aufhalten. Kommst du, Ruben?«

Adam sieht ihnen nach. Becky drückt seine Hand und flüstert: »Alles in Ordnung?« Adam lächelt. Ein Lächeln, das sich über sein ganzes Gesicht ausbreitet. **Dies ist der eindeutige Höhepunkt seines Lebens – eine Zukunft ohne Becky kann er sich nicht mehr vorstellen.**

»Und schließlich wollen wir euch allen danken, dass ihr gekommen seid und diesen Tag mit uns teilt.« Adam, der sichtbar ins Schwitzen geraten ist, setzt sich wieder hin, die Gäste applaudieren. Becky und Adam wollten beide lieber eine runde Tafel. An einem runden Tisch muss man sich weniger Gedanken über die Sitzordnung machen. Da gibt es keine guten oder schlechten Plätze. Adam findet, dass das Essen großartig gelaufen ist. Die Stimmung ist so ausgelassen, dass selbst seine absolut lächerliche *Danke schön*-Rede beklatscht wird. Er ist erleichtert, dass er das endlich hinter sich hat.

Die Bedienung fragt, wer noch Kaffee möchte. Mark steht auf. »Meine Damen und Herren – ich glaube mit dieser Anrede allen gerecht zu werden –«, lächelnd zeigt er seine Grübchen. »Bevor Adam und Becky in die Flitterwochen fahren, möchte ich mit allen zusammen noch einmal mein Glas auf sie erheben und ihnen jede Menge Freude und Glück wünschen. Auf Adam und Becky!« Bis auf die beiden stehen alle auf, und Marks Worte hallen im Raum nach.

Dann sagt Mark: »Ich möchte auf noch etwas anstoßen, auf etwas Ungewöhnliches. Wenn man berühmt ist wie ich«, er grinst einmal mehr in der Runde herum, »lernt man viele Leute kennen. Es gibt Bekannte, mit denen man herumalbert, Bekannte, mit denen man Konzerte besucht – aber richtige Freunde sind was anderes, etwas ganz Besonderes. Und es ist ausgesprochen selten, dass jemand sechs echte, gute Freunde hat. Ich allerdings habe sechs, und sie sind alle hier. Allerdings wird es für lange Zeit das letzte Mal sein, dass wir zusammen sind. Cathy und Jez da drüben gehen nach Italien. Lauren fährt morgen ab nach Birmingham, und ich selbst mache mich nächste Woche auf nach Sheffield. Und eben erzählt mir mein lieber Freund Jason, dass er uns auch verlassen will. So lange haben wir alle nur ein paar Straßen voneinander entfernt gewohnt, und jetzt wird auf einmal alles anders. Ich bitte euch sechs, ein allerletztes Mal aufzustehen: Auf Cathy, Jez, Lauren, Adam, Becky und auf Jason, der unser Anführer war und immer auf uns aufgepasst hat … Also los, erhebt euch, geniert euch nicht.« Plötzlich stehen sie alle sieben und lächeln verlegen. Mark erhebt die Stimme: »Auf uns – FREUNDE FÜR IMMER!«

Er beugt sich vor, stößt mit Adam und Becky an, dann eilt er um den Tisch und lässt die Gläser mit Jason, Cathy, Lauren und Jez erklingen. Jedes Mal wiederholt er: »Freunde für immer!« Schließlich stehen alle sieben zusammen und stoßen ausgelassen aufeinander an.

Cathy wendet sich an Jason. »Freunde für immer«, flüstert sie. »Freunde für immer«, erwidert er ernst. Sie beobachtet, wie er mit Jez anstößt. Neben Jez steht Lauren. Wird er an ihr vorübergehen? Nein, er ignoriert sie nicht. Ohne einander anzusehen, murmeln beide: »Freunde für immer.«

Endlich sitzen wieder alle. »Was für ein Schauspiel«, verkündet Laurens Vater. Ein Kellner gibt Adam und Becky Bescheid, dass ihr Wagen auf sie wartet, um sie zum Flughafen zu bringen. Eilig verabschieden sie sich. Zu ihrer Mutter und zu Mark geht Becky als Letzte. Mark gibt ihr einen Kuss und flüstert: »Was ist mit den Blumen? Soll ich Thomas welche bringen?« Becky kann gar nicht antworten. Sie drückt ihn so fest sie nur kann. Unter tumultartigem Jubel und Beifall eilen sie und Adam schließlich davon.

»Wir sollten auch bald los«, sagt Jez.

»Wir haben noch jede Menge Zeit«, sagt Cathy.

»Eigentlich nicht«, antwortet er. »Wir müssen bei dir zu Hause vorbei, unsere Sachen holen, ein Taxi nach London bestellen, die U-Bahn zum Flughafen erwischen, unsere Flugtickets abholen …«

»Ist schon gut«, unterbricht ihn Cathy. Jez, der normalerweise immer trödelt, wirkt hektisch und nervös. »Gib mir noch ein paar Minuten, ja?« Sie sieht, wie sich Jason händeschüttelnd von Mark verabschiedet. Schnell geht sie zu ihm hinüber. »Du willst doch nicht schon gehen?«, fragt sie.

»Doch, ich muss los.«

»Und, wohin geht die Reise?«

»In ferne Welten, Cathy. Lichtjahre weit weg.«

»Ach komm schon, was hast du vor?«

Aber er starrt ihr nur ausdruckslos ins Gesicht. Seine Augen sind die eines alten, schwachen Mannes. Was ist los? Sie will es wissen. So kann sie ihn nicht gehen lassen.

»Jason, irgendwas stimmt doch nicht mit dir.«

Er zögert, sieht sie an, als ob er ihr gleich alles erzählen wollte. Doch dann sagt er nur: »Ich freu mich wirklich, dass du mit Jez nach Venedig gehst. Du hast Glück verdient. Zentnerweise. Ach was, noch mehr.« Er küsst sie. »Pass auf dich auf«, sagt er und geht.

»Jason, Moment«, ruft sie ihm nach. »Du hast mir nicht gesagt, wo du hingehst. An welche Adresse soll ich meine Briefe schicken?«

Er zwinkert ihr zu. »Sei einfach glücklich.«

»Jason, soll ich sie zu dir nach Hause schicken?« Er antwortet nicht. Was ist hier los? Das hat alles irgendwie mit Lauren zu tun.

Plötzlich steht Lauren gestikulierend vor ihr. »Jez sagt, dass ihr jeden Augenblick aufbrecht.« Sie scheint völlig außer Atem.

»Ja, stimmt.«

»Dann müssen wir unbedingt miteinander reden«, sagt Lauren und zieht sie hinter sich her.

»Wo gehen wir hin?«

»Du stellst Fragen«, sagt Lauren.

Natürlich weiß Cathy, wo sie hingehen. Wie oft hat Lauren ihr zugeflüstert: »Ich muss mit dir reden, ganz dringend«, und sie dann auf die Damentoilette geschleppt. Wie viele streng vertrauliche Gespräche haben sie dort geführt?

Erfreulicherweise sind die Toiletten leer. Lauren sieht sich um. »Da werden Erinnerungen wach, was?«

»Ja, sicher. Nicht nur gute.«

»Weiß ich ja.« Lauren seufzt theatralisch. »Jedenfalls hast du mir immer gut zugehört und mir die besten Ratschläge gegeben. Deswegen wollte ich mich wenigstens entsprechend von dir verabschieden …«

»Lauren«, sagt Cathy. »Kann ich erst mal was sagen?« Sie weiß genau, dass sie damit das einzige Thema anschneidet, über das Lauren nicht sprechen will. Aber sie muss es loswerden. »Ich mach mir große Sorgen um Jason.« Lauren versteinert augenblicklich. »Ich habe das Gefühl, dass er fürchterlich unglücklich ist und …«

»Was soll ich denn tun? Es ist vorbei.«

»Nein, ist es nicht«, sagt Cathy sanft.

»Cathy, ich weiß es schließlich am besten.«

»Für ihn ist es noch nicht vorüber«, widerspricht Cathy. »Und du – du vermisst ihn auch.«

»Ich glaub nicht, dass ich Männer je vermissen könnte«, sagt Lauren schnell.

»Aber er spricht davon wegzugehen«, sagt Cathy. »Und er sagt niemandem, wohin.«

»Das liegt wahrscheinlich daran, dass er gar nicht wirklich fortgeht«, sagt Lauren. »Weil wir alle weggehen, muss er eben so tun, als ob er auch wegginge. Er lebt in einer Traumwelt. Er hält sich immer noch für einen draufgängerischen einsamen Westernhelden, der bei Sonnenuntergang auf seinem schwarzen Pferd in die Stadt reitet und zur Morgendämmerung wieder hinaus … Jason kann Traum und Wirklichkeit nicht auseinander halten, Cathy. Im Übrigen ist er der unsicherste Mensch, der mir jemals begegnet ist.« Sie zögert. »Trotzdem kann er der netteste Kerl von der ganzen Welt sein. Und er nutzt einen nicht aus, wie die meisten andern Männer. Das muss man ihm lassen. Er hat auch seine guten Seiten.« Sie seufzt. »Ich weiß, dass du mich, was Jason angeht, für eine herzlose Zicke hältst. Natürlich habe ich noch Gefühle für ihn. Und ich hoffe, dass wir eines Tages wirklich Freunde sein können. Im Moment reden wir nicht einmal miteinander. Er hat mich einfach stehen lassen, als ich vorhin hallo zu ihm gesagt habe. Das ist doch kindisch. Aber egal – Jason braucht jemanden. Nur nicht ausgerechnet mich.« Während Lauren weiterredet, fühlt Cathy plötzlich große Hoffnung in sich aufsteigen. »Es würde Jason sicher nicht helfen, wenn ich so tun würde, als ob … Er wird eine andere finden. Man kann ja nicht gerade behaupten, dass er hässlich ist.«

»Nein«, stimmt Cathy ihr zu. »Hässlich ist er nicht.« Beide lächeln.

»Begreifst du jetzt, wie ich zu Jason stehe?«, fragt Lauren.

»Ja«, sagt Cathy langsam. »Ich glaube schon.«

»Es ist mir schon so vorgekommen, als würde die Geschichte zwischen Jason und mir einen Keil zwischen uns treiben. Manchmal hast du mich angesehen, als würdest du mich hassen.«

»Das ist nicht wahr«, protestiert Cathy.

»Doch, es ist wahr. Es hat mich geärgert. Meine beste Freundin …«

Sie werden von Jez unterbrochen, der an die Tür klopft. »Cathy, bist du da drin?«

»Ja, ist sie«, ruft Lauren. »Sei nicht so ungeduldig. Du hast sie in den nächsten vier Monaten ganz für dich allein.« Sie richtet sich wieder an Cathy. »Ich wünschte, du würdest mit mir nach Birmingham kommen«, sagt sie sanft. »Du schickst mir doch hoffentlich haufenweise verrückte Ansichtskarten?« Lauren sieht plötzlich aus wie eine Sechsjährige. Dieser Lauren gehört Cathys Herz.

»Wir werden immer Freundinnen bleiben«, sagt Cathy. »Noch mit neunzig werd ich dich anrufen und fragen, ob du mit in den Pub einen trinken kommst. Jede Wette.«

»Und ich werde noch immer stundenlang vorm Spiegel stehen, bevor ich aus dem Haus gehe …« Sie lachen und umarmen sich fest. Dann haken sie einander unter, wie sie es immer gemacht haben, und gehen hinaus auf den Flur.

»Wird aber auch Zeit«, sagt Jez. Er wendet sich an Mark: »Die haben wieder Ewigkeiten auf dem Damenklo rumgetratscht.«

»Willst du etwa auch schon gehen, Lauren?«, fragt Mark. »Schließlich sind deine Eltern und meine Mutter noch hier.«

»Nein, ich bleib dir erhalten.«
»Das ist schön«, sagt Mark. »Die andern hauen nämlich alle schon ab. Jason ist auch schon weg.«
»Jason ist schon weg«, wiederholt Cathy.
»Ja, aber ich glaube, erst mal nur nach Hause«, sagt Mark. »Ich glaub nicht, dass er schon ganz auf dem Sprung ist. Ich hab nämlich vorhin mitgekriegt, **dass er sich Adams Motorrad ausleihen will.** Ich werde heute Abend noch mal bei ihm reinschauen und mit ihm reden und …«
Cathy nimmt Mark nicht mehr wahr. Stattdessen hört sie tief in sich drinnen das Echo von Jasons Worten: »**Dieser Typ stürzt sich mit seinem Motorrad die Klippe hinunter … Genau das werd ich auch machen.** Der Steinbruch von Crompton … Der tut's auch.« Ihr wird eiskalt.
Ach was, nun mal langsam. Nur, weil Jason sich Adams Motorrad leiht … so ein Blödsinn, richtig melodramatisch. Sie erinnert sich daran, wie er heute gewesen ist. Seine traurigen, leblosen Augen. Und dann wollte er nicht sagen, wo er hingehen würde. Lichtjahre weit weg. Sie fröstelt.
Es bleibt keine Zeit, noch weiter nachzudenken, weil sie zum Gehen gedrängt wird. Weitere lautstarke Verabschiedungen lenken sie ab. Schon sind sie vor der Tür, und Jez sagt: »Gleich wird's schütten wie aus Eimern.« Eilig gehen sie die Straße hinunter. Cathy kommt alles vor wie im Film. Sie weiß nicht einmal, wohin sie geht. Erst als sie das Parkhochhaus vor sich sieht, erinnert sie sich.
Sie fahren zu ihr. Jez hockt auf dem Beifahrersitz. Er reibt gut gelaunt seine Hände gegeneinander und erzählt, wo sie morgen um diese Zeit sein werden. Cathy versucht zu lächeln. Es gießt in Strömen, der Wind wirbelt farbenpräch-

tige, aber tote Blätter durch die Luft. Ab und zu landet eines platt auf der Windschutzscheibe, findet keinen Halt und ist auch schon wieder fort. Keine Zeit. Der Scheibenwischer bestimmt den Takt: keine Zeit.

Sie biegt in die Auffahrt ein. »Das Wetter hier wird uns nicht sehr fehlen, was?«, sagt Jez. Den ganzen Weg über hat er italienische Lieder gesummt. »Kannst du's auch nicht mehr erwarten abzuhauen?«, fragt er.

»Nein«, antwortet Cathy tonlos.

Außer Scampi ist niemand zu Hause. Die übliche stürmische und ausgelassene Begrüßung. In der Küche stehen Jez' Rucksack und Cathys Koffer. Sie hatten ausgemacht, dass jeder nur ein Gepäckstück mitnimmt. Sie wollen »unbeschwert reisen«, wie Jez sich ausdrückt. Cathy hat Stunden mit Packen verbracht. Die Entscheidung, was sie mitnehmen soll, ist ihr ungeheuer schwer gefallen. Am Ende hat weder Jez noch sie ihren Koffer heben können. Sie mustert die Aufkleber, die auf seinem Rucksack und auf ihrem Koffer kleben. Sie sehen traurig aus, als ahnten sie, dass sie hier bleiben werden. Cathy stutzt. Was ist denn das für ein Gedanke? Natürlich wird sie fahren!

»Sollen wir das Taxi jetzt gleich bestellen, damit wir schneller wegkommen?«, fragt Jez.

»Ja. Nein. Warte noch«, sagt Cathy. Sie knipst das Licht an. »Es ist so dunkel hier drinnen. Willst du noch 'ne Tasse Tee?«

»Ich würde lieber aufbrechen«, sagt Jez. Dann fragt er provozierend: »Sag mal, hast du etwa schon Heimweh?«

»Nein, das ist es nicht«, sagt Cathy. »Nur, ich mach mir wirklich Sorgen um Jason. Ich hab das Gefühl, wir müssten etwas unternehmen.«

»Und warum?«, fragt Jez.

»Ich glaube, er ist total unglücklich und braucht jemanden.«

»Ruf doch Mark an«, sagt Jez. »Er ist immer noch im Hotel. Sag ihm, er soll bei Jason vorbeischaun.«

»Gut, ich ruf Mark an«, sagt Cathy.

Wie in Trance geht sie in den Flur und sucht im Telefonbuch nach der Nummer des Hotels. Da, sie hat sie gefunden: Cartford 49 62 82. Sie ruft jetzt also Mark an und erzählt ihm von Jason. Er bekommt das schon hin, ganz bestimmt. Er ist Jasons bester Freund.

Sie wählt. »Beeil dich«, sagt Jez leise. Er steht so dicht hinter ihr, dass sie seinen Atem im Nacken spürt. Es klingelt. Gleich wird jemand sie mit Mark verbinden, und dann weiß sie Jason in sicheren Händen … Sie knallt den Hörer auf. Sie spürt ihr Herz heftig schlagen. Als wolle es Cathy zu einer Entscheidung treiben. Langsam dreht sie sich um. Jez starrt ihr ins Gesicht. »Was ist los?«, fragt er.

»Ich kann nicht.« Ihre Worte sind kaum mehr als ein Flüstern. »Ich kann ihn nicht allein lassen«, sagt sie. Sie versucht es Jez zu erklären – und auch sich selbst. »Weißt du, Jason hat mir in letzter Zeit so viel geholfen. Ich hab dir ja geschrieben, wie er die Schuld für die kaputte Fensterscheibe auf sich genommen hat. Er ist immer für mich da gewesen …« Noch während sie spricht, meldet sich laut eine innere Stimme: »Aber das ist nicht der einzige Grund! Trau dich, sag schon, was wirklich los ist. Sag Jez die Wahrheit. Mach schon. Das bist du ihm schuldig.«

»Weißt du, schon seit Jahren hab ich … ach, es ist so verrückt, weil Jason mich nicht einmal richtig angesehen hat. Na gut, einmal hat er mich geküsst, und das war's schon. Aber jetzt hab ich das Gefühl, dass er dringend jemanden braucht. **Dass er mich braucht – und ich liebe ihn schon seit langem.**« Sie hält inne. »Aber es tut mir so schrecklich Leid für dich.«

Jez gibt keine Antwort. Er geht in die Küche und holt seinen Rucksack. »Das wär's dann wohl«, sagt er locker. »Ich ruf mir schnell 'n Taxi, wenn es dir nichts ausmacht.«

»Nein, ich bringe dich hin. Das ist das Mindeste, was ich tun kann.«

»Ein Taxi wär mir lieber«, sagt Jez. Er geht in den Flur. Cathy wischt sich eine Träne weg. Was hat sie Jez nur angetan? Aber sie hat doch selbst geglaubt, dass sie mit Jez wegfahren will. Ehrlich gesagt hat sie nie gründlich darüber nachgedacht. Es ist eine spontane Sache gewesen. Und seit sie beschlossen haben, miteinander zu verreisen, hat sie nicht an Rom oder Venedig gedacht, sondern an Jason. **Ständig hat sie überlegt, wie er sich fühlt, was er gerade tut, mit wem er gerade zusammen ist.**

»Das Taxi kommt in drei, vier Minuten«, sagt Jez und bleibt im Türrahmen zur Küche stehen.

»Jez, ich kann dir gar nicht sagen, wie Leid es mir tut«, sagt Cathy. Er wendet sich ab. »Jetzt bist du total sauer auf mich«, sagt sie. »Du fühlst dich von mir betrogen.«

Jez schüttelt den Kopf. »Nicht richtig. Ich hab es immer gewusst, dass du nicht mitkommen wirst. Ich hab's die ganze Zeit gespürt. Und dann hab ich mitgekriegt, wie du Jason vorhin angesehen hast. Es war so deutlich. Ich frag mich, weshalb es mir nicht schon früher aufgefallen ist. Ein paar Mal hatte ich so einen vagen Verdacht. Aber heute war's eindeutig. Darum wollte ich so schnell wie möglich weg von hier. Trotzdem, Cathy, meinst du wirklich ... Ach, vergiss es.«

»Sag es, Jez, bitte.«

»Glaubst du wirklich, dass Jason ...« Er zögert wieder.

»Mich braucht?«, ergänzt Cathy. »Ja, ich spüre es.

Ich spüre es so sehr – obwohl ich natürlich auch völlig falsch liegen könnte.«

Jez sagt nichts darauf. Draußen hupt es. »Das ist mein Stichwort – ich muss los«, sagt Jez.

»Kannst du mir das je verzeihen?«

»Es gibt nichts zu verzeihen. Ich schätze, wir haben uns beide was vorgemacht. Trotzdem – schade drum. Ich hab's mir so schön vorgestellt: Du in einer venezianischen Gondel, und ich schmettere dir ein Lied.«

»Das kann ich mir auch vorstellen.«

»Na denn.« Jez stemmt seinen Rucksack hoch. Cathy lächelt nervös, gibt ihm einen Kuss. »Lass dir nicht wieder einen Bart stehen, mein Lieber«, sagt sie. »Du siehst ohne viel besser aus. Und fang nicht wieder mit dem Rauchen an! Achte ein bisschen auf deine Gesundheit und lass die Finger von diesem Junkfood. Iss auch mal was Frisches, Obst und Gemüse ...«

»Du bist schlimmer als meine Mutter. Eigentlich bin ich richtig froh, dass du nicht mitkommst.«

»Noch mal davongekommen, was?«, sagt Cathy und versucht zu lächeln.

»Genau.« Es hupt noch einmal.

»Ich muss«, sagt Jez.
»Schreibst du mir?«
»Nein, aber ich schick dir meine Adresse, damit du mir schreiben kannst.«
»Abgemacht«, sagt Cathy. Sie gibt ihm noch einen Kuss. Er winkt. »Komm bitte nicht mit raus«, sagt er.
»Na gut, in Ordnung. Pass auf dich auf. Ich find's schrecklich, dass du wieder so weit fort sein wirst.«
Als Cathy ihn nicht mehr hören kann, murmelt Jez leise vor sich hin: »Ich und weit fort von dir? Niemals.«
Cathy rennt ans Fenster und winkt dem Taxi hinterher. Plötzlich fühlt sie sich völlig einsam. Was ist, wenn Jason sich Adams Motorrad nur ausgeliehen hat, um damit ein bisschen durch die Gegend zu fahren? Er hat es sich schon öfter geborgt. Was macht sie so sicher, dass Jason sie wirklich haben will? Vielleicht hat er eine andere? Sie starrt nach draußen. Bald wird es dunkel sein. Jason liebt die Dunkelheit. Wenn er tatsächlich vorhat, zum Steinbruch von Crompton zu fahren, dann aller Wahrscheinlichkeit nach erst spät am Abend. Auf alle Fälle muss Cathy bei ihm sein, bevor er losfährt. Sie darf keine Zeit mehr verlieren.
Sie wählt seine Nummer. Zu sich nach Hause einladen kann sie ihn nicht, weil ihre Mutter und Giles bald zurück sein werden. Mit Schrecken fällt ihr ein, dass sie ihnen jetzt irgendwie klarmachen muss, warum sie nicht mit nach Italien geflogen ist. Sie beschließt, mit Jason in einen Pub zu gehen. Aber daraus wird nichts, weil seine Mutter abnimmt und sagt, dass Jason vor ungefähr zwanzig Minuten gegangen sei. Er habe nicht gesagt, wohin er wollte. Zum Abendessen, hat er gesagt, sei er jedenfalls nicht zu Hause.

In Cathy steigt Angst auf. Um sich zu beruhigen, ruft sie bei Adams Eltern an. »Hallo, Mrs Rosen, hier ist Cathy. Ist die Hochzeit nicht schön gewesen?«

»Ja, Cathy, doch«, antwortet sie knapp. Sie hört sich sehr einsilbig an. Cathy hätte jetzt nicht anrufen dürfen. Es ist taktlos, aufdringlich. Mrs Rosen will sicherlich ihre Ruhe haben. Aber Cathy muss es einfach wissen.

»Es tut mir Leid, wenn ich Sie störe, Mrs Rosen. Ich wollte nur fragen – ob Jason zufällig bei Ihnen war.«

»Doch, ja«, antwortet sie. »Tut mir Leid, du hast ihn ganz knapp verpasst. Er ist gekommen, um sich Adams Motorrad auszuleihen. Ich weiß nicht, wo er hinwollte. Wenn er es zurückbringt, kann ich ihm gern was ausrichten, Cathy – Cathy?« Cathy hat längst aufgelegt.

Das Motorrad erwacht knatternd zum Leben und überträgt seine Kraft auf Jasons Körper. »Ja! Ja!«, schreit er. Der Regen strömt ihm übers Gesicht. Ein letztes Mal huscht die bekannte Landschaft an ihm vorüber. Er fliegt förmlich dahin. Trotzdem hat er ihn noch nicht abschütteln können. Noch immer pocht er wie wild in seinem Schädel: der Schmerz, dieser fürchterliche Schmerz.

Aber zu Adams und Beckys Hochzeit musste er schließlich noch gehen. Natürlich ist ihm klar gewesen, dass er dort auch Lauren treffen würde. Und er hat auch gewusst, dass er sich vorher tagelang ausmalen würde, was Lauren zu ihm sagen könnte: »Jason, ich hab da wohl ein bisschen übereilt entschieden. Ich will dich wiederhaben.« Fünf einfache kleine

Worte: Ich will dich wiederhaben. Sie auszusprechen hätte sie schließlich nicht umgebracht. Aber selbstverständlich hat sie es nicht getan. SIE WIRD DIESE WORTE NIEMALS AUSSPRECHEN.

Hinter ihm hupt ein Auto. Jason reckt zwei Finger in die Höhe und ruft: »Na los, versuch mich zu kriegen! Versuch's! Mir doch egal!«

Es ist ihm alles egal, weil jetzt alles vorüber ist. Nein, noch nicht. Du musst weitermachen, dagegen ankämpfen. Das ist schon immer seine Devise gewesen. Dagegen ankämpfen … Als ob er es nicht versucht hätte. Jeden Abend ist er herumgezogen. Im Sportzentrum ist er gewesen, in Pubs, auf Partys, mit Mädchen zusammen, hat sich besoffen, hat alles Mögliche getan. Ohne Erfolg. Die schreckliche, graue Leere hat ihn nicht wieder losgelassen. Sie frisst ihn von innen her auf. Bald werden sich seine Eingeweide in nichts aufgelöst haben. Bald wird er vollständig ausgehöhlt sein. Er hat einfach nichts mehr, woran er sich festhalten könnte. Niemanden. Alles ist ihm entglitten. Der einzige Ausweg heißt vergessen. Aber Jason spielt da nicht mit. **Er steigt lieber vorher aus.**

Der Regen peitscht ihm hart ins Gesicht. Die einzelnen Tropfen fühlen sich größer und schwerer an als vorhin, geradezu bösartig. Sie stechen wie Hagelkörner, blenden ihn. Doch der Steinbruch von Crompton ist nicht mehr weit, der Steinbruch wartet auf ihn.

Schade um Adams Motorrad. Um den Verlust auszugleichen, hat Jason in seinem Zimmer einen Umschlag mit seinen gesamten Ersparnissen für Adam hinterlassen. Die Summe reicht bei weitem für ein neues Motorrad.

Wird es Lauren Leid tun, wenn sie morgen erfährt, was mit Jason passiert ist? Wird sie weinen? Sich schuldig fühlen? Ganz bestimmt. Der Regen prasselt wie wild gegen sein Gesicht, als er das Motorrad beschleunigt. Lauren wird vergehen vor Schmerz … Oder sie denkt nur, Jason, der Spinner, hat mal wieder 'ne Show abgezogen. Ja, genau das wird sie denken. Sonst nichts. Und das auch noch mit Recht! Genau betrachtet, kann er ihr keinerlei Vorwurf machen. Na los, raus mit der Wahrheit, es liegt doch alles nur an ihm. Nur er allein ist schuld. Jason, der Spinner. Nur ER! ER! ER! ER!
Der Motor heult auf.

»Jason!«, schreit Cathy. Sie rennt in Panik durch den Matsch, der unter ihren Füßen quatscht. Sie sieht das Motorrad, das am Rande des Steinbruchs auf der Seite liegt. Aber Jason? Wo ist Jason? Sie brüllt noch einmal seinen Namen. Dann entdeckt sie ihn. Nur ein kleines Stückchen entfernt vom Motorrad hockt er zusammengekauert da, hält sich die Hände vors Gesicht.
»Jason.«
Sehr langsam dreht er sich um. Der Regen peitscht gegen seinen Körper, als er sich langsam erhebt. Er muss nass sein bis auf die Knochen. »Ich wollte es wirklich tun«, sagt er mit zitternder Stimme. »Ich war da, genau an der Kante.«
Cathy starrt in die Tiefe. Es ist ein weiter Fall bis hinunter zu den Steinen und dem gelben Morast. Sie fröstelt.
»Weißt du, was ich gern wär?«, fragt er, ohne sie anzusehen. »Am liebsten wär ich 'ne verdammt einsame Insel, die von

niemandem jemals entdeckt werden kann. Dann wäre ich sicher, dann könnte mir niemand mehr zu nahe kommen.« Er hält inne. Jetzt erst scheint er ihre Gegenwart wirklich wahrzunehmen. »Wie kommst du eigentlich hierher?«
»Ich hab gehört, dass du dir Adams Motorrad leihen wolltest, und da hab ich mir irgendwie zusammengereimt …«
»Nein, nein«, fällt er ihr ins Wort. Er wirkt benommen, durcheinander. »Du bist doch nicht wirklich hier. Du bist mit Jez unterwegs nach Italien.«
»Jez ist allein aufgebrochen. Ich bin geblieben. Ich konnte nicht weg.« Cathy zögert. Aber nur für eine Sekunde. Mach schon, sag es. Sprich es endlich aus. **»Ich konnte nicht weg von dir.«**
Er sagt nichts, mustert Cathy von oben bis unten, während sie seine blonden Haare, seine Wimpern, die perfekte Form seiner Nase, seinen länglichen Unterkiefer betrachtet. **Dann, ganz plötzlich, streckt er seine Hände nach ihr aus und zieht sie näher und näher an sich heran. Schließlich spült eine Welle der Zärtlichkeit über Cathy hinweg. Sanft küsst er sie auf den Mund, haucht ihr ein so verwundertes »Du?« entgegen,** dass sie leise lachen muss.
»Ja, ich, immer, immer ich.« Sie neigt sich ihm entgegen und küsst ihn. Viel länger als zuvor. Er sieht ihr in die Augen. »Cathy«, flüstert er, als ob er es noch immer nicht fassen könnte. Dann sagt er ihren Namen noch einmal und fügt hinzu: »Du wirst ja klatschnass.« Sein Blick wandert hinunter zu ihren Beinen, und er bemerkt, dass Cathys Hose vom Matsch völlig verdreckt ist. Ein Lächeln zieht über seine Lippen. Auch Cathy beginnt zu lächeln. Dann legt Jason seinen Arm um sie. **»Lass uns nach Hause gehen«**, sagt er.

Lies mich!

RTB

Leseprobe

Angelika Mechtel

Cold Turkey

Simone ist mit dem Rad bis nach Ossendorf gefahren.
Andy wollte nicht mehr nach Hause. Er wollte direkt vom Knast in die Entgiftgung.
Nur Simone durfte sich noch von ihm verabschieden.
Er hat ihr beim Abschied eine Plastiktüte in die Hand gedrückt. Dann ist er in den Wagen eingestiegen, der ihn nach Düsseldorf bringt.
Es ist heiß. Seit Tagen knallt die Sonne auf die Stadt, die Ozonwerte steigen. Simone sieht hinter dem Polizeiopel her, der zur Autobahnauffahrt einbiegt. Sie bemerkt den olivgrünen Käfer-Cabrio nicht, der neben ihr anhält.
»Hallo, Simone! War das Andy?«
Sie fährt herum, als hätte sie eine Wespe gestochen. Michi! Was tut Michi hier? Woher weiß er, dass Andy heute in die Klinik gebracht wird?
Er soll sie in Ruhe lassen!
Passend zum schwarzen T-Shirt trägt er ein olivgrünes Seidensakko, Ton in Ton mit der Cabrio-Karosserie. Um den Hals

und am rechten Handgelenk baumeln drei oder vier Goldkettchen.
»Lass mich bloß in Ruhe!«, faucht Simone, schwingt sich aufs Rad und fährt los.
Der Fahrtwind macht die stickige Hitze erträglicher.
Sie denkt über Michi nach. Er sieht gut aus. Er ist braun, als hätte er gerade Mallorca hinter sich oder die Kanaren. Auf jeden Fall sieht er nicht so aus, als wäre irgendetwas in seinem Leben im Eimer.
Wie sich das anhört.
Als ob man Leben in den Eimer schmeißen könnte wie überflüssigen Verpackungsmüll. Was wäre es dann noch wert?
Sie hätte ihn fragen sollen, ob er noch kifft. Er und Andy gehörten damals zur selben Clique.
Wahrscheinlich zählt Michi zu denen, die das Kiffen kultiviert haben wie andere den Alkoholkonsum.
Jedenfalls ist er nicht krank. Er muss sein Leben nicht mühsam wieder aus dem Eimer rausklauben, in den es nicht hineingehört, weil es nun mal kein Müll ist.
Aber Andy schafft es! Er schafft es bestimmt!
Wenn er erst einmal die Entgiftung hinter sich hat, ist die erste Hürde genommen.
Das Einfamilienhaus, in dem Simone mit ihren Eltern lebt, wirkt dunkel und leer – und trotz der Sommerhitze kühl. Es ist eine Angewohnheit der Eltern, an heißen Tagen alle Rollos zu schließen. Kein Sonnenstrahl dringt ein. Die klobigen Möbel sehen im Dämmerlicht beinahe bedrohlich aus. Simones Eltern lieben klobige Möbel und braunen Teppichboden.

Bis sieben Uhr sind sie noch im Geschäft. Sie verkaufen Fernseher, CD-Player und Videorekorder.

Andys Zimmer ist ordentlich aufgeräumt. Da hat sich seit drei Jahren nichts verändert.

Nachdem Andy ausgezogen war, hatte die Mutter Ordnung gemacht. Jetzt liegen keine Kassetten und keine Bücher mehr auf dem Boden herum, das Bettzeug ist im Bettkasten verstaut, der Papierkorb leer. Auf dem Schreibtisch keine benutzte Kaffeetasse, und nirgends sind Jeans oder gebrauchte Socken zusammengeknüllt und aufgehäuft.

Simone hat das Gefühl, diesen Nachmittag in Andys Zimmer verbringen zu wollen.

Einen Augenblick überlegt sie, ob sie die Tür von innen verschließen soll. Aber dann verwirft sie diesen Gedanken. Die Eltern würden sich unnötig aufregen. Sie hätten womöglich Angst, Simone könnte wieder ausflippen wie damals, als sie ihren Sohn bei der Polizei anzeigten. Also lehnt Simone die Tür nur an.

Dann öffnet sie die Plastiktüte, die ihr Andy zum Abschied vorhin übergeben hat. Sie enthält einen Schuhkarton. Für Kolumbus hat Andy mit grünemFilzstift auf den Deckel geschrieben.

Ach ja. Kolumbus!

So hat er sie vor ewigen Zeiten genannt! Erfunden hatte er diesen Spitznamen, als sie acht war. Er war damals zwölf und beschäftigte sich hauptsächlich mit der Beobachtung von Schnecken, die in Mutters Salatbeet hinten im Garten alles kahl fraßen.

Damals erklärte sie ihm, dass sie einmal eine große Erfinderin und Entdeckerin würde.

»Aha«, sagte er, »du willst also so was wie Kolumbus werden?« Er hatte gerade sechzehn Schnecken auf einen mittelgroßen Salatkopf angesetzt.
»Kolumbus?«
»Er hat Amerika entdeckt.«
»Gut, dann bin ich von jetzt an Kolumbus.«
»Geht nicht«, feixte Andy, »Amerika ist schon entdeckt.«
»Dann entdecke ich es eben ein zweites Mal!«, erklärte Simone unbeirrbar.
Andys Schnecken brauchten an diesem Nachmittag zwei Stunden, fünfzehn Minuten und dreizehn Sekunden, um dem Salatkopf zu vertilgen. Andy sah ihnen geduldig zu.
Sein Interesse für Salatschnecken verlor sich, als er Michi kennen lernte.
Das ist alles eine Ewigkeit her!
Jetzt hat er ihr also zum Abschied am Gefängnistor von Ossendorf eine Schuhschachtel mit Inhalt geschenkt.
In Andys Zimmer setzt sich Simone auf den braunen Teppichboden – so, wie sie es früher immer gemeinsam getan haben – und öffnet den Deckel.
Die Schachtel ist mit Zetteln, herausgerissenen Schulheftseiten und Papierstreifen gefüllt. Verwundert nimmt Simone eine Hand voll heraus. Jeder Papierfetzen ist beschrieben.
Andy hat kein Tagebuch geführt, aber er hat einzelne Gedanken notiert und aufgehoben.
Simone braucht eine Weile, um zu begreifen, dass Andy ihr mit diesem Zettelkasten einen Teil seines Lebens schenkt. Ein Puzzle.

Sie muss es nur zusammensetzen, um sich zu erinnern, was in den letzten drei Jahren passiert ist.
Damals, als alles anfing, war Andy sechzehn und sie zwölf.
Obenauf liegt ein Zettel, den Andy wohl zuletzt geschrieben hat.
Simone liest: »Ich schließe die Augen, und das Unglück verlässt mich.«

Alles begann vor drei Jahren.
Andy ging damals aufs Gymnasium. Er hatte sich zuerst mit der gleichaltrigen Anna und dann mit dem zwei Jahre älteren Michi angefreundet.
Beide, Andy und Michi, waren wohl in Anna verknallt. Sie war hübsch, hatte lange braune Haare und große dunkle Augen.
Als Andy auf der Seite der Verlierer gelandet war, hatte Michi bei Anna freie Bahn.
Er und Anna und später dann auch Natalie sind schuld an Andys Unglück.
Sind sie es wirklich? Und selbst wenn es so wäre: An Andys Unglück würde es nichts ändern.
Nur eins steht fest: Wahrscheinlich wäre alles ganz anders gekommen, hätten sie ihn damals nicht im Stich gelassen.
Gemeinsam kiffen: ja. Aber dann auch gemeinsam die Konsequenzen daraus tragen? Nein, danke! Das war ihnen zu gefährlich.
Wie gesagt: Simone war damals zwölf und Andy sechzehn. Er durfte morgens bereits Kaffee trinken und abends bis zehn Uhr ausgehen. Er rasierte sich jeden zweiten Morgen,

bemühte sich darum, ein Bärtchen auf der Oberlippe wachsen zu lassen.

Alles, was Andy damals tat, war für Simone aufregend erwachsen, abenteuerlich und geheimnisvoll.

Dazu gehörte auch seine Freundschaft mit Michi und Anna. Mit ihnen ging er in die Disko oder traf sich im »Flash«, einige Häuserblocks vom Haus der Eltern entfernt.

Das »Flash« war damals eine heruntergekommene Eckkneipe für junge Leute. Heute ist es ein teurer Jazzschuppen. Wenn Andy Freitag- oder Samstagabend nach der Disko oder seinem Ausflug ins »Flash« heimkam, schlief Simone meist schon.

Einmal wurde sie wach, weil er mit großem Getöse über den Schuhschrank im Flur stolperte.

Simone hörte die Stimme der Mutter aus dem Wohnzimmer, wo sie vor der Flimmerkiste saß. »Was ist passiert, Andreas?«

»Nichts Besonderes. Bin nur im Dunkeln gestolpert.«

»Dann geh jetzt zu Bett!«

»Ja, Mama.«

»Aber vergiss das Zähneputzen nicht!«

Sie tat immer so, als sei das Zähneputzen eins der wichtigsten Dinge im Leben.

Simone wartete, bis die Tür zu Andys Zimmer ins Schloss gezogen und alles im Haus wieder ruhig war. Dann schlich sie auf Zehenspitzen zu ihm hinüber.

Er hatte das Licht schon ausgemacht und lag in der Unterwäsche auf dem Bett.

»He, du, Andy –!«

»Hm –«

Simone kicherte im dunklen Zimmer. »Wie schafft man es,

über einen Schuhschrank zu fallen? Der ist doch eigentlich groß genug!« Sie setzte sich zum großen Bruder auf die Bettkante.

Er roch, wie die Eltern riechen, wenn sie vom Kegelabend nach Hause kommen.

»He – wonach riechst du denn? Hast du getrunken? Das stinkt ja nach Bier!«

»Erraten, Kolumbus!«, brummelte Andy, rollte sich zur Seite und schlief ein.

Als Simone ihn am nächsten Morgen für die Schule weckte, roch die Luft in seinem Zimmer abgestanden und säuerlich. Andy jammerte. Ihm war übel, und sein Kopf schmerzte höllisch. Simone stellte unbarmerzig fest: »Du stinkst wie ein Abfalleimer!«

»Oh Mann, dann merkt Mama gleich, dass ich gesoffen habe!« So erwachsen war er in den Augen der Eltern auch wieder nicht, dass sie ihm die Sauferei erlaubt hätten.

Aber da war ja noch Simone. Seit ihrer Kinderzeit hatte sie wie Pech und Schwefel zu ihm gehalten. Das tat sie auch diesmal.

»Mit Köpfchen«, grinst sie, »mit Köpfchen lässt sich vermeiden, dass Mama was merkt.«

Sie öffnete beide Fensterflügel, gab Andy den Rat, sich ausnahmsweise doch einmal die Zähne zu putzen, hielt die Mutter mit Gerede über eine Mathearbeit in der Küche fest, damit Andy ungesehen im Bad verschwinden konnte, und trank in einem unbeobachteten Augenblick Andys Kaffee, weil Andy ihr zugeflüstert hatte: »Oh Mann, ist mir schlecht, wenn ich den Kaffee nur rieche!«

Auf dem Weg zum Gymnasium legte Andy den Arm um

Simones Schultern: »Kolumbus, ich glaube, du hast mir heute Morgen das Leben gerettet!«
Simone tat noch ein Übriges, um Andys Leben zu retten, und steckte ihm eine Schachtel Thomapyrin zu, die sie der Mutter aus der Nachttischschublade stibitzt hatte.
»Gut gegen Brummschädel und Kater, du Alki!«, sagte sie fröhlich.
Irgendwann im Frühsommer brachte Andy dann spätabends Cannabis im Blumentopf nach Hause.
Simone wachte auf, als er neben ihrem Bett hockte und ihr sanft mit dem Zeigefinger über den Nasenrücken strich.
»He, Kolumbus, wach auf!«
Diesmal roch er nicht nach Alkohol.
Simone nahm zum ersten Mal diesen leichten Geruch nach Räucherkerzen wahr. »Habt ihr Räucherkerzen abgebrannt?«, erkundigte sie sich verschlafen.
»So was Ähnliches.«
»Wie spät ist es eigentlich?«
»Kurz vor Geisterstunde. Die Alten pennen schon. Sag mal, hättest du was dagegen, wenn ich dich um einen Gefallen bitte?«
Das klang geheimnisvoll.
»Solange du nicht von mir verlangst, dass ich mein Blut einem Vampir spende –«
Andy lachte leise. »Kein Vampir, Kolumbus, nur ein Blumentopf. Dem gibst du auch kein Blut, sondern Wasser. Würdest du ihn für uns aufheben?«
»Für euch?«
»Genau genommen: für Anna. Ihre Mutter hat irgendwie

Wind gekriegt und dumme Fragen gestellt. Deshalb muss Anna den Cannabis für eine Weile woanders parken. Bei dir ist er gut aufgehoben. Da fragt kein Aas, was denn eigentlich in dem Blumentopf wächst.«

»Und was ist es wirklich?«

Simone konnte jetzt Andys Gesicht im Dunkeln gut erkennen. Er dachte nach. Dabei sah er aus, als hätte er an diesem Abend etwas besonders Schönes erlebt. Vielleicht weil Anna ihn erwählt hatte, ihren Blumentopf zu retten?

Sie hörte, wie er tief Luft holte.

»Also gut, Kolumbus«, sagte er, »es ist eigentlich ein Geheimnis. Aber ich kann mich ja auf dich verlassen –«

»Hundertfünfzigprozentig!«

»Weiß ich. Trotzdem musst du schwören! Schwöre, dass du niemandem, absolut keinem Menschen etwas davon erzählst, was ich dir jetzt sage!«

Simone setzte sich feierlich im Bett auf, legte die linke Hand auf die Bettdecke, zum Beweis dafür, dass sie den Schwur nicht heimlich ableitete, und hob die rechte. »Ich schwöre! Ich schwöre bei allen Entdeckerinnen und Erfinderinnen der Welt!«

»Okay, Kolumbus. Also, pass auf: Aus Cannabis wird Hasch gemacht. Muss ich noch mehr sagen?«

Musste er nicht. Simone wusste nur noch nicht, dass es sich im Blumentopf ziehen lässt. »Ihr stellt also Hasch her?«

Andy nickte und legte den Zeigefinger auf die Lippen.

Es war ein aufregend prickelndes Gefühl, an seinem Geheimnis teilzuhaben.

Die Pflanze, die er ihr anvertraute, war grünblättrig und erinnerte eher an Unkraut als an etwas Verbotenes.
Und Andy hatte Recht: Die Mutter wunderte sich zwar über Simones plötzliches Interesse an Zimmerpflanzen, aber sie schöpfte nicht den geringsten Verdacht.